Georg Seeßlen – IS THIS THE END?

Georg Seeßlen, 1948 in München geboren, ist Autor zahlreicher Bücher, Feuilletonist und Film- und Kulturkritiker. Er schreibt u.a. für die *Die Zeit, taz, konkret, jungle world, Spex*.

Edition
TIAMAT
Deutsche Erstveröffentlichung
Herausgeber:
Klaus Bittermann
1. Auflage: Berlin 2018

www.edition-tiamat.de
Buchumschlaggestaltung: Felder Kölnberlin Grafikdesign
ISBN: 978-3-89320-228-7

Georg Seeßlen

IS THIS THE END?

Pop zwischen Befreiung und Unterdrückung

Critica
Diabolis
251

Edition
TIAMAT

INHALT

WAS BISHER GESCHAH

I

Zeit meines Lebens habe ich Pop geliebt und gehasst. Pop war hier Befreiung und da Unterdrückung, hier Explosion der Wahrhaftigkeit und dort Implosion der Verlogenheit. Pop bewahrte das innere Kind und förderte die Vergreisung, Pop rebelliert und korrumpiert. Pop konstruiert die kleinen Unterschiede der Klassen und setzt sich über die gesetzten Grenzen hinweg. Pop ist universal, regional und national; Pop macht einfach alles mit, denn es ist der Ausdruck des Kapitalismus in der Demokratie, wie es der Ausdruck der Demokratie im Kapitalismus ist. Ohne Pop würde es diese prekäre Einheit gar nicht geben, und ohne Pop wären die Spannungen zwischen beidem nicht auszuhalten. Zugleich aber reagiert Pop auf die Brüche und Widersprüche, wie es keine »Hochkultur« und keine Wissenschaft kann. Jede Erkenntnis und vor allem Selbsterkenntnis einer Gesellschaft ist in ihrem popkulturellen Sektor »irgendwie« schon da. Pop ist das Klügste und das Dümmste, was wir haben.

Irgendwann entzog man sich dem Dilemma, indem man einen Unterschied machte zwischen »Kulturindustrie« und Pop. Was hatte schließlich Frank Zappa mit Dieter Thomas Heck zu schaffen, was »Krazy Kat« mit Margarine-Reklame, was Woody Allen mit dem Bergdoktor? Pop sollte der dynamische Zwischenraum von Kunst und Alltagsverstand sein, Pop war auf der richtigen, auf unserer Seite, Kulturindustrie auf der falschen, der Seite der Ausbeuter und Unterdrücker. Pop war vor allem Musik und Freiheit, dann kamen Film, Comics und eine spezielle Art von Literatur. Ob Fernsehen Pop sein konnte? Vielleicht einmal aus Versehen. Pop war Aufstand und Emanzipation, Subversion und Ironie in den Traumfabriken. Pop war Veränderung, Fortschritt, Verbesserung. Mit Pop erwachsen zu werden war toll. Vielleicht auch ein bisschen schwierig. Weil Pop ja immer irgendwie jung war. Oder wenigstens gegen irgendwas Altes, Dumpfes, Mächtiges und Langweiliges gerichtet. Und gegen Kulturindustrie.

»Meint Kulturindustrie, dass alle Kultur zur Ware wird, so hebt die Popkultur das durch die Umkehrung auf, dass sukzessive alle Ware zur Kultur wird«, so beschreibt Roger Behrens diese Umkehrung. Schön wär's! Das gute am Pop ist, dass man es sich holen muss, dass man darum kämpfen muss, dass es einem auch genommen werden kann; das schlechte an der Kulturindustrie ist, dass es immer schon da ist, dass man es bekommt, auch wenn man es gar nicht will, dass man sich ihm nicht entziehen kann. Popkultur wäre dann der Widerstand und die Selbstschöpfung der demokratischen Zivilgesellschaft (und vor allem ihrer Nachwuchs-Nicht-Organisation) gegen den Zugriff der Kulturindustrie. Das ist eine schöne Idee und hilft im Einzelfall auch weiter, im großen und ganzen aber ist es nicht so einfach.

Denn wenn es richtig ist, dass Pop eine kollektive Kultur ist, die sich vom Staatlichen und (damit) Nationalen löst, um gesellschaftlich und individuell zu werden, so ist es eben auch richtig, dass sie sich dabei dem Ökonomischen nähern muss: Pop drückt also nicht nur den Widerspruch zwischen Politik und Gesellschaft, sondern auch den zwischen Staat und Markt aus, und entsteht in ihm. Im Dreieck Staat, Ökonomie und Gesellschaft hängt Pop immer dort, wo die stärksten Kräfte wirken, und deswegen gibt es eben auch Diktatorenpop und Diktaturenpop (zwischen Nazi-Deutschland und Kim Jong-uns nordkoreanischem orbis pictus, der poppiger ist als Pop je sein möchte), gibt es auch Staat-Markt-Pop (wie das Mainstreamangebot des deutschen Fernsehens) oder reinen Marktpop (der das Äquivalent eines 1-Euro-Ladens produziert, nämlich etwas, das niemand will und niemand braucht, das aber doch gekauft wird, weil es in Mengen da und immer noch besser als nichts ist).

Pop, den sich Gesellschaft (oder wenigstens ein aktiver, energetischer und bewusster Teil der Gesellschaft: also WIR) sowohl von der Politik als auch von der Ökonomie zurückerobert, ist vielleicht ein wiederkehrendes Ereignis, aber keine verlässliche Zone der Produktion. Gesellschaftlich produzierter Pop wird blitzschnell vom einen oder vom anderen Ende des besagten Dreiecks her aufgefressen, oder von beiden gemeinsam. Paradoxerweise müsste man also, was wirklich sozial an Pop wäre, sowohl vor dem Staat als auch vor der Ökonomie geheim halten oder es sonstwie vor dem Zugriff schützen. Ich vermute, dass solche Dinge tatsächlich im Pop transportiert werden, als Schmuggelware, als Subversion, als Konnotation. Allerdings: Das muss nun keineswegs in »unserem Sinne« sein. Popkultur in einem weiteren und nicht allein von UNS besetzbaren Sinne, transportiert ebenso verschüttete revolutionäre Hoffnungen wie reaktionäre Entladungen. Die mehr oder weniger faschistische Schmuggelware im Pop versuche ich seit langem aufzudecken. Vermutlich hat es wenig bewirkt?

Einen Gegensatz von Popkultur und Kulturindustrie zu postulieren erwies sich rein lebenstechnisch als Vorteil. Zugleich für Pop und gegen die Kulturindustrie zu sein, war trotzdem nicht immer leicht. Kulturindustrie war der Arsch, der alles wieder eingerissen hat, was die Hände und Stimmen des Pop vollbracht hatten, an Freiheit, Gerechtigkeit und Geschwisterlichkeit. Im Pop waren Arbeiter- und Bürgerkinder, Männer und Frauen, Migranten und »Eingeborene« mehr oder weniger gleich; die Kulturindustrie aber teilte ihre Konsumenten sorgfältig, hierarchisch, sexistisch, rassistisch, klassistisch, wieder ein. Pop ist kreolisch, utopisch, liberal, Kulturindustrie ist nationalistisch, reaktionär, »faschistoid«. Das funktioniert immer so lange, als man wegen der Lebenspraxis und wegen der Sorge um die eigene seelische Gesundheit nicht gar zu genau hinschaut. Klar ist aber:

Ohne Kulturindustrie gibt es keinen Pop. Aber ohne Pop auch keine funktionierende Kulturindustrie.

Im Alltagsverstand, im Geschmack und in den Moden, in der Sprache und in den Diskursen kommt das alles doch wieder zusammen, und da ist möglicherweise ein und dasselbe »Pop-Phänomen« Teil des Problems und Teil der Lösung. Ist zugleich Befreiung und Unterdrückung. Ist zugleich Veränderung und Verhinderung von Veränderung. Das macht: Pop ist immer zugleich von Hysterie und Depression bedroht. Pop-Helden und -Heldinnen fallen so leicht tief in ihre eigenen Abgründe hinein, wie sie außer sich geraten. Es sind die Leute, die den Widerspruch zwischen Pop und Kulturindustrie am eigenen Leib aushalten müssen. Und dann müssen sie aus diesem Widerspruch auch noch »Modelle« werden, müssen Vorschläge machen oder sein, wie man richtig leben könnte, welche Haltung man zu all dem haben könnte, wie man mit dieser Scheißwelt umgehen soll. Aber dafür kriegen sie im besten Fall ja auch einen Haufen Kohle, und mehr noch: Sie kriegen unsere Liebe dafür.

Und dann... Die Verhältnisse änderten sich nicht nur im Pop. Bestimmte Orte verschwanden, von den »Beatschuppen« über die Konzertbühnen bis zu den Clubs, in denen man mehr oder weniger Zuhause sein konnte. Oder die Kinos, in denen man sich zur Nachtvorstellung traf. Die Plattenläden und wohlig vermüllten Buchhandlungen. Comic-Läden, in denen Sammler-Nerds anderen Sammler-Nerds Fetisch-Preise für Fetisch-Ware aus der Tasche ziehen. Nicht, dass Pop einmal richtig unschuldig gewesen wäre, höchstens in ein paar Millisekunden der Kulturgeschichte. Aber was die Ökonomie mit Pop seit den neunziger Jahren macht, ist nicht mehr komisch.

Pop wurde gespenstisch, nicht bloß wegen der immer schnelleren Wiederholungs-, Revival- und Vermarktungszyklen, sondern auch, weil Pop diesen Frei- und Zwischenraum, der nur in Hinblick auf eine Verbesserung der Welt existieren kann (es lässt sich auch »Utopie« dazu sagen, oder jugendlicher Optimismus), nicht mehr herstellen konnte und stattdessen selber immer mehr fiktional wurde. Eine Simulation der Simulation der Simulation. Authentisch war allenfalls der Weg nach rechts, den immer mehr Szenen, Moden und Stile nahmen. Aber wer hatte gesagt, dass Pop auf ewig links, liberal, tolerant und kritisch sein muss?

Wäre man im Jahr 1940 eingefroren worden und in Jahr 1970 wieder erweckt, dann hätte man, wenn man Popkultur geliebt hätte, wahrscheinlich nur ausgerufen: Wow! Wäre man im Jahr 1990 eingefroren worden und im Jahr 2020 aufgewacht, und man hätte sich nach der Entwicklung der Popkultur umgesehen, dann würde man wahrscheinlich sagen: Was? Mehr hat sich nicht getan? Das, ungefähr, ist die Vorstellung, die Mark Fishers Lamento über die »Hauntologie« des Pop zugrunde liegen. Aber dass etwas passiert hat Gründe, und genau so hat es Gründe, wenn nichts passiert oder eben, schlimmer noch, nur noch Gespenster sind, wo einst das Leben war.

Die Dialektik von Pop und Kulturindustrie findet sich in einer Idee Antonio Gramscis wieder, in der Konstruktion von Alltagsverstand und den Kämpfen um Hegemonie, und mit Gramsci will ich auch versuchen, den Beziehungen von Pop und Politik auf die Spur zu kommen. Popkultur ist unter anderem, was einst Religion war. Das heißt ein Wahnsinnsvorrat an Poesie, Phantasie und Vergnügen, und ein Wahnsinnsvorrat an Verblödung, Unterdrückung und Angst. Wenn man das eine anschaut, ohne vom anderen zu wissen, begeht man einen Riesenfehler. Aber beides geht, womit wir an Mark Fisher anknüpfen, in einen Zustand des Gespenstischen über. Neben die Eroberung des Wirklichen tritt die Entwirklichung. Pop und/oder Kulturindustrie haben nicht nur die Welt, sondern auch den Himmel und vor allem die Hölle besetzt. Sie wollen den Alltagsverstand, den sie formten, einfach nicht mehr loslassen.

Also geht es um einen Versuch, mit erhobenem Haupt

durch die von Pop besetzte und von Pop beseelte Welt zu gehen. Durch eine konstruierte Welt. Und sich den Gespenstern zu stellen. Es ist ein Versuch, ein Essay, eine Skizze, eine Sammlung von »Vorschlägen«, wie Bert Brecht so etwas genannt hätte. Hier geht es nicht ums Rechthaben oder ums Sortieren der Guten und Bösen (ein paar von den Bösen werden auch beim Namen genannt), sondern darum, auszuprobieren, wohin und wodurch man noch frei denken kann. Mit Pop. Trotz Pop.

II

Unterdrückung lässt sich nur schwer erkennen in solchen Systemen, wo sie total ist. So konnte kaum ein kritischer Geist in der Glanzzeit des römischen Reiches das Imperium statt als Weltordnung als Unterdrückungsapparat beschreiben, kaum einer konnte im christlichen Mittelalter die Religion als Herrschafts- und Machtinstrument erkennen, statt als kosmologische Wahrheit (mit prekären Elementen, um die es zu kämpfen gilt, und wenn man dabei ein paar Ketzer ermorden und ein paar Hexen verbrennen muss), oder, um ein Beispiel aufzugreifen, das Michel Foucault verwendet: Die Biologie des 19. Jahrhunderts war unfähig, die Wahrheit der Mendelschen Erbgesetze zu erkennen, weil sie dazu nicht einmal die begrifflichen Instrumente hatte. Mendel sagte die Wahrheit, schreibt Foucault, »aber er war nicht ›im Wahren‹ des biologischen Diskurses seiner Epoche«.

Wenn man etwas verändern will, genügt es also nicht, eine Wahrheit auszusprechen, so sehr diese auch den Grundgesetzen von Logik und Erfahrung entsprechen mag, sondern man muss zur Konstruktion des Wahren in seiner Zeit und seiner Gesellschaft vordringen. Nun ist allem Anschein der Neoliberalismus als politisch-ökonomische Weltanschauung drauf und dran, eine solche Totalität zu entfalten, der gegenüber die Wahrheit nichts ausrichtet, weil man sich damit nicht im Wahren der Diskurse und der Bilder – nicht im Pop – befindet. Wie kann man seine Herrschaft als etwas anderes als das Normale begreifen, ob man es nun mag oder nicht, das »Alternativlose« und das auf ewig kleinere Übel? Wie das römische Imperium oder das Christentum oder dass alte biologische Weltbild, muss man auch den Neoliberalismus nicht einmal besonders mögen, um an ihn zu »glauben«, man muss nicht einmal den Namen nennen (und der Neoliberalismus ist selber, wie alle Religionen um ein Nicht-Sagbares und Unsichtbares aufgebaut) und für das, was zwischen Abscheu und Fatalismus an Energie entwickelt wird, gibt es den Karneval und das Militär bzw. die Polizei.

Im Neoliberalismus, dem Imperium des Kapitals, dem kapitalistischen Totalitarismus, wird die Klassengesellschaft von ehedem in der bürgerlichen Gesellschaft nicht aufgehoben, sondern transformiert. Das Triumvirat der Eliten, die ökonomischen, die politischen und die kulturellen Eliten, hat sich aufgelöst, und nicht anders erging es ihren Objekten, euphemistisch »das Volk« genannt, besser beschrieben als das Durcheinander der Unterdrückten und der Ausgebeuteten zwischen Angestellten, Lohnabhängigen und Prekariat. Eine Klassenzugehörigkeit zum Kleinbürgertum beispielweise sagt allein nicht mehr viel aus; politischer Einfluss, ökonomischer Anteil und kulturelle Distinktion lassen sich nicht mehr synchronisieren. Naheliegenderweise erhalten Kultur im allgemeinen und Popkultur im besonderen in dieser Post-Klassengesellschaft (die zugleich eine aufgelöste und eine verschärfte Variante der Klassengesellschaft ist) eine andere Funktion. Das versprochene Ideal war es, dass sich Kultur nun in einen solch gewaltigen Selbstbedienungsladen verwandeln würde, dass sich jeder daraus holen könnte, was er oder sie braucht, um mit sich und anderen »identisch« zu werden oder wenigstens genug Spaß zu haben, um weitermachen zu können. Das hieß praktisch: Man muss es sich natürlich leisten können. Deswegen kann sich der eine auf dem hysterischen Kunstmarkt bedienen und die andere muss sich, was sie an Kultur braucht, aus dem 1-Euro-Laden holen. Nur ohne eine solche Kultur kann und darf niemand leben. Diese Welt ist im Innersten davon zusammengehalten.

Aber nicht einmal dieses ideale und zynische Modell von (Pop-)Kultur im Neoliberalismus stimmt. Denn Kulturwaren sind eben nicht nur Produkte, die man verbraucht, wie die Cornflakes aus der Schachtel mit den Spiderman-Figuren, sondern es sind Praxis-Zeichen, mit denen man mit anderen kommuniziert. Klar kann ich Chopin oder Throbbing Gristle hören, wenn sonst niemand da ist, aber die Räume, die das eine wie das andere aufmacht, sind doch immer gemeinsame Räume, und nichts kann mir etwas sagen, was nicht wenigstens imaginär auch anderen etwas sagt. Natürlich ist Pop daher immer auch ein Wir-und-die-anderen. Das Problem aber liegt genau in diesem »und«. Es kann von wütender Exklusion bis zur Lust am Vieldeutigen reichen, temporär (wir Jungen), dispositiv (wir Kenner) oder auch kategorisch sein (Nationalpop, Ultra etc.), es kann spielerisch oder militant, dynamisch oder verpanzert, offen oder geheim sein. Aber jedes noch so kleine Stück Popkultur ist gleich auf zwei Arten politisch. Zum einen, indem es eben diese Differenz zwischen den Angesprochenen und Nicht-Angesprochenen (den Eingeweihten oder Nicht-Eingeweihten), zwischen einem Innen und einem Außen erzeugt, im schlimmsten Fall den zwischen Freunden und Feinden, und zum anderen, indem es Teil der Alltagswahrnehmung, des alltäglichen Wissens und der alltäglichen Diskurse wird: Teil dessen, wovon man sprechen kann (im Gegensatz zu den Dingen, über die man einverständig schweigt), Teil dessen, worin man sich verständigt, was richtig, schön, vernünftig und akzeptabel ist und was nicht, Teil des Wissens, aus dem am Ende die Verteilung der Macht entsteht, als Zuschreibung oder als Akzeptanz (billigend oder in diesem eben durch die populäre Kultur erzeugten Wissen von der eigenen Ohnmacht), als Erwartung, als Hoffnung und als Definition eines Raums der möglichen Kritik.

Pop also bildet den Alltagsverstand und begrenzt ihn zugleich; und daher heißt es, wenn man behauptet, Pop und Politik seien mehr oder weniger die zwei Seiten ein und derselben Sache geworden (Pop als politisches Steuerungsmittel, Politik als popförmiges Edutainment), beides dialektisch zu trennen: Eine endgültige Verschmelzung – wie in einem Trump-Wahlkampf – findet dort ihre Grenzen, wo beides ihr Außen, ihre Wildnis, ihre Metaphysik aufweist. Pop ist zugleich Politik und die Erlösung von Politik; Politik ist zugleich Pop und die Erlösung von Pop. Ein Seitenprodukt dieser Beziehung ist: Anti-Politik und Anti-Pop. Man kann auch sagen: Gespenster-Politik und Gespenster-Pop.

Ein Erbe der bürgerlichen Gesellschaft ist die Einteilung von »Hochkultur« und »Massenkultur«; in der simplen Abbildung sieht das so aus: Die einen lesen Thomas Mann und die anderen die »Lore-Romane«, die einen hören Wagner und die anderen die Zillertaler Schürzenjäger, die einen gehen ins Theater und die anderen glotzen fern. Und zwischen beiden gibt es nichts als Verachtung; es ist keineswegs so, dass nur die »Hochkulturler« die »Massenkulturler« verachten, mindestens genau so groß ist die Verachtung, die das Populäre gegenüber dem Gebildeten entfaltet; da bildet sich der Gegensatz zwischen Volk und Elite noch einmal ab. Bloß dass die »Hochkultur« eben nicht mehr dringlich an eine politische und (vor allem) ökonomische Elite gebunden ist, sondern viel eher an eine hoffnungslos veraltete, halbfiktionale und lächerliche Minderheit des »Bildungsbürgers«. Ein Bekenntnis zum »Bildungsbürgertum« ist unmöglich geworden; es ist historisch abgeschlossen, es ist der fatale Versuch, etwas besseres zu sein, es ist ein Affront gegen »das Volk«, und für die Karriere ist es auch eher hinderlich als förderlich. So wie also »das Linke« sich von einem sozialen Erfahrungs- und Handlungsort entfernt hat, um zu einem abstrakten moralischen Gegenstand von »Haltung« zu werden, so hat sich Kultur – als Medium von Aufklärung und Kritik vom Bürgertum einst modernisiert – von einem Klassenbewusstsein (und hier und da sogar Klassengewissen) zu einem mehr oder weniger folgenlosen und mehr oder weniger ausgelagerten Minderheitskult gewandelt. Natürlich kann sich auch dieser Restposten des einstigen dynamischen Bildungsbürgertums nicht »entpolitisieren« (Kultur ist eine Art Aussteigerdroge geworden), sie ließ sich aber durchaus entmachten, so wie umgekehrt der populären Kultur (»den« Medien) immer mehr der Status eines Machtfaktors in der Demokratie und Postdemokratie eingeräumt wurde. Im Gegensatz zum klassischen Unternehmerkapitalismus ist der Neoliberalismus nicht mehr auf »Fortschritt«, sondern nur noch auf Wachstum aufgebaut, und in der Hochkultur wie in der Popkultur herrscht daher schon seit geraumer Zeit fundamentale Abneigung gegen »Zukunft«. Ewige Gegenwart, ewige Wiederkehr von Regressionsschüben ist das Versprechen.

Schon in den siebziger Jahren war dem deutschen Bundeskanzler Schmidt öffentlich klar geworden, dass in Deutschland keine Regierung gegen die *Bild*-Zeitung möglich ist, und heute gehört es zum Grundwissen des politischen Nachwuchses, dass man ohne Fernsehen nichts wird. Diese Bewegung der Macht von der »Hochkultur« zur »Populärkultur« als Demokratisierung oder gar als Überwindung der elitären Legitimationsinstrumente der herrschenden Klasse zu feiern, ist grundfalsch. Denn einerseits sind die Fabrikationsanlagen der populären Kultur ja so fest in den Händen der ökonomischen Elite wie die bürgerliche Kultur nie war, und andererseits ist der Verzicht auf die »Hochkultur« auch nichts anderes als ein Verzicht auf Emanzipation und Fortschritt. Denn diese Hochkultur enthält unter vielem anderen auch das Archiv der Befreiungskämpfe, sie enthält die Instrumentarien der Kritik, und sie ist das Transportmittel zwischen dem Allgemein- und Alltagswissen und dem »Geheimwissen« von Wissenschaft und

Expertentum. Wenn »das Volk« auf eine Kultur hereinfiele, die behauptet, man brauche nicht mehr als »Traumschiff«, *Bild*-Zeitung, Oktoberfest und Internet-Pornos und ein Mehr an Kultur und Kunst sei nur »elitär« und »abgehoben«, dann hätte dieses Volk alles für seine Selbstentmachtung getan. Glücklicherweise aber ist dieses Volk nur eine Erfindung von Wurstreklame und Rechtspopulismus. (Unglücklicherweise bilden sich eine Menge Menschen in sehr verschiedenen Lebensumständen genau so ihr Selbstbild.)

Populäre Kultur, also die ästhetische Materie, aus der Kulturindustrie wie Popkultur schöpfen, ist nur einerseits eine industrielle Nachfolge jener Volkskultur, die man als sekundären Code für eine Aufhebung von Lust und Ordnung hinlänglich beschrieben hat. Sie benötigt andererseits die industrielle Produktionsweise, was unter vielem anderen die Gegenwart von Maschinen und Fabriken beinhaltet, die extreme Arbeitsteilung, die Normierung, die Trennung zwischen primären, sekundären und tertiären Produzenten (Maschinisten, Erfinder und Fabrikherren), und bislang ist noch keine Traumfabrik abzusehen, in der etwa diese Teilung aufgehoben wäre: die Leute, die Musik machen, die Leute, die sie verarbeiten, und die, die sie vermarkten. Die Schauspieler, die Regisseure und die Harvey Weinsteins.

Antonio Gramsci hat deshalb stets darauf bestanden, dass man nicht nur die populäre Kultur als Produktion des Alltagswissens ernst nehme, ihre ganz eigene Semantik und Ästhetik würdige, sondern stets auch einen Dialog mit der traditionellen Hochkultur (die ja einen solchen Namen erst durch die kulturellen Klassenkämpfe erhielt), am Ende Übernahme und Versöhnung anzustreben habe. Im Pop der sechziger und siebziger Jahre schien sich eine solche Möglichkeit durchaus anzubahnen. Es war möglich, Rolling Stones und Chuck Berry zu hören, und zugleich Rilke und Marx zu lesen. Bei Bob Dylan kam das alles ohnehin wieder zusammen, und bei Frank Zappa auch, ebenso aber auch bei Andy Warhol, der den Künstler als Pop-Star gab und die

Techniken von Hoch- und Massenkultur bewusst miteinander kurzschloss. Pop, Politik und »Hochkultur« verschmolzen nun keineswegs miteinander, so wenig sie das im Hades der »Klassik light« oder der »Kunst am Bau« taten, aber sie verloren ihren Hierarchie- und Distinktionswert. Desgleichen sang Aretha Franklin auch für rebellische weiße Frauen aus dem Mittelstand von Veränderung und Respekt. Man hörte Jimi Hendrix in Autowerkstätten und Universitäten; Donald Duck wurde in Kinderzimmern und Republikanischen Clubs gelesen, kurzum: Im Pop sollte Kultur ihren Klassen-, Rassen- und Gender-Charakter überwinden und in den Dienst allgemeiner Erneuerung und Befreiung gestellt sein. Vor allem, um gemeinsam Spaß zu haben.

Der Rückschlag kam viel früher, und er wurde nicht zuletzt von einer Kulturindustrie betrieben, der an einer Vervielfältigung der Märkte und an verstärkter Kontrolle ihrer primären Produzenten lag. Elvis Presley war ja noch ein in sich durchaus rebellisches Produkt dieser Industrie gewesen, aber die Beatles griffen selbst in die Produktionsmaschine ein und machten sich über die Macht ihrer Vermarktung lustig, sie ließen erahnen, dass sich Besitzverhältnisse ändern können. Und Kontrollinstanzen.

Bei Elvis Presley erinnern wir uns freilich schon an die widerwärtigsten Machenschaften in dieser Pop-Industrie, als eine von Weißen für Schwarze produzierte Zeitschrift ein »Zitat« publizierte, demzufolge Elvis gesagt haben solle, ein Schwarzer sei für ihn gerade gut genug, die Schuhe zu putzen. Natürlich hat er so was nie gesagt, aber anders als die Beatles war er nie Herr seines Materials noch seines Images. Er konnte nur der Elvis sein, den man aus ihm machte, was für seine Zeit schon eine Menge war. Dieses Beispiel zeigt, wie sehr Rassismus immer auch ein Produkt ist, das zugleich Politik und Markt bedeutet. Es ist eben nicht nur das Schuhputzerbild des Afroamerikaners, sondern auch das des weißen Rassisten ein Produkt der Kulturindustrie. Und wie alle Produkte der Kulturindustrie schöpfen sie aus einer sozialen Realität und dem Alltag, lassen sich aber nach Bedarf manipulieren.

Der Kampf war lange nicht geschlagen mit der Gegenreformation der popkulturellen Industrieprodukte in den siebziger und achtziger Jahren, er dauert, genau besehen, bis heute an und bringt auch immer wieder heroische Szenen (Do it yourself-Punk) und Einzelkämpfer hervor, die sich nicht vollständig in den Dienst der neuen, neoliberalen Populärkultur stellen lassen. Die Mainstream-Variante ist der nachdenkliche Pop-Star. Aber die eben auch politisch »gefährliche« Mittlerposition zwischen »Hochkultur« und »Populärkultur«, die ein Erobern der kulturellen Bastionen durch die Kids, die Frauen, die Arbeiter, die Dissidenten, die Nomaden und Kreolen möglich machte (oder das wenigstens als utopischen Traum erscheinen ließen, was störend genug ist), dieser Schlüssel zu einem universalistischen und offenen Kulturverständnis (von Nietzsche zu den Beach Boys und zurück, und es ist überhaupt nicht ausgemacht, was von beiden »schwieriger« ist; schließlich ist egal, ob ich etwas »richtig verstehe«, wenn es keine Autorität gibt, die behauptet zu wissen, was »richtig verstehen« bedeutet), nebst der Entmachtung einer alten kulturellen Elite, er wurde aus politischen wie aus ökonomischen Gründen begraben. Denn es liegt im Interesse der Macht wie im Interesse des Profits, dass sich Hochkultur und populäre Kultur wider strikt trennen und sich anstelle des verlorenen utopischen Pop-Segments ein dezidiertes »postmodernes« Angebot setzt: Ein bisschen was von beidem. Das Pop/Hochkultur-Hybrid, das exakt dem neuen Kleinbürgertum entsprach, dem Hochkultur zu unmodern und Pop zu schmutzig war. Oder die Fetischisierung des Trash, in dem sich die postliberale akademische Jugend mit Russ-Meyer-Filmen, Motorhead-Platten und Loser-Fußballvereinen ihrer sinnlichen Qualitäten versicherte. Aber selbst dies ist schon wieder Vergangenheit. In der Welt von Helene Fischer und »Fack Ju Göthe« ist Pop im Wesentlichen bereits eine Art innere

Emigration, eine Subkultur, die nun zumindest wieder darum kämpft, Begleitmusik zur Verteidigung der Demokratie zu sein. Was im übrigen verdammt nicht wenig ist.

III

Was wir von Antonio Gramsci gelernt haben, das ist, dass in den westlichen Industriestaaten der Kampf nicht so sehr ums Überleben, nicht einmal allein um die Macht geht, sondern vor allem um die Gestaltung des Alltags. Nicht ums Sein oder Nichtsein geht es der Mehrzahl der arbeitenden Menschen, sondern ums Wie-Sein, ums Mehr- oder Anders-Sein. Das verändert auch die Bedingungen des Links-Seins. Nach wie vor ist es gespalten in ein moralisches und ein politisches Verhalten; links mag der dissidente Bürger auf andere Weise sein als sein proletarischer oder postproletarischer Genosse, und darin eingelagert mag auch eine höchst unterschiedliche Art wirken, feministisch zu sein. Nicht nur weil es einen Unterschied macht, auf Privilegien zu verzichten oder sie gar nicht erst zu haben, sondern auch, weil es einen noch erheblicheren Unterschied macht, Verhältnisse als allgemein falsch oder persönlich unerträglich zu empfinden. Je mehr es indes um den Alltag und seine Ausgestaltung – also um Pop – geht, desto mehr verliert der Widerspruch von moralischem und politischem Antikapitalismus an seiner Ausweglosigkeit. Im Kampf um die Qualität des Alltagslebens heben sich die Widersprüche zwischen den beiden Klassen, Bürgertum und Proletariat, der Mittelklasse und den blue collar workern auf, und zwar in doppeltem Sinne: Sie setzen sich auf der Ebene der Zeichen, Symbole, Narrationen und Bilder fort, und sie verbinden sich zu etwas Neuem, zu einem meta-klassenhaften Konglomerat von Information und Unterhaltung.

Popkritik ist also immer auch die Kritik des Alltagslebens und dessen, was in es »hineinregiert«, die Interessen von

Staaten und Ökonomien, die Interessen von Gruppen und Personen. Der Alltag ist nicht nur Widerschein des Politischen, der Alltag ist das Politische schlechthin. Es gibt in ihm und um ihn herum nichts Unpolitisches, wohl aber eine Unzahl von Elementen des Anti-Politischen, das heißt von Elementen, die die Verbindungen zwischen dem Alltag und der Geschichte, dem täglichen Leben und der Wirkung der Macht, unterbrechen wollen. Dreimal dürfen wir raten, wer davon profitiert, wenn die Kultur des Alltags sich von der Kultur der Entscheidungen und der Repräsentationen entfernt, und sei es, indem sie »Sprachen« entwickelt, in denen Alltag und Politik nicht mehr miteinander sprechen können. Statt also eine Möglichkeit zu entwickeln, Alltag und Geschichte miteinander kommunizieren zu lassen (das Ideal der Aufklärung in einer Industrie- und Post-Industriegesellschaft), durch Information ebenso wie durch die Entwicklung von Projekten und Narrativen, hat sich Mainstream-Pop zu einer Sprache entwickelt, in der sich ökonomische und politische Interessen der Subjekte bemächtigen: Populäre Kultur soll ihre Adressaten auf eine Weise an ihren Alltag binden, dass sie beidem nichts mehr entgegensetzen. Pop heißt Profit, und Pop heißt Propaganda, und das Profitinteresse und den Propagandaeffekt herauszustellen, ist eine erste Aufgabe von Kritik.

Aber nun lassen sich Profit und Propaganda immer nur so weit synchronisieren, wie es keinen Widerspruch zwischen Ökonomie und Politik gibt, das heißt in unserem Fall, dass der Kapitalismus vollkommen demokratieförmig, bzw. die Demokratie vollkommen kapitalförmig geworden wäre. Das freilich scheint genau so wenig möglich wie eine vollständige Kontrolle der Popkultur durch Markt und Zensur. Wir, die »subalternen Schichten«, das Gemisch von mehr oder weniger prekarisierten Lohnabhängigen und Alltagsmenschen, deren Klassenlage sich zunehmend nicht mehr ökonomisch, sondern kulturell bestimmt (reiche Prolls und arme »Bildungsbürger«, Milliardäre, die mit Hilfe des »Volkes«

das »Establishment« stürzen wollen), wir sind immer noch ein undisziplinierter und widerspenstiger Haufen, aus dem immer wieder neben dem Hunger nach Unterhaltung auch ein Hunger nach Wahrheit aufscheint. Die ökonomische Struktur der Popkultur macht uns zu bedeutenden Mitproduzenten. So wenig sie »frei« und »demokratisch« produziert wird, so wenig kann sie uns einfach vorgesetzt werden. Man kann uns nicht zwingen, man muss uns verführen; man kann uns nicht mehr disziplinieren, man muss uns kontrollieren; man kann uns nicht ausschließlich belügen und verblöden, denn die Brüche, Widersprüche, Entblößungen und Demaskierungen lauern an allen Ecken und Enden. Gramsci forderte uns auf, eine »komplizierte, ideologische Arbeit« zu verrichten, um die Brüche und Widersprüche in der Alltagskultur, die verborgenen Wahrheiten und Enttarnungen, aber auch die verborgenen Wünsche und Hoffnungen ebenso sichtbar zu machen, wie Werbung und Propaganda.

Die Herstellung des Alltagsverstands durch Popkultur und Warenwelt ist der Gegenstand meiner Idee von Popkritik, die weder von außen noch von oben kommt, sondern aus der Mitte von Empathie und Erschrecken, aus Nähe und intellektueller Distanz. Auch darin stimme ich mit Gramsci überein: Dieses »Intellektuelle« ist nur einerseits ein Berufsmerkmal, auf der anderen Seite ist es eine mögliche Haltung in jeder Lebenssituation, in jedem Arbeitsfeld, in jeder Kultur und Subkultur, in jeder Klassenlage. Mit den Intellektuellen verhält es sich wie mit der Kunst: Dass es berufsmäßige Künstler gibt, widerspricht nicht dem Statement, dass in jedem Menschen der Künstler als Möglichkeit steckt. Intellektuelle in diesem Sinn sind das Gegenteil von Experten, Wissenschaftlern oder Priestern, es handelt sich vielmehr um Menschen, welche die Felder der intellektuellen Auseinandersetzung zu erweitern und zu beschreiben haben. Die Intellektuellen haben nicht die Aufgabe, über den Alltagsverstand hinaus zu führen, sondern im Gegenteil, in ihn hineinzuarbeiten und, wie Gramsci das gefordert hat, eine Verbindung zu schaffen zwischen der Alltagskultur von uns gewöhnlichen Leuten und der »Hochkultur«, die angeblich oder tatsächlich sowohl Privilegien ausdrückt als auch an die Anwendung von Privilegien gebunden ist.

Dabei gilt es, zwei Mythen zu entlarven. Der erste Mythos besagt, dass Popkultur simpel, kindlich und »volkstümlich« ist, leicht zugänglich und »leicht verdaulich« in ihrer seriellen Redundanz letztlich leer oder beliebig füllbar, tautologisch und unreflektiert. Das ist Quatsch, oder schlimmer, es ist Ideologie. Der zweite Mythos besagt, dass Hochkultur kompliziert und schwierig, prätentiös und hermetisch ist, schwer zugänglich und schwer verdaulich. Das ist genauso Quatsch und genauso ideologisch. Es ist gewiss kein Zufall, dass es in den rebellischen Zeiten, in den Zeiten einer stärkeren Präsenz von linker Kultur, zwischen Pop und Hochkultur keine unüberbrückbaren Grenzen gibt, die eine Seite nicht nur von der anderen profitiert, sondern beide Seiten von einer lustvollen Vereinigung träumen, während in den Zeiten der rechten Hegemonie taktisch und strategisch die volkstümliche gegen die elitäre Kultur ins Feld geführt werden. Die Differenz zwischen Popkultur und Hochkultur ist einerseits Ausdruck einer historischen und sozialen Entwicklung (man kann den Klassencharakter von Kultur nicht einfach leugnen, und eine Amalgamierung zum Beispiel in musikalischem Klassik-Kitsch ist das Letzte, was uns voranbringt), sie ist andererseits aber auch ein ideologisches Konstrukt. Vor allem aber entspricht sie Marketing-Interessen; beides verkauft sich besser als Abwehrzauber gegen das jeweils andere.

Zweifellos unterscheidet sich eine Kritik des Pop-Produkts von einer Kritik eines Kunstwerkes, nicht so sehr in Bezug auf die Qualität (was immer das sein mag), sondern in Bezug auf die Zeit. Sucht die Kunstkritik nach dem »Bleibenden«, dem, was Kulturen und Epochen miteinander gemeinsam haben, so spürt die Popkritik dem Gegenwärtigen nach. »Musik zur Zeit« lautet der treffende Untertitel der Zeitschrift *Spex*. Es geht darum, herauszufinden, was »signifikante Äußerungen zu einem bestimmten Zeitpunkt« (Ralf Hinz) sind. Das ist eine etwas abstraktere Bezeichnung des Umstands, dass man Pop immer nur aus dem Leben heraus kritisieren kann, und die Frage nach der bedeutenden Äußerung ist immer die Frage nach dem, was es mit uns zu tun hat (wer immer »wir« gerade sind). Ich kann also einen Beatles-Song mit Mitteln der Kunstkritik beschreiben (und bemerken, wie nahe er an einem Schubert-Lied ist), wie ich umgekehrt eine Botticelli-Ausstellung mit den Mitteln der Popkritik beschreiben kann (wie sehr uns solche Schönheit in den Alltag scheint oder auch nicht); Kunstkritik und Popkritik unterscheiden sich weder durch ihre Gegenstände – denn so, wie alles als Pop gesehen werden kann, kann auch alles als Kunst gesehen werden – noch durch ihre Haltung (Kunstkritik und Popkritik können beide demokratisch-kritisch oder reaktionär-mythisch sein, kann sich an linke wie rechte Diskurs-Modelle anlehnen, sie unterscheiden sich durch Absichten und Methoden. Jede Kunst enthält Pop, und etliches an Pop enthält Kunst.

Dabei sind der chaotische, spontane, unbekümmerte und skizzenhafte Pop und die kohärente, systematische, homogene Hochkultur (um Gramscis Begriffe zu benutzen) aufeinander angewiesen, wenn es um Möglichkeiten von Wirkung und Veränderung geht; das eine ohne das andere ist kulturelles Gefängnis, Glocke, Tautologie, Entmachtung. Alles, was geschieht, ist im Übersprung zwischen Hochkultur und Pop, und umgekehrt ist nur zu leicht zu beschreiben, wem die strikte Trennung zwischen beidem nutzt. Pop (das Jetzt) und Hochkultur (das Archiv des Wissens) sind nicht als Verschmelzung, sondern im Dialog fruchtbar. Denn so wie Pop den Alltag und seinen Verstand (Verstehen und Verständnis) konstruiert, konstruiert die Hochkultur die großen Systeme, Staat, Bildung, Wissenschaft etc. Popkultur, die sich als Widerpart zur Hochkultur versteht, schneidet ihre Adressaten von den großen Systemen und ihren »Narrativen« ab; sie erzeugt ein wohliges Empfinden der Ohnmacht in der Geborgenheit, aber sie bündelt dieses Ohnmachtsempfinden auch wieder und erzeugt die Energien politischer Bewegung. Der schlimmste Fall ist jener Mensch, der sich in seiner »volkstümlichen Unterhaltung« von der demokratischen Teilhabe abkapselt, um dann gegen eine Demokratie zu Felde zu ziehen, die ihm vermeintlich diese Teilhabe verweigerte.

Unglücklicherweise spielt die Kritik zu oft dieses Spiel mit. Wenn Popkritik da hingeht, wo es weh tut, ist sie schnell mit dem Vorwurf »elitärer Arroganz« konfrontiert, und umgekehrt werden die Pop-Bekenntnisse von ansonsten eher akademischen Denkerinnen und Denkern rasch als modische Anbiederung markiert. Als gälte es, die Denkfigur von Elitarismus und Populismus hier fortzusetzen. Aber worum es geht, ist dies: Weder ist die sogenannte Hochkultur ein privilegierter Besitz einer kulturellen Seitenklasse des Establishments, noch ist Pop das intellektuelle und ästhetische Gefängnis, in das die Unterhaltungsindustrie »das Volk« einsperrt. Beides aber ist in einem ideologischen, ökonomischen und politischen Interesse durchaus zu konstruieren. Wenn ein Volksmusik-Fuzzi erklärt, seine Musik und seine Texte repräsentierten eben das Leben der »kleinen Leute«, von dem die intellektuellen Kritiker keine Ahnung hätten, dann lügt er nicht nur, sondern er konstruiert auch die kulturelle Basis für den politischen Populismus. »Volkstümliche Unterhaltung« schuf die Basis als kulturelle Hegemonie für eine neo-völkische Bewegung in der Politik. Beides kommt nicht ohne die Konstruktion von Feindbildern aus, und sie ähneln sich erschreckend.

Pop ist emotional. Hochkultur ist rational, jedenfalls wird sie allgemein so gesehen. Demnach müsste also Pop anti-rational, und intellektuelle Kritik anti-emotional sein. Wer sagt das? Wie alles, was gesagt wird, wird es vor allem von jenen gesagt, denen es nutzt. Jenen also, die das Rationale aus dem Pop und das Emotionale aus der Hochkultur heraushalten wollen. So begreifen wir allerdings auch wieder, welche Widerstände sich dabei auftun, wenn das eine zur Eroberung des anderen aufbricht, während sich das andere zugleich gegen das eine verteidigen zu müssen glaubt. Veränderungen aber, vielleicht sogar einfach Erkenntnis, gibt es nur, wenn das Emotionale und das Rationale ineinander wirken. Eine Revolution – oder auch nur ein verändernder Eingriff in die großen Systeme von Politik, Wirtschaft und Wissenschaft –, die ausschließlich rational vonstatten ginge, ist ebenso zum Scheitern verurteilt, wie eine ausschließlich emotionale Bewegung etwas verändern kann.

Die Rechte hat längst erkannt, dass der politische Kampf auch durch kulturelle Hegemonie entschieden wird, und der popkulturelle Mainstream hat dieser Strategie des »Rechtsgramsciismus«, der von den Vordenkern der französischen Nouvelle Droite als erste zum Programmpunkt erhoben wurde, erstaunlich wenig entgegengesetzt. Hat die Linke, auch in der Popkritik, »versagt«? War sie zu hochnäsig oder traditionalistisch, zu ökonomistisch oder ignorant? Hat sie nur abgelehnt, als es darum ging, zu verstehen?

Schwer zu sagen. Ich weiß nur, dass ich mich in ein paar Büchern und etlichen Essays darin versucht habe, Elemente der Popkultur in ihrer Wirkung auf den Alltagsverstand (einschließlich meines eigenen) zu verstehen und in ihnen sowohl Absichten und Interessen als auch Reichtum und Widersprüchlichkeit zu entdecken. Einer der roten Fäden dabei war die Frage, wie sehr sich völkisches, rassistisches, nationalistisches und sexistisches Denken in der Popkultur einnisten und den Alltagsverstand vergiften konnte. Seit den siebziger Jahren gibt es in Deutschland eine Pop-Linke, die sich an Kritik und Theorie zur populären Kultur, zu Ideologiekritik und zu Konstruktion und Dekonstruktion von Alltagsverstand versucht, und es gab und gibt Medien, die ein neues Schreiben über Pop, Kunst, Politik und Hochkultur ermöglichten, wenn auch zumeist in bescheidenem Rahmen. Der Erfolg dieser Arbeit war überschaubar. Dass sie in der bürgerlichen Mitte nicht wirklich ankam, war einigermaßen vorhersehbar, ebenso die rasch hochgezogenen Mauern zwischen linker Popkritik und akademischer Lehre; die Ignoranz jener Linken, die heute lamentiert, es hätte ihr an Gegenkräften gegen die rechte Eroberung von Popkultur und Alltag gefehlt, schon weniger. So konnte diese bizarre Kultur des gönnerhaften Populismus entstehen, die dem niederen Volk seine Vergnügungen liefert, wie es die mehr oder weniger Verantwortlichen in den großen Fernsehanstalten tun, weil es gut für Quote und Karriere ist. Ein Großteil der Popkultur wird von Menschen verantwortet und verwaltet, die selber nicht an Pop glauben; die Produzenten der volkstümlichen Kultur widmen sich persönlich eher den Ritualen der Hochkultur. Und auf diese Weise entstand eine populistische Kultur aus zweiter Hand, die im übrigen nur durch ihren beständigen Wechsel von Hysterie und Wiederholung wirkt, und die am Ende gar nicht anders kann, als zum politischen Bekenntnis zu werden.

Antonio Gramsci hat das an einem Beispiel beschrieben: »Angesichts des Anwachsens der politischen und sozialen Kraft des Proletariats und seiner Ideologie reagieren einige Teile der französischen Intelligentsia mit diesen Bewegungen zur ›Zuwendung zum Volke‹. Die Annäherung ans Volk bedeutete also eine Erneuerung des bürgerlichen Denkens, das seine Hegemonie über die unteren Klassen des Volkes nicht verlieren will und das, um diese Hegemonie besser auszuüben, einen Teil der proletarischen Ideologie assimiliert.« Das »Volkstümliche« in der Kulturindustrie ist also nicht etwas, das aus dem Volk kommt (aus der Welt des Alltags, aus unserer Welt), sondern etwas, das über das Volk kommt (ein Kontroll- und Manipulationsspiel mit Belohnungsregression und Bestrafungsängsten fürs Nicht-Dazugehören).

Allerdings: Diese Zuwendung indes gibt es in einer linken und in einer rechten Form, sie kann neue Allianzen ebenso wie Manipulation oder Betrug bedeuten. Wie es aussieht, wurde wenig oder nichts von einer proletarischen Ideologie, sehr viel aber von einem »proletarischen Geschmack« assimiliert. Und aus einer möglichen Kommunikation wurde ein Geschäft. Die »Zuwendung zum Volke«, die möglicherweise eine neue Allianz hätte erzeugen können, mit all seinen Widersprüchen, wurde als Geschmacks- und Objektfetischismus ein gemeinsames Projekt von Neoliberalismus und Rechtspopulismus. Die Pop-Linke dagegen wurde versprengt und isoliert; es war, als hätte die Kulturindustrie nur auf den geeigneten Moment gewartet, sich ihrer zu entledigen, ihre Medien auszutrocknen, ihre Diskurse ins Leere laufen zu lassen. Man durfte sich mit dem »Zeitgeist« verbunden fühlen. Pop war tot. Wieder mal.

IV

Zum Glaubensbekenntnis des Neoliberalismus gehört, bis in die Kulturen seiner Gegner hinein, ein Triptychon der Verneinung: Es gibt keinen neuen Jesus Christus. Es gibt keinen neuen Karl Marx. Es gibt keine neuen Beatles. Das scheint so selbstverständlich und irgendwie auch schwer entlastend, dass man zu fragen vergisst: Warum eigentlich nicht? Lassen wir mal die Frage nach Jesus Christus und vorläufig auch die nach Karl Marx beiseite, dann können wir uns den Beatles zuwenden. Natürlich war das, was die Fab Four schafften, ein Quantensprung in unserer Musik. Rock'n'Roll eroberte Kunst oder ließ sich von Kunst erobern.

Danach war alles möglich und ist es immer noch. Wer glaubt, zwischen Rock'n'Roll und Kunst würde nichts mehr passieren, hört wahrscheinlich wenig neue Musik oder hat vor Jahren sein *Spex*-Abo gekündigt. Nur begleitet es eben nicht mehr die Befreiung von Generationen und Kulturen, es ist am Ende, was die Kunst schon immer war, vor allem subjektive Kraft. Über die neue Pere-Ubu-CD zu sprechen, ist fast schon konspirativ, und Yello Biafra ist ein Held für

Leute, die sich sowieso auf verlorenem Posten wähnen. Schlimmer geht es jenen, die vom offiziellen Kulturbetrieb musealisiert werden wie Kraftwerk oder Einstürzende Neubauten. Und vom grönemeyernden Pop-Patriotismus wollen wir gleich ganz schweigen. Für den Augenblick jedenfalls.

Neue Beatles gäbe es also zuhauf, nur ein neues Beatles-Publikum gibt es nicht. Erinnern wir uns an die Erfolgsgeschichte von ABBA. Als damals der *Spiegel* verkündete, ABBA verkaufe mehr LPs als die Beatles, tat man es mit der überheblichen Geste: Da habt ihr es! Eine große Erleichterung der Wächter der Hochkultur: Pop ist und bleibt Ramsch – unnütz zu sagen, dass man auch ABBA nicht genau zu hören bereit war. Obwohl die Platte in jedem WG-Gemeinschaftszimmer stand, sichtbar genug, war die »Bananen-Platte« der Velvet Underground kein kommerzieller Erfolg. Helene Fischer oder Andreas Gabalier füllen Konzerthallen wie die Beatles und lösen Begeisterung aus; die Rolling Stones machen das immer noch, wenn auch eher als Erinnerung *an* Pop als Pop. Was ist der Unterschied?

Eine Tatort-Besichtigung macht es rasch deutlich: Das eine sieht aus wie eine Gefängnisrevolte, das andere wie die Verteidigung einer belagerten Burg. Das sind zwei sehr extreme Formen von Kollektivierung. So macht sich der nachdenkliche Pop-Star auf, eine verlorene Kraft der Subjektivitäten, einen verlorenen Safe Space der Kommunikation zu errichten, in den Texten, den Interviews an ein verlorenes »Unter uns« zu erinnern. Der nachdenkliche Pop-Star mit einem Hang zur Kunst ist ein Zerfallsprodukt des großen Bruchs. Pop für Leute, die nicht mehr an Pop glauben.

Die andere Seite des »nachdenklichen Pop-Stars« ist der Popkritiker/die Popkritikerin, die sich von der jugendlichen Leidenschaft zurückgezogen haben und eine mehr oder weniger ironische Meta-Haltung einnehmen. Nicht einmal echte Nerds können sie sein, ohne sich zugleich über das eigene Nerdtum lustig zu machen. So haben wir eine Popkritik, was Musik, Comics oder Film anbelangt, in der immer mehr Wissen akkumuliert wird, bis hin zu einer etwas grotesk asynchronen Akademisierung (so viel filmhistorische Fachbücher bei so wenig Interesse an Filmgeschichte!), aber immer weniger Leidenschaft und Empfindung (vom Narzissmus des kritischen Subjekts abgesehen). Die Popkritik, die diesen Namen noch verdient, steht eindeutig neben sich selbst. Sie glaubt weder an ihren Gegenstand noch an sich noch an die Gemeinschaft mit den Adressaten. Popkritik als Technik der Vereinzelung aber ist das Gegenteil dessen, was sie eigentlich einmal hätte werden können, nämlich eine organische intellektuelle Begleitung einer aufrührerischen oder dissidenten Alltagskultur.

Wir lassen uns auf diese Weise zu Agenten der »zirkulären Produktion von Vereinzelung« machen, von der Guy Debord gesprochen hat. »Der Ursprung des Spektakels«, sagt Debord, »ist der Verlust der Einheit der Welt.« Setzen wir an die Stelle von »Spektakel« Pop. Und an die Stelle von »Welt« erst einmal bescheiden unsere Gesellschaft oder unsere Kultur. Dann ist die Frage, was mit diesem Verlust der Einheit, die es vielleicht auch nie gegeben hat, angestellt wird. Wird der Verlust bestätigt, beklagt, erklärt oder rückgängig gemacht? Wird Einheit wieder erzeugt oder wenigstens simuliert oder wird umgekehrt ihr Verlust mit Sinn und Haltung ausgestattet? Geht es zurück ins kindliche Paradies oder vorwärts ins Utopische oder doch nur seitwärts in den Reproduktionsraum der »Freizeit« zwischen den Arbeits- und Konsumzyklen? Ist also Pop Teil des Lebens (Teil der Person und Teil ihrer Stellung in der Geschichte) oder ist Pop Auszeit in der Warenwelt, untoter, verdinglichter Appendix, Schmiermittel zwischen Totarbeiten und Totamüsieren? Wer weiß. Entscheidend ist nicht die Antwort, entscheidend ist der Mut, die Fragen zu stellen.

PREKARIATSBLUES

Oder: POP UND DIE KLASSE, DIE KEINE IST

I

Kein guter Witz: Treffen sich ein Popkritiker und eine Aushilfsverkäuferin beim Bäcker (mit *Bild*- und Heimatzeitung sowie Post-Service) und wechseln, wenn es ein guter Tag ist, ein paar Worte über das Wetter oder neue Ereignisse im Viertel. Im Hintergrund belegt eine Frau mit Kopftuch die Brötchen, die sich die arbeitende Bevölkerung zum Coffee-to-go gönnen soll; sie spricht überhaupt nicht, sondern reagiert stumm auf Regeln und Anweisungen. Dann geht jeder wieder in seine Welt. Jeder ist überzeugt, dass die der anderen sehr seltsam sein muss. Dabei wären sie alle drei politisch und ökonomisch dazu durchaus bestimmt, gemeinsam für ihre Rechte, gegen ihre Ausbeutung, gegen die politische Ausblendung ihrer Situation zu kämpfen. Wenn sie nämlich ihr Leben ansehen würden, dann würden sie viel gemeinsames erkennen:

Der Blick auf den Kontostand, schwankend zwischen zäh erarbeitetem kleinen Plus und rapide anwachsendem Minus, das schnell eine Spirale der Verschuldung auslösen kann, aus der man so leicht nicht mehr herauskommt. Dass man »schlecht bezahlt« wird, heißt nicht nur, dass es zu wenig ist, sondern auch, dass es zu unzuverlässig ist, um die Planung über die eigene »Erwerbsbiographie« zu ermöglichen.

Die Sorge darum, von Behörden, Banken, Versicherungen, Vermietern usw. als »kredit-« bzw. »vertrauenswürdig« betrachtet zu werden oder eben nicht.

Die Angst davor, dass man nächste Woche nicht mehr gebraucht wird oder durch jüngere, billigere und willigere Nachfolger ersetzt wird. Die Gesellschaft weist dir keinen Status zu, sondern kontrolliert unentwegt deine Augenblicklichkeit.

Die Angst vor dem Fehler, der Missgunst, dem Mobbing, was einen so schnell wieder »freistellt«, wie man seinen befristeten und ungesicherten Job bekommen hat. Und wo es Freundschaft und Solidarität gibt, entfaltet es sich aufgrund anderer – vielleicht popkultureller – Codes als diejenigen, die sich aus gemeinsamer Arbeit ergeben.

Die Abhängigkeit von der »Bedarfsgemeinschaft« (so heißt im Bürokratensprech die Familie), in der jeder Ausfall eine Katastrophe bedeutet und in der immer die einen die anderen »mitschleppen«, die sich ihrerseits dafür schämen und an die Grenzen der Solidarität in Familie und Freundeskreisen denken.

Die Abhängigkeit aber auch von der Firma, dem Unternehmen, dem Projekt, die selber auf Wolkensäulen stehen, und auf jede Forderung mit dem Hinweis auf den eigenen Ruin und damit natürlich auch dem Verlust der Arbeitsplätze von Kollegen und Kolleginnen drohen.

Die Unmöglichkeit, ernsthaft Vorsorge für die kommenden, möglicherweise noch schlechteren Jahre zu treffen.

Das entschiedene Empfinden, dass das eigentliche Leben woanders stattfindet.

Die Erfahrung vollkommener Gleichgültigkeit seitens der Politik, der Regierung und der Parteien, denen unser Leben scheißegal ist, solange wir uns nur brav verhalten und die Arbeitslosenstatistik nicht belasten. Welchen Sinn macht für uns »Wählen«? Welchen Sinn macht Demokratie jenseits von Gewohnheit und Moral? Das Sprechen über die eigenen Arbeitsbedingungen bedeutet die Beendigung des Arbeitsverhältnisses, und das gilt für »freie Mitarbeiter« im Kulturbetrieb so sehr wie für Paketboten, Erntehelfer oder Putzkräfte.

Die Rechtlosigkeit, die Organisationslosigkeit, die Medienlosigkeit.

Die Sorge darum, den letzten Schritt nach unten zu tun oder Erwartung und Verantwortung nicht gerecht werden zu können. Die Alleinerziehenden, die mit den Pflegefällen in der Familie, die Hereingefallenen des Konsums usw. Schweigen wir von den Kranken, den Beeinträchtigten, den Alten, denen, die nicht mehr mitkommen, nicht einmal auf der Ebene unserer prekären Flexibilität.

Die Unfähigkeit, über die Lebensfalle zu sprechen, in die man geraten ist oder in die man gleich hineingeboren worden ist. Das Wissen, dass die Alltagspraxis des Überlebens nicht das Geringste mit den allgemeinen Selbstbildnissen dieser Gesellschaft zu tun hat. Vieles von dem, was in den Mainstream-Medien verhandelt wird, stellt sich von uns aus als Luxusproblem dar.

Die vagen Hoffnungen, die uns an manchen Tagen aufrecht erhalten, die Hoffnung darauf, dass vielleicht doch noch der große Auftrag kommt, ein Lotteriegewinn, oder ein Traumjob. Denn unser Leben ist nicht einfach ein langer, gerader Weg nach unten, sondern eine bizarre Achterbahn, die immer wieder Ups und Downs hat. Wir lassen uns die Hoffnung nicht ausreden, dass sich alles zum Guten wenden wird. Daher ist es besser, nicht zu viel miteinander zu sprechen, jedenfalls darüber nicht, denn wenn man erkennt, wie ähnlich unsere Lage ist, dann sinkt die Wahrscheinlichkeit einer subjektiven Verbesserung. Auf jeden Fall wird hier nicht herumgejammert!

Die kleine Gier danach, etwas vom Leben zu haben, etwas Gedrängtes und Spektakuläres; da ist es schnell wieder weg, das Geld, das so mühselig erworben wurde, und daneben steht der hämische Lohnarbeiter in fester Anstellung, der bemerkt: Die haben offenbar immer noch zu viel Geld! Sparen jedenfalls macht für uns kaum einen Sinn, das Geld reicht nicht einmal für die Reproduktion der eigenen Arbeitskraft. Deswegen muss man sich beeilen, etwas Großes zu erleben. Aber was ist groß? Wer anders als unsere Medien kann es uns sagen? Was bleibt zwischen Traumschiff und Nagelstudio? Zwischen Piercing und Oktoberfest?

Wir, die »Prekären«, egal ob es sich um ein Luxusprekariat ewiger Praktika handelt, das zwar Ausbeutung hoch drei aber doch ein Privileg des Dabeiseins und Wichtigtuns bedeutet, oder das Elendsprekariat, in dem man sich in immer weitere Armut hineinschuftet, wir Prekären werden von der Elite der Lohnarbeiter, Leistungsträger und Belegschaften miss- und verachtet. Oder zumindest fühlen wir uns so.

Der Popkritiker, die Aushilfsverkäuferin und die Küchenhilfe haben davon gewiss sehr unterschiedliche Ideen. Denn so sehr sie einander durch ihre ökonomische Situation ähnlich sind, und so sehr sie unter der gleichen Ignoranz der politischen und gesellschaftlichen Institutionen leiden (einschließlich der »linken«), so sehr sie also Elemente der gleichen ökonomischen Klasse (oder Nicht-Klasse) sind, so unterschiedlich, so weltweit voneinander entfernt sind ihre kulturellen Schnittstellen. Nicht einmal reden könnten sie miteinander von den Bildern ihrer Träume, jedenfalls nicht, wenn es darauf ankäme, von den jeweils anderen auch verstanden zu werden. (Schon deswegen muss ein leeres Sprechen entwickelt werden.)

Das Klischee ist ganz einfach. Der Popkritiker schwadroniert über THE XX, die Aushilfsverkäuferin hört Helene Fischer, und die Frau mit dem Kopftuch nur Nostalgisches aus der Heimat. Aber vielleicht ist ja alles ganz anders, und die Aushilfsverkäuferin spielt in einer New Wave-Band, die Frau im Kopftuch übersetzt Lyrik und unsere Popkritik hängt heillos in einer 80er-Jahre-Schleife fest. Als Wahrheit bleibt nur: Wir wissen zu wenig voneinander. Und die zweite Wahrheit ist: Das ist kein Zufall, dass wir schwer zu einer gemeinsamen Sprache kommen.

Das Prekariat ist die Sphäre der entwerteten Arbeit und der entrechteten Menschen. Es ist eine Klasse, die keine Partei und keine Organisation, kein Projekt und kein Bewusstsein hat. Es ist die Klasse der nachhaltig Vereinzelten. Es gibt das akademisch-kulturelle Prekariat, es gibt das Dienstleistungsprekariat, es gibt das digital-»kreative« Prekariat, es gibt das industrielle und post-industrielle Prekariat, und nicht zuletzt gibt es ein landwirtschaftliches Prekariat (das in Mitteleuropa gern der Migration und den »Illegalen« überlassen wird: der hier gnadenlos Ausgebeutete muss anderswo noch eine Familie mit ernähren). Allein im Bereich der »kreativen Kunst« leben in Deutschland im Jahr 2017 1,6 Millionen Menschen (3,3%), von denen ein paar hundert recht gut verdienen, der Großteil aber in prekären Verhältnissen, und davon bis zur Hälfte wiederum so, dass man von seiner Arbeit allein den Lebensunterhalt auf absehbare Zeit nicht bestreiten können wird. Das Durchschnittseinkommen der in der Künstlersozialkasse Versicherten betrug 2016 15.945 Euro, das der männlichen Mitglieder 18.079, das der weiblichen 13.621, und nicht minder gravierend: Das Jahresdurchschnittseinkommen von unter 30jährigen betrug 11.960; in der Sparte Musik sind es bei den unter 30jährigen gar nur 10.955. Alle diese Erfassten erreichen nicht einmal den gesetzlichen Mindestlohn von 17.690 Euro. Die Hälfte aller in der Kulturbranche beschäftigten Menschen hat einen festen Arbeitsplatz; von den freiberuflich Tätigen wiederum arbeiten zwei Drittel in prekären Verhältnissen. Die Entwicklung ist so dynamisch, dass jeder Nicht-Prekäre vor seiner Prekarisierung bangen muss, vor allem dann, wenn er oder sie die Lebens- und Arbeitsbedingungen kritisiert und das tut, was einst von Kultur und Pop am meisten verlangt wurde: Haltung zeigen. Es ist also nicht nur so, dass eine wachsende Anzahl von prekarisierten Menschen den der Prekarisierung angemessenen Pop benötigt, sondern Pop seinerseits ist ein Motor der Prekarisierung.

Die Produzenten der Popkultur leben die neoliberale Mythologie auf eine verschärfte Weise vor und reden sich dabei auf ein »arm aber sexy« heraus; all das, was das Kapital von den neuen Arbeitnehmern erwartet, flexibel, risikobereit, anpassungsfähig und immer auf dem Sprung zur großen »Selbstverwirklichung«, das wird auch vom Pop-Produzenten erwartet, worunter wir nun eine große Entourage der Abhängigen um die eigentlichen Acts mit verstehen wollen. Der Popkritiker, die Aushilfsverkäuferin und die Brötchenbelegerin mit Kopftuch – sie verbindet nicht nur die Trostbedürftigkeit, sondern auch die Trostproduktion. Sie sind es, die »den Laden am Laufen halten«.

Was aber trennt uns, wenn wir doch ökonomisch und politisch so ähnlich behandelt, misshandelt und übersehen werden? Es ist in erster Linie, wie es scheint, die »Kultur«. Eben dies ist die Paradoxie der Situation: Eine wachsende Klasse, das »Prekariat«, nutzt das bisschen Überschuss, das es subjektiv produzieren kann, dazu, sich von den jeweils anderen zu distanzieren. Es müsste schon ein ziemlich teuflischer Stratege sein, sich so etwas auszudenken, aber vielleicht ist es einfach nur die Mechanik des Marktes: Die wachsende Klasse des Prekariats muss sich die kulturellen Instrumente ihrer Entmachtung selber erarbeiten. Nachdem die Klasse eines Proletariats, das sich schon im Kleinbürgertum und bescheidenem Wohlstand einzurichten begonnen hatte (und entsprechend konservativ wurde bzw. die dabei entstehenden Konflikte, schon ganz nach Bürger-Art, internalisierte), zugunsten einer Hybridklasse von »flexiblen« und »dynamischen« Arbeitskräften aufgegeben oder doch wesentlich eingeschrumpft wurde und das Kleinbürgertum selber in den Verliererstrudel zu kommen droht, entfaltet die populäre Kultur ganz offensichtlich nicht nur ihre destruktiven und aggressiven Potentiale bis zum Exzess, sondern dient einer neuen Konstruktion von »Identität« jenseits des realen ökonomischen Lebens. Davon, dass das Sein das Bewusstsein bestimme, kann hier die Rede kaum noch sein. Weder als Widerspiegelung noch als Trost- und Gegenmittel funktioniert die »totale« Popkultur unserer Tage, sondern als Illusion eines eigentlichen Seins. Dorthin, wo sie zurückkehren, der Popkritiker, die Aushilfsverkäuferin und die Küchenhilfe mit dem Kopftuch, soll dieses wirkliche Sein der entwerteten Arbeit nicht reichen.

Prekarisierung reicht in alle Lebens- und Kulturbereiche der neoliberalen Gesellschaft. In der Nationalbibliothek in Rom arbeiten Menschen in der Katalogisierungsabteilung für 400 Euro, bei 20 Stunden in der Woche und 15 Tage Urlaub im Jahr. Sie haben keine Absicherung im Krankheitsfall und keine Möglichkeit, in Mutterschaft zu gehen, weil sie keinen Vertrag bekommen. So also beteiligt sich das Ministero dei Beni culturali an der Prekarisierung, und dies mittlerweile über zehn Jahre. Als einige Zeitungen wie *Il Manifesto* und eine Fernsehsendung auf die Missstände aufmerksam machten, wurde überdies publik, wie sehr die Verhältnisse nicht nur den Überlebenskampf kultureller Institutionen, sondern auch eine neue Sklavenhaltermentalität offenbaren: Man kontrollierte schließlich noch die Lebensmittelgutscheine, die einkassiert werden, wenn sie 400 Euro überschreiten, und eine ständige Überwachung kontrolliert die an sich un-legalen Arbeitskräfte, während zur gleichen Zeit verhindert wird, dass sie in der Buchführung auftauchen. Sie wurden auf diese Weise zu den »toten Seelen« der Kulturarbeit, rechtlos, offiziell nicht vorhanden, gespensterhaft. Aber was wollte man machen? Die Nationalbibliothek schließen? Viele kulturelle Einrichtungen, die aus besseren Zeiten des demokratischen Kapitalismus zu stammen scheinen, überleben nur auf Kosten prekarisierter Arbeit.

Aus der dot.com-Blase, die den Zusammenbruch der New Economy besiegelte, ging das sogenannte Kognitariat hervor, jene digitale Avantgarde, die für eine Zeit dafür zu stehen schien, dass ein neues, flexibles und in gewisser Weise »demokratischeres« Kapital in jungen Händen eine neue »freie« Arbeitskultur zu generieren imstande wäre, Selbstorganisation, flache Hierarchien, Work/Life-Balances, hippes Design, und von denen weite Teile in prekärer Arbeitssituation endeten, in Call Centern und bizarren sweat shops des crowdworking oder in häuslicher Scheinselbständigkeit, während Konzerne und der militärisch-wirtschaftliche Komplex sich um die Reste der neuen Intelligenz bemühten. Der neueste Kapitalismus entstand, indem der alte den neuen fraß. Die post-alphabetische Generation mit ihrer Netz- und audiovisuellen Medien-Fixierung hatte gegen den Angriff der Alten nicht viel zu setzen. Viele von ihnen bemerkten kaum die feindliche Übernahme ihrer Kultur, so sehr hatten sie bereits alles ausgeschlossen, was nicht zu ihrer Vernetzung gehört. Und, ganz entscheidend: Was nicht in ihre Popkulturelle Codierung passte. Sie sahen und sehen nicht, wie die wirkliche Welt ihre Imaginationen, die eigentümliche Vermischung von Freizeit und Arbeit, an die man sich gewöhnt hatte, auffraß. Um nicht aus ihrer Kultur geworfen zu werden und nicht letzte Aufstiegschancen zu verlieren, sind die Angehörigen des Kognitariats bereit, schlecht bezahlt und ungesichert weiter zu arbeiten.

Wie der Philosoph und Medientheoretiker Franco Berardi alias Bifo mit zornigem Gestus bemerkt, sind die meisten von ihnen durch diesen Werdegang unfähig geworden, eine kritische Distanz zu den eigenen Arbeits- und Lebensbedingungen zu entwickeln. Sie wurden, und eben dies hätten sie ohne die Hilfe »ihrer« Popkultur nie geschafft, zugleich zu den besten Propagandisten der eigenen Ausbeutung. Sie schufen in der sogenannten »Event«-Kultur (ein Hopping von einer spektakulären, abgeschlossenen Simulationswelt in die andere) die ideale Kultur der Prekarisierung. Sie machen einfach weiter, weil sie nicht wissen, was sie sonst tun sollten, außer vom Kognitariat noch »tiefer«, nämlich ins analoge Prekariat zu sinken und damit auf ihre Lebensader – den »Medienaktivismus« (Bifo) – zu verzichten. Er spricht von »der prekären Klasse mit vernetztem Hirn, aber unharmonischer Verkabelung, performativ aber unglücklich«. Dieses Kognitariat ist Protagonist eines »Semiokapitalismus«, also eines kapitalisierten, beschleunigten, digitalen

Zeichenaustauschs. Die Angehörigen des Kognitariat haben die Aufgabe, die Zeichen in Umlauf zu halten, zu beschleunigen und zu vermehren, so wie ein Prekariat des Finanzsektors (auch das gibt es) dafür zu sorgen hat, das Geld im Umlauf zu halten. Man könnte sie denn auch paradoxerweise als Chaos-Arbeiter bezeichnen, insofern sie zu einer beständigen semiotischen Überforderung ihrer Mitmenschen sorgen, auch und gerade dann, wenn ihre Zeichenproduktion vollkommen trivial ist oder endlos gespiegelt (die Nachricht zur Nachricht zur Nachricht, dass sich ein Mitglied einer Soap Opera einen Finger gebrochen hat). Sie werden dabei niemals zu »Autoren«, und sie werden niemals zu »Kritikern«, denn sobald sie das eine oder das andere werden, verlieren sie auch noch ihren letzten Status der »Medienaktivität« nebst 400 Euro-Bezahlung.

Prekariat und Kognitariat sind weder zur praktischen noch zur theoretischen Kapitalismus-Kritik fähig; ein Großteil der performativen Tätigkeit besteht in der Arbeit am Unsichtbarkeit-Machen der eigenen Lebensumstände. Im Prekariat ist jeder gezwungen, sich »reicher« und »glücklicher« darzustellen, als er ist, und im Kognitariat muss jeder so tun, als sei die eigene Arbeit involviert in »wichtige« Bewegungen der post-laboristischen Ökonomie. Nur das Herabsehen auf die alten »Bildungsbürger« und die Bewohner analoger Rest-Kulturen gibt ihnen Selbstvertrauen, was sie wiederum zu direkten oder indirekten Verbündeten der rechtspopulistischen Bewegungen macht. Sie leben derweil zum Teil noch in der Illusion, den Informationsfluss unter die Prinzipien von Recht, Demokratie, Aufklärung und Vernunft stellen zu können.

Damit ist nicht gesagt, dass diese Arbeit, die die drei unterschiedlichen Bewohner des Prekariats leisten, ihnen »keinen Spaß« machen müsste. Ganz im Gegenteil. Sie hat so viel sozialen und Identifikationswert, dass man sie möglicherweise sogar umsonst verrichten würde, wenn man auf irgendeine andere Weise seinen Lebensunterhalt bestreiten könnte (von der Generation Praktikum wird das mehr oder weniger verlangt, für eine endlos verlängerte »Ausbildung«: Schein-Ausbildung als Pendant zur Schein-Selbständigkeit im Prekariat!). Möglicherweise ist es unter den Bedingungen der prekären Arbeit sogar schwer zu sagen, was schlimmer ist, eine gehasste oder eine geliebte Arbeit. Denn die ökonomische und (damit) kulturelle Entwertung macht beides unerträglich. Eine geliebte Arbeit – zu ihr können wir ziemlich wahrscheinlich die des Popkritikers rechnen, je nach Temperament und Erwartung vielleicht auch die der Aushilfsverkäuferin, bei der Küchenhilfe wird es kritisch, und bei den Migranten, die sich für einen Hungerlohn als Saisonarbeiter abschinden, hört ziemlich sicher der Spaß auf – eine geliebte Arbeit also ist in ihrer Entwertung nicht weniger demütigend als eine ungeliebte, und doch unterscheiden sich beide signifikant. Für den einen nämlich mag Hoffnung in der Arbeit selbst liegen und damit die Möglichkeit, Leben und Arbeit sinnvoll zu verbinden, für den anderen liegt alle Hoffnung jenseits der demütigenden und giftigen Arbeit. Wir sind alle unterbezahlt, unsicher beschäftigt, ohne Planungssouveränität in unserem Leben, vom Überlebenskampf ermattet und zugleich gierig nach Spektakel und Sensation; aber zur gleichen Zeit leben wir sowohl in der Arbeit als auch jenseits von ihr in solch unterschiedlichen kulturellen, körperlichen und ästhetischen Umständen, dass uns der Gedanke von Solidarität und Gemeinschaft gar nicht kommt. Vor einem neuen Jesus, einem neuen Marx und neuen Beatles müssten wir uns fürchten. Denn sie alle drei mussten ihre Adressaten, wie Eleanor Rigby, erst durch einen schmerzhaften Prozess der Selbsterkenntnis führen. Prekariatspop muss den Blick auf die andere Seite dieses Schmerzes verhindern.

II

Das Prekariat ist eine Klasse ohne gemeinsame Sprache, ohne gemeinsames Bewusstsein, ohne gemeinsame Kultur, ohne gemeinsame Organisationen, ohne gemeinsame Hoffnungen. Es ist die Klasse der Menschen, die sich nur gegenseitig misstrauen und verachten können.

Denn nicht nur die absurde Hoffnung darauf, »Chancen« nutzen zu können, auch die reale Armut ist im Prekariat subjektiviert. Wenn zwei Prekarier sich treffen, glaubt jeder, dem anderen seine wahre Situation verheimlichen zu müssen und umgekehrt, dass der andere ihm seine wahre Situation verheimlicht. Denn die Kehrseite davon, auf die subjektive Chance zu lauern, ist die Scham. Man ist doch selber schuld, oder wenn nicht, dann ist es eben dumm gelaufen. Von allen Seiten raunt es auf den Popkritiker, der einmal ein Interview führen darf, bis zum migrantischen Arbeiter auf dem Feld: Du könntest es noch schlimmer haben. Man kann dir jederzeit auch noch diese Arbeit, dieses Überleben, diese Selbstvergewisserung nehmen.

Die Klasse ohne Klassenbewusstsein, ohne Klassenstolz, ohne Klassenorganisation ist natürlich die Erfüllung der feuchten Träume von Neoliberalen und Rechtspopulisten gleichermaßen. Dem einen ist der Mensch sowieso eine Wegwerfware, das billigste und schmutzigste, das auf dem Markt zu haben ist, dem anderen eine Manövriermasse, die eine selbst ernannte neue rechte Elite nach Belieben auf Sündenböcke und noch Schwächere hetzen kann. Die Post-Masse der Vereinzelten nutzt also gerade noch dazu, hier Profit und dort Macht zu generieren. Struktur und Zukunft sind nicht gefragt. Die Verachtung, die beide Gruppen der »Starken« für uns hegen, setzt sich im Inneren dieser Klasse, die keine ist, immer weiter fort. Am Ende steht eine Selbstverachtung, die Menschen so ans Überleben bindet, dass von politischer Organisation keine Rede mehr sein kann. Wir kommen nur zu der Frage: Was haben wir falsch gemacht? Aber nicht zu der Frage: Was ist falsch an dieser Organisation von Arbeit und Einkommen?

Das politisch erzeugte Bild und die realen Lebensumstände der Menschen haben nur wenig miteinander gemein. Unter den 44,74 Millionen Erwerbstätigen, die die Bundesagentur für Arbeit im November 2017 zählte, sind 3,36 Millionen »Unterbeschäftigte« (also Kranke oder andere Arbeitsunfähige) und 7,5 Millionen sogenannte Minijobber, so dass nur 32,7 Millionen sozialversicherungspflichtige Beschäftigte bleiben, von denen wiederum etwa ein Drittel in Teilzeit arbeitet, davon die Mehrheit Frauen. Es liegt auf der Hand: Es gibt viel weniger Arbeit als die »Arbeitslosenstatistik« wiedergibt. Und: Die »Schaffung« von Arbeitsplätzen geschieht nur noch unter der Voraussetzung der ökonomischen, sozialen und kulturellen Entwertung. Wem dient die Verschleierung dieser offenkundigen Tatsachen?

Wir haben also, selbst wenn wir bei den »offiziellen Zahlen« bleiben, die Situation eines immer weiter wachsenden prekären Arbeitsmarktes, der die Statistik des Arbeitsmarktes schönt. Die Arbeitsmarktzahlen des Jahres weisen darauf hin, dass die freien Stellen signifikant nur auf dem prekären Markt steigen: von insgesamt 747.000 offenen Stellen entfielen 293.000 Jobangebote auf den prekären Sektor, davon die Mehrzahl (nämlich 250.000) auf Angebote von Zeitarbeitsfirmen.

Zur gleichen Zeit leben beinahe acht Millionen Menschen in Deutschland von der »sozialen Mindestsicherung«, vulgo Sozialhilfe. Sechs Millionen erhalten zum Jahresende 2016 Arbeitslosengeld II, mehr als eine Million Rentner müssen mit Sozialhilfe versorgt werden. Nach Angaben der Bundesagentur schließlich lebten im November 2017 3,2 Millionen Familien (»Bedarfsgemeinschaften«) von Hartz IV (21.000 mehr als im Jahr zuvor). »Nur knapp 1,6 der insgesamt 4,3 Millionen ›erwerbsfähigen Hilfebedürftigen‹ tauchen in der Arbeitslosenstatistik der Bundesagentur auf. Die Mehrheit der Hartz IV-Bezieher hat demnach einen Job, muss aber aufstocken.« (Susan Bonath). Dabei ist das Ansteigen von relativer wie absoluter Armut in der Gesellschaft nur ein Teil des Problems. Und auch die Abdrängung von immer mehr Menschen in die »zweitklassigen Sonderarbeitsverhältnisse im Niedriglohnbereich«, von dem Annelie Buntenbach vom Deutschen Gewerkschaftsbund spricht, ist noch nicht der letzte Faktor der Erzeugung einer wachsenden Schicht von »arbeitender Armut«. Drastischer noch scheint das Funktionieren einer Gesellschaft, die nicht weiß, nicht wissen darf, wie es um die politische Ökonomie in ihrem Inneren aussieht. Denn das Prekariat ist etwas anderes als eine »Reservearmee«, nämlich eine Reparaturinstanz im neoliberal deregulierten »Arbeitsmarkt«.

Zynisch wird uns entgegengehalten, dass doch alles in Ordnung sei. Rein statistisch gesehen. Die Prekären, das sei zwar keine Klasse mit Klassenbewusstsein und auch keine Klasse, in der man sich solidarisiert, aber es sei eben eine Klasse der Jammerer und Nörgler. Und ist das Prekariat nicht immer noch aufregender als das Kleinbürgertum und nicht immer noch reicher als das »Subproletariat«?

Wir haben also Lebensbedingungen und Erfahrungen im ökonomischen Bereich gemeinsam. Aber unsere Differenz wird nicht allein durch »Kultur« erzeugt, sondern auch innerhalb des ökonomischen Bereichs. Während nämlich ein Teil des Prekariats mit der Hoffnung leben kann, dass sich die persönlichen Verhältnisse durch ein plötzlich sich ergebende Chance, eine glorreiche (Geschäfts-)Idee oder eine unerwartete Allianz doch noch entscheidend ändern könnten, bleibt einem anderen Teil als Möglichkeit nur der Lottogewinn. Dass wiederum beides »in aller Regel« ausbleibt, ist möglicherweise eine objektive Wahrheit, bringt aber subjektiv die sozialen Zonen des Prekariats einander nicht gerade näher.

Ist es denn wahrscheinlich, dass es einen »klassenlosen« Kapitalismus gibt, dergestalt, dass man sich zwei wabernde Massen von Gewinnern und Verlierern vorstellt, die miteinander offene Grenzen bilden und ein Gemisch in der Mitte, bei dem sich Aufstiegshoffnungen und Abstiegsängste gerade so neutralisieren? Aus der Marx-Lektüre kann man indes leicht folgern: Sobald es einen aus der Arbeit anderer gewonnenen Mehrwert (Profit) gibt, gibt es auch Klassen, oder anders gesagt: Arbeit, die etwas anderes generiert als den Reproduktions- und Lebenswert des Arbeitenden ist Klassenarbeit.

Paradoxerweise nun generiert die Arbeit des wachsenden und vielgestaltigen Prekariats nicht nur den Reichtum von »Besserverdienenden« und natürlich auch der »wirklich Reichen«, sondern auch das Bild der Gesellschaft von sich selbst. Nicht nur der Popkritiker unseres Beispiels, sondern auch die Verkäuferin und die Brötchenbelegerin sind Performer, Teilnehmer einer Simulation von Geschäftigkeit. Sie schreiben Popkritiken, die kein Schwein mehr liest, die aber trotzdem notwendig sind, um den Betrieb in Gang zu halten; sie belegen Brötchen für Menschen, die unterwegs zu einer Arbeit sind, die in etwa das Negativ des Brötchenbelegens sind, zum Beispiel die Auslieferung von Teiglingen oder der Wäscheservice für Hotels. In den schlauen Büchern zur Gewinnmaximierung und zur Förderung der Verblödung des homo oeconomicus wird genau aufgezeigt, wie man die ideale Lage eines Coffee-to-Go-Ladens aus den Verkehrsströmen der arbeitenden Bevölkerung errechnet, und im Buch nebenan wird genau aufgezeigt, wie Immobilienpreise durch Coffee-to-Go-Läden in die Höhe getrieben werden. Prekarisierung bedeutet auch eine extreme Beschleunigung der ökonomischen Mini-Zyklen, je flexibler die Arbeit, desto irrealer wird die Stadt. Waren die Arbeiter im analogen Kapitalismus vom Produkt ihrer Arbeit getrennt, so ist der Arbeiter im Prekariat von seiner Arbeit selbst getrennt. Er kann sie nur, da sie ihm kein Leben schenken kann, als das Fremde in seinem Leben begreifen, selbst dann, wenn diese Arbeit, wie in unseren Beispielen, höchst unterschiedliche Formen im traditionellen Modell der Entfremdung aufweist. Der Popkritiker, der gern Popkritiken schreibt (schon weil sie eine perfekte Ausrede für den Konsum von Pop sind) und die Brötchenbelegerin, die niemals eines ihrer Brötchen verzehrt (einerseits aus religiösen Gründen, andererseits weil überall Kameras lauern, die ihr dies als Vertrauensbruch gegenüber ihrem Arbeitgeber auslegen würden), sind zwei Seiten des gleichen Phänomens einer Arbeit, die sich nicht erst durch die Produktion, sondern schon in sich selbst als enteignet und entfremdet erkennen lässt.

Prekäre Arbeit wird nicht Alltag, was in bestimmten Situationen noch ein Vorteil – schließlich will niemand den Rest seines Lebens Brötchen belegen –, im allgemeinen jedoch ein extremer Nachteil ist. Überall herrschen Zeichen, Muster, Spuren, nur die eigene Biographie ist chaotisch und un-ornamental (also »hässlich«). Man wird sagen: Diese Arbeit verleiht keine Identität. Über prekäre Arbeit kann sich kein Mensch »definieren«. Sie ist immer vorläufig, uneigentlich, instabil, unzuverlässig, chaotisch, abgewertet, fremd (natürlich begegnen wir unserem brötchenverzehrenden Popkritiker als Taxifahrer wieder, und der Brötchenbelegerin als Gastgeberin in einer Wohnung mit Auslegeware, und was der Klischees mehr sind). Als Insasse des Prekariats muss man sich Identität woanders holen, da sie aus der Arbeit nicht zu gewinnen ist. Aber wo? Im Prekariat muss man lernen, doppelte Existenzen zu führen. So ist die Aushilfsverkäuferin Mitglied einer Garagenelektropunkfusion-Band, und der Popkritiker ist berühmt für seine selbst hergestellte Himbeermarmelade. Gefährlich wird es für jene, die es nicht zu einer solchen Zweit- oder auch Dritt-Existenz bringen. Denen bleiben, sieht man die Sache sarkastisch, nur Fernsehen, Suff und Nazis.

Aber für Sarkasmus ist hier nur wenig Raum. Was bleibt ist die Beobachtung (und auch Selbstbeobachtung), dass der prekär arbeitende Mensch auf eine Weise innerlich entbeint ist, dass er eine Art von kulturellem Außenskelett benötigt.

Daher müssen wir der ersten Paradoxie (das Prekariat als Klasse, die an der Kultur ihrer eigenen Dissoziation arbeitet) eine zweite hinzufügen: Das Prekariat ist eine Klasse, die zwar keine einigende Kultur hervorbringt, deren Mitglieder aber nur aufgrund Popkultureller Überfütterung überlebensfähig sind. Nimmt man beides zusammen, so erscheint das Doppelgesicht der Popkultur: Sie bildet einen allgemeinen Lebensraum für die Klasse, die keine ist, sorgt in diesem aber zugleich für die fundamentale Vereinzelung aller ihrer Mitglieder.

Mehr noch: Diese Popkultur sorgt durch einen permanenten Kulturkampf für eine Art des internen, semantischen Bürgerkriegs innerhalb der Klasse des Prekariats.

Die Gesellschaft des Spektakels sorgte, so Guy Debord, für »die Proletarisierung der Welt«. Welcher Art nun ist eine Gesellschaft, die für ihre Prekarisierung sorgt?

III

Die Prekarisierung wurde in Europa politisch erzeugt, einerseits durch die Lockerung der Arbeitsrechte, andererseits aber auch durch die Privatisierung der einstigen staatlichen Aufgaben. Der Staat als Arbeitgeber schuf in den Zeiten des Wohlfühlkapitalismus eine Stabilität, die auch weniger wettbewerbsorientierte und leistungsbereite Menschen bescheiden aber sicher ernährte, und ein Instrument, das als antizyklische Korrektur eingesetzt werden konnte. Insgesamt ging die Zahl der Beschäftigten im öffentlichen Dienst zwischen 1991 und 2006 um 32,1% zurück, ähnlich im Energie- und Versorgungsbereich, im öffentlichen Personenverkehr betrug der Arbeitsplatzabbau immer noch 9,6 %. Gleichzeitig bemühten sich staatliche Organisationen wie die Post, langfristige Arbeitsverträge in schlechter bezahlte Arbeitsbedingungen umzuwandeln. Die Konkurrenten konnten gegen diese Unternehmen nur bestehen, indem sie die Prekarisierung ihrer Arbeitsplätze noch weiter trieben. Weniger Arbeitnehmer müssen mehr Arbeit für weniger Lohn verrichten. Im selben Zeitraum ist für das Pflegepersonal in deutschen Krankenhäusern die Zahl der zu betreuenden Patienten pro Pflegekraft um 30% gestiegen. Die Prekarisierung betraf in den neunziger Jahren nur ein Segment des Arbeitsmarktes, von dem traditionelle »Belegschaften« noch nicht betroffen waren. Die Entwicklung eines Zwei-Klassen-Arbeitsmarktes blieb lange Zeit ebenso unbemerkt wie die Ausbreitung dieses Sektors nicht nur in immer weitere Bereiche des Wirtschaftslebens, sondern vor allem von Generation zu Generation. In Deutschland beträgt der Anteil der Niedriglöhner rund ein Viertel der arbeitenden Menschen, und zur gleichen Zeit wurden die Sozialleistungen (der von der rot-grünen Koalition geführte Kampf gegen die »Lohnnebenkosten«) in etlichen Bereichen drastisch gekürzt, die Infrastruktur wurde vernachlässigt, die Altersvorsorge zurückgeschraubt. Ab einem bestimmten Status, der zu Beginn des neuen Jahrtausends schon annähernd erreicht war, wird die Prekarisierung zum Selbstläufer; der Druck auf die Erwerbslosen ist groß genug, dass man sie zwingen kann, unter beinahe allen Bedingungen jeden sich bietenden Arbeitsplatz zu akzeptieren. Auch die Gewerkschaften schlossen sich schließlich ohne nennenswerte Gegenwehr der Prekarisierung unter dem Motto »Leiharbeit ist besser als gar keine Arbeit« an.

Eine besondere Art des Kognitariats sind die so genannten »Crowdworker«, die Datenarbeiter des Internets, die überall auf der Welt arbeiten können und deren Arbeit an allen Ecken und Enden der Welt wirkt. (Der größte Markt für das Crowdworking nach den USA ist Indien.) Das Funktionieren dieser Organisation von Minijobs hat in dankenswerter Klarheit der amerikanische Crowdwork-Makler Lukas Biewald ausgedrückt: »Mit dieser Technologie kannst du tatsächlich jemanden finden, bezahlst ihm einen winzigen Geldbetrag und wirst ihn dann los, wenn du ihn nicht mehr brauchst.« Unter solchen Umständen entstehen zum Beispiel Texte für das Internet im Akkord, die keinen anderen Zweck haben, als möglichst viele Suchmaschinen-Klicks zu generieren. Niemand macht sich Gedanken darüber, dass aus solcher ausbeuterischen Arbeit von semantischer Sinn-Zerstörung auch der Verfall von Sprache und Diskurs einhergeht, ganz zu schweigen von jeder Art Solidarität: Zum Crowdworking gehört es, die Arbeit der unbekannten Kolleginnen und Kollegen zu kontrollieren, zu reparieren und zu zensieren. Ein Crowdworker sorgt mit seiner Arbeit dafür, dass die Arbeit eines anderen zunichte gemacht wird. Wer zu viele Fehler macht, wird sehr rasch aus der Crowd hinausgeschmissen, schließlich warten genügend andere auf seinen Job. Irgendeine Form der Absicherung gibt es nicht. Die Gewerkschaft verdi schätzt, dass in Deutschland etwa eine Million Menschen haupt- oder nebenberuflich als crowdworker arbeiten, darunter auch viele akademisch Ausgebildete oder Berufstätige, die einen Zuverdienst brauchen. (2016 wurde eine »Frankfurter Erklärung zu plattformbasierter Arbeit« mit der Forderung nach fairem Lohn und Sozialversicherung veröffentlicht; sie verhallte ohne Wirkung.) Crowdworking ersetzt mittlerweile auch schon »anspruchsvollere« Tätigkeiten von Werbetexten, Redaktionen und Lektoraten. Wenn man unter Pop auch all die codierten Kommunikationen des Alltags zur Beschleunigung der Waren- und Finanzflüsse versteht, so wird die Basis der Popkultur einerseits durch Algorithmen bestimmt, social bots, die wolkenförmig Bilder, Meinungen, Stimmungen etc. erzeugen, und durch crowdworking.

Das Prekariat, von seiner Luxus- und Bildungshöhe herab bis in die Tiefen aussichtsloser Quasi-Arbeitslosigkeit und des working poor, scheint einer neuen Form der Sklaverei näher zu sein als einer neuen Form von Proletariat. Es unterscheidet sich von einer Arbeiterklasse dadurch, dass sie durchlässig ist (es kann jeden treffen: weder Biographie noch Ausbildung, nicht einmal Qualifikation und Einsatz sind Kriterien, die dauerhaft gegen die Auflösung im Prekariat schützen), dass es so vielgestaltig ist, dass es schwer fällt, die einzelnen prekären Lebensweisen kommunikativ miteinander zu verbinden, und dadurch, dass es keine einheitliche Kultur, einschließlich einer mehr oder weniger einheitlichen Funktion von Religion und Religionsersatz, mehr entfalten kann. So wird das Prekariat zur Klasse, die für den permanenten kulturellen Zerfall sorgt. Und natürlich verhält es sich auch genau umgekehrt: Der kulturelle Zerfall, der eine Notwendigkeit der Kulturindustrie angesichts des Falls der Profitraten ist, erzeugt wiederum prekäre Lebensumstände. Lebensumstände, in denen man für diesen Zerfall dankbar sein muss, denn er erzeugt (zyklisch) jene Nischen, in denen sich wiederum prekäre Arbeitsbiographien ansiedeln können. Prekarisierung ist mithin toxisch: Jede Prekarisierung tendiert dazu, weitere Prekarisierungen nach sich zu ziehen, während die Algorithmisierung und das crowdworking bereits die nächste Phase der Abwertung der (kulturellen) Arbeit einleitet.

Der Subjektcharakter der prekären Lebensweise ist wesentlich prägender als der Klassencharakter, zumal die angebotene Kultur (Pop und Kulturindustrie) darauf abzielt, kein »Klassenbewusstsein« für das Prekariat zuzulassen. Die Kulturkämpfe der Rechten und die Kommerzattacken des neoliberalisierten Medienmarktes treffen sich genau in diesem Punkt: Der Verhinderung einer Solidarisierung und Politisierung im Prekariat. Diese Klasse ist auf die kleinsten Partikel hinunter gespalten, und die Spaltung ist ökonomisches und politisches Ziel der Postdemokratie. Denn würde sich das Prekariat wirklich zu einer Klasse und zu einem politischen Subjekt verbinden, das weder auf die Trostangebote des Mainstreams noch auf die Sündenbock- und Verschwörungsphantasmen des Rechtspopulismus hereinfällt, sondern ein Bewusstsein davon entwickeln würde, wie und von wem es ausgebeutet und verachtet wird, dann wäre sie die Kraft, die wirkliche Veränderung herbeiführen könnte, vor allem dann, wenn sich ein Teil der »alten« Lohnabhängigen, statt sich von ihr zu distanzieren, mit ihr verbünden würde.

Wenn sich das Prekariat als Klasse erkennt, wird es für das Kapital gefährlich oder immerhin lästig. Es reagiert daher mit Mitteln, die wir aus seiner analogen und materiellen Phase kennen: Mit dem Mythos (alle Insassen des Prekariats erinnern sich ursprünglicher Klassen und Milieus, denen sie entstammen und wähnen sich in einer Erzählung, die entweder von einer Krise in dieser verlorenen Identität erzählen, oder einer Krise zwischen Gesellschaft und der verlorenen Identität, und eine Krise könnte ja auch einmal wieder überwunden werden), mit der Ideologie (du kannst es schaffen, du musst es schaffen, du darfst an nichts anderes denken oder du bist selber schuld) und mit der Faschisierung. Ob die Mitläufer, Gröhler und Täter von Pegida und ähnlichem wohl wissen, dass sich ihre Aggression gegen die ganz und gar Falschen richtet, gegen einen Sündenbock? Egal: Sie leben in einer Kultur, die diese Aggression erlaubt, und sie werden nachher von nichts gewusst haben.

Die verbotene oder unmögliche Solidarität einer Klasse wird ersetzt durch das Phantasma einer völkischen Gemeinschaft. Eine solche stellt sich nicht durch Erfahrung und Erkenntnis, sondern durch die Behauptung und die Praxis der Gewalt her. Wer völkische Gemeinschaft werden will, muss jemand haben, der zu fürchten, zu hassen und zu verachten ist. Dieser Feind, der zum Opfer werden muss, ist nicht weniger abstrakt als die »Volksgemeinschaft« selber; zwingend ist nur die Gier danach. Die Beziehung von Prekarisierung und Faschisierung ist kompliziert; keinesfalls ist es jedoch so, dass die Prekarisierung biographisch und kulturell direkt den Faschisierungsdruck erhöht. Allerdings verhindert sie ein wirksames Gegengewicht.

So stellen sich drei Fragen:

Wo und inwieweit war es populäre Kultur, die die Faschisierung vorbereitet hat?

Wo und inwieweit begleitet und widerspiegelt populäre Kultur die Faschisierung der Gesellschaft des Prekariats?

Wo und inwieweit kann Popkultur der Faschisierung der Gesellschaft etwas entgegensetzen?

Angesichts dieser Fragen wird unserem prekär beschäftigten Popkritiker natürlich extrem mulmig. Denn sie zu beantworten fehlt ihm sowohl der gesellschaftliche Auftrag als auch eine ökonomische Basis. Vielleicht – so argwöhnt er, zu leichten Anfällen von Paranoia tendierend – hat man ihn gerade deshalb prekarisiert, damit er diese Fragen weder stellen noch verbreiten kann. (Jedenfalls würde sich auf diese Weise ein Kreis schließen, was wenigstens seiner Sehnsucht nach Zusammenhängen zupass käme.)

Der Kulturkampf, der gegen die prekäre Klasse und ihre Verbündeten geführt wird, mit religiösem Fundamentalismus ebenso wie mit Verblödungsstrategien der Medien, mit dem völkischen Gemeinschaftsversprechen der neuen Nazis ebenso wie mit den Ideologien von individuellem Aufstieg, von Freiheit und subjektiven Chancen geführt, und dies von einer unheilvollen Allianz aus neoliberalem Kapital, Rechtspopulismus und postdemokratischer Politik. Jeder AfD-Auftritt, jedes Dschungelcamp, jede Sonntagsrede, jede Werbekampagne, jede städtebauliche (Fehl-)Entscheidung spricht genau von diesem Kulturkampf. Denn der Rechte nimmt genau das auf, was der Linke gerade verlieren musste, nämlich das Bewusstsein davon, dass populäre Kultur eben nicht primär von einem Oben/Unten-Klassismus bestimmt ist, sondern von einem Kulturkampf zwischen rechts und links.

Was aber bedeutet rechts und links im allgemeinen und in der Popkultur im besonderen, wo doch schon das Erwähnen von Klassen, von rechts und links, von Kapital und Arbeit als hoffnungslos old school betrachtet wird? Vereinfacht könnte man sagen: Links ist die Hoffnung, die arbeitenden Menschen könnten sich gegen das Kapital und gegen seine politische Herrschaft erheben, um eine gerechtere Welt zu erschaffen. Rechts ist die Hoffnung, sich als privilegierte, identifizierte (»identitäre«) und exkludierende Gruppe in den Dienst von Kapital und Herrschaft stellen zu können, um Teil der Aneignung der Welt zu werden – und sei's als Wärter, Krieger oder Folterknecht. Schon von daher wäre es erst einmal ziemlich einfach, »linke« von »rechten« Inhalten in der Popkultur zu unterscheiden und zwar weit über jene Elemente hinausgehend, die sich selber dezidiert als links oder rechts zu erkennen geben.

Wir ähneln insofern eher den Sklaven als den Lohnabhängigen, als es auf der einen Seite allein durch Schicksal und Geschichte (durch Kriegsglück, dumme Zufälle, durch Verrat und Korruption, vor allem aber und immer wieder: durch Gewalt) geschieht, dass jemand (ein Mensch, eine Gruppe, ein ganzes Volk wie in der Bibel) in die Sklaverei geraten kann, als auch durch wundersame Umstände, durch Befreiung und Flucht, aber auch durch Akte von Gnade, von Verrat, List und psychische Kriegsführung gegen die »Herren« wieder aus ihr herauskommen kann; stets nur als einzelner oder als »Auserwählte«. Die Befreiung der Kinder Israels aus der ägyptischen Sklaverei bedeutete nicht das Ende der Sklaverei.

So wie es die unterschiedlichsten Formen der Sklaverei gibt, von brutalen und tödlichen Feld- und Bauarbeiten über den Kriegsdienst bis zur privilegierten Stellung am Hof oder in der Universität, wo ein Sklave mit Verachtung auf den anderen blicken kann, vor allem, wenn man nicht der gleichen Familie, dem gleichen Volk, der gleichen Kultur angehört, so gibt es auch die unterschiedlichsten Formen des Prekariats. Wie es viele Sklaven gab, denen es besser erging als den untersten Schichten der »Freien«, so gibt es natürlich viele Prekäre, die auf größerem Fuß leben als die gewöhnlichen Arbeitnehmer und Lohnabhängigen.

Die Prekären sind verbunden und getrennt durch die Produktion der populären Kultur. Die Kultur ist es, die auch die ökonomisch noch so nahen Menschen voneinander trennen und es unmöglich macht, dass man miteinander ins Gespräch kommt, sich womöglich politisch organisiert.

Popkultur hat also die gleiche Aufgabe wie Religion (wir sind wieder in Gramscis Modell), nämlich eine Gemeinschaft zu bilden, die zugleich durch sie geeint und in sich gespalten ist. Dabei ist die Legitimierung der Spaltung nur der geringste (wenngleich der Aufklärung zunächst am verdächtigsten erscheinende) Aspekt. Die drei Aufgaben sind vielmehr

Legitimation

Überhöhung

Trost (»Opium des Volkes«)

Aufhebung des Widerspruchs (Mythos)

Unterhaltung (Beschäftigung und Bindung der Leidenschaften)

Gemeinschaft (das Fernseherlebnis als Gesprächsbasis)

Integration (man kann uns beinahe alles erzählen, wenn es nur unterhaltsam ist) usw.

Aber auch die dissidenten und subversiven Elemente sind hier zu finden. Jede Sklavenreligion ist immer auch um einen heißen Kern der Befreiungsreligion herum organisiert. Und so, wie ein linker Popkritiker stets auf der Hut sein muss, vor den »affirmativen«, den unterdrückenden, anpasserischen, konformistischen, manipulierenden, verdummenden und verrohenden Elementen ihres Gegenstandes, so müssen sie auch auf der nimmermüden Suche nach den Befreiungshoffnungen darin sein. Aber was sich da befreien will, ist nicht immer nach dem Geschmack des linksliberalen Kritikers. Der angewandte Gramsciismus der cultural studies lässt mittlerweile, verglichen mit dem ideologiekritischen Rigorismus früherer Zeiten, ganz zu schweigen vom düsteren Bild der kritischen Theorie, zwar ein differenzierteres Bild der Popkultur zu, aber immer noch müssen wir im Vagen bleiben, wenn es darum geht, zu beschreiben, wie eigentlich Beeinflussung und Widerspiegelung sich zueinander verhalten.

Zweifellos ist Pop ein Wegbereiter der Prekarisierung, und Pop ist es auch, was daran erinnert, dass die Deregulierung der Arbeit nicht per se etwas schlechtes ist, sondern das erst durch die Umstände wird, in denen sie geschieht. Heute viel und morgen wenig arbeiten, heute dies und morgen das, heute reich sein und morgen, sagen wir, recht und schlecht versorgt, heute lehrend und morgen lernend, heute mit der Hand und morgen mit dem Kopf arbeiten, heute drinnen und morgen draußen und vieles andere, das wäre ja nicht das Schlechteste, allerdings nur unter zwei Voraussetzungen: Erstens müsste dies alles wirklich in der Entscheidungsfreiheit der Menschen liegen, die wissen, dass »Vollzeit-Arbeit für Alle«, noch dazu sinnvolle Arbeit für alle nicht mehr drin sind, und sie müssten ein Interesse und ein Vergnügen am Teilen der Arbeit entwickeln können, und zweitens dürfte die Deregulierung nicht zu einer wahrhaft apokalyptischen Ungerechtigkeit und beständigen Elendsdrohung führen.

Tatsächlich also könnten wir behaupten (wenn auch über gewisse Spiegelungen): Pop rettet das Utopische in der neuen Arbeitswelt, nicht nur in Form der gewaltigen Aufstiegshoffnung – gestern Fensterputzer, heute Sieger in einer Casting Show, morgen Superstar in Funk und Fernsehen, oder heute ein paar dutzend Follower und morgen Website-Queen –, sondern vor allem in der Form der Un-Entfremdung: Ich werde jemand durch genau das, was ich bin (und wenn ich kaufkrank oder magersüchtig bin, dann werde ich eben Supermodell der Shopaholics oder der Barbie-Fetischisten). Nichts, was ich bin (und sei es meine Vorliebe für guatemaltekische Archäologie), das nicht als Pop zur ökonomischen Verwertung kommen kann. Eine Gesellschaft des Prekariats ist nicht vorstellbar, die nicht zugleich eine Gesellschaft des Pop ist (also etwas ganz anderes als ihr Vorläufer, die Gesellschaft mit Pop). Pop ist nicht mehr das Instrument oder das Medium dieser Gesellschaft des Prekariats, sondern Pop ist ihr Wesen. Auch die politische Ökonomie dieser Gesellschaft ist vor allem Pop-förmig; auch Aktien und andere Finanztitel haben ihren nahezu ausschließlichen Wert in der Performance. Jeder ist so viel wert, dass man andere damit beeindrucken kann. So wie das Spektakel nach Debord die Proletarisierung vorantrieb, treibt der Performance-Druck die Prekarisierung voran.

In der Gesellschaft des Prekariats ist auch die Arbeit Pop-förmig. Ob das gut oder schlecht ist, kommt natürlich auf die Umstände an. Die Kehrseite davon freilich bedeutet: Pop ist in der Gesellschaft des Prekariats arbeitsförmig. Sie entsteht nicht aus dem Überschuss, sondern aus dem Zwang. Damit ist nun nicht mehr das schweißtreibende Handwerk gemeint, das wir so gerne mit »handgemachter« Musik verbinden (und für eine Zeit im Heavy Metal so etwas wie die Reminiszenz an Hochöfen, Bergarbeit oder Fließbänder sahen mit der strengen und »männlichen« Kumpelhaftigkeit in der gegenseitigen Abhängigkeit, so wie wir dann im »Industrial« schon wieder eine Reminiszenz an verlorene analoge Maschinen und urbane Brachen wie in einem frühen David-Lynch-Film sahen), sondern gemeint ist mit der Arbeitsförmigkeit von Pop das Primat ihrer Verwertung.

Der Pop, der aus der Casting Show kommt, unterscheidet sich fundamental von dem Pop, der aus den Kellern kommt, weil er in seinem Wettbewerbscharakter ausschließt, eine »Szene« zu bilden und dafür allenfalls auf »Allianzen« setzt. Eine Szene produziert zwar Stars und damit auch so etwas wie »Gewinner«, aber sie untersagt sich mehr oder weniger glücklich die Produktion von Verlierern. Das exakte Gegenteil findet im Casting-Pop statt. Und damit schließt sich erneut ein Kreis: Die Szene war stets auch so etwas wie ein Safe Space, in dem man einerseits herausfinden konnte, was in einem steckt, die einen aber andererseits auch nicht tief fallen ließ (solange man nicht ein wahrer Verräter an ihren Werten und Zeichen wurde). Die Ästhetik der Oberfläche, die eine Zeit lang den Pop-Diskurs so beherrschte, als wäre der Stein der Weisen gefunden worden, die Betonung des Look gegenüber den Aussagen (im Kino wie in der Musik) sagt semantisch viel weniger aus als ideologisch. Denn was bedeutet es schon, den Signifikanten gegenüber dem Signifikat oder die Inszenierung gegenüber dem Text zu betonen? Mehr als die verblüffende Aussage, dass Pop ästhetisch ist, kommt nicht dabei heraus. Und wenn es keinen Innenraum gibt, gibt es auch keine Oberfläche. Was sich verändert, sind die Grammatiken zwischen beidem. Es ist eine Frage der Erfahrungen aus Alltag und Arbeit, ob man sich einer Sache (einer Idee, einem Wunsch, einem Interesse, einer Aussage etc.) über die Oberfläche oder über den Innenraum nähert. Mittlerweile trifft der Kunst-Diskurs auf einen Andy Warhol, der einst als Meister der Oberfläche angesehen wurde, und nun zur Tiefenanalyse unserer Kulturgeschichte taugt.

Das Prekariat ist mithin die Synthese aus Sklaverei, Lohnarbeit und »freiem Unternehmertum«, in der es, was das eigene Fortkommen angeht, vor allem auf Performance und Kreativität ankommt. Wir sind in dieser Klasse, die keine ist, zugleich Sklaven und Kapitalisten in der Form ursprünglicher Akkumulation. Wir müssen uns zugleich als Unterwürfige zeigen und als hemmungslose Kleptomane, wir müssen fatalistisch und zugleich unendlich »hungrig« sein. Es ist aber auch, wie zum Beispiel Nina Power sagt, eine »Feminisierung« der Arbeit, also die Veränderung der Arbeit hin zu Arbeitsweisen, die früher als »typisch weiblich« konnotiert waren, performativ, »sozial«, flexibel und »bescheiden«. Prekarisierung trifft nicht nur die unteren, sondern auch die oberen Einkommensschichten.

Wir haben unseren Ausdruck etwa in TV-Serien wie »Girls« (Netflix), der von Zwanzig-und-Etwas-Frauen in New York handelt, die zwar höchst unterschiedlich sind, und oft gar nicht genau wissen, warum sie eigentlich so zu zusammenhocken, die aber alle in prekären Verhältnissen als ewige Praktikantinnen, als Galeriemitarbeiterin, als Babysitterin usw. leben und gelegentlich auch vor demütigenden Jobs (wie dem Nacktputzen) nicht zurückschrecken (nur um das Geld für ein L'il Wayne-Konzert zusammenzukriegen). »Breaking Bad«, »Mad Men«, »Girls« oder »Sex and the City« begleiten auf unterschiedlich drastische Weise die jeweils nächsten Phasen der Prekarisierung und erklären den entsprechenden Wertewandel.

Neben der Popkultur, die uns auf einer hohen Ebene alle gleich macht, und auf einer niederen Ebene massiv trennt, wie die Höllenkreise voneinander getrennt sind, ist es die Vorstellung von diesem »System«, von der Identifikation mit einem »homo oeconomicus«, die uns bindet.

Die Pointe ist, dass der Geist des Neoliberalismus, die Idee einer alles umfassenden wirtschaftlichen Denkweise, in der es längst keinen »freien Markt« mehr gibt, sondern nur noch ein Überleben der Starken, Bösen und Gemeinen, ausschließlich aus ihrer Negation heraus verstanden wird. Denn nur durch einen äußeren Gegner, eine moralische und rationale Kritik, die durch schiere Evidenz funktioniert.

So wenig es einen Kapitalismus ohne menschliche Arbeit gibt, auch wenn diese vorwiegend in der Herstellung einer Hierarchie-Simulation besteht, so wenig also gibt es einen klassenlosen Kapitalismus. Der deutet sich in der Idee der 99% an und in den wiederkehrenden Bildern der populären Kultur von abgehobenen, weit oben über dem brodelnden Volk thronenden Konzernherren/Schöpfergöttern des neuen Zeitalters. Ebenso spiegelt sich diese Vorstellung von einer klassenlosen Kapitalisierung in der Phantasie von »Establishment« und »Volk« wieder. Und auch in diesem Mythos nähern wir uns wieder dem feudalen Mittelalter an. Sowohl die elitäre Geste als auch die populistische will darüber hinwegtäuschen, dass es sehr wohl noch Klassen gibt. Nur muss uns klar werden, dass ökonomische, politische, kulturelle und alltägliche Klassen nicht mehr miteinander verbunden werden können. Dass eine kulturell verachtete Klasse zur ökonomisch herrschenden werden kann, dass aber auch politisches vom ökonomischen Bewusstsein (der eigenen Position) getrennt sind, erzeugt die neuen Spannungen, denen wir einigermaßen ratlos gegenüberstehen. (Wer will kann eine Analogie in der Auseinandersetzung zwischen Plebejern und Patriziern im alten Rom sehen, die mit einem Sieg der reichen Plebejer endete.)

Daher fragen sich auch »linke« Theoretiker, was zur Hölle zwischen der Linken und dem Proletariat schief gelaufen ist und suchen folgerichtig die Schuld vor allem bei sich selbst (denn »das Proletariat« ist schließlich heilig), ohne zu überlegen, was mit der Schicht der Intellektuellen und mit der Klasse des Proletariats geschehen ist. Einen organischen Intellektuellen in Gramscis Sinn (also einen, der nicht nur selbst seine Parteilichkeit formuliert, sondern auch Teil von Alltag, Sprache und Kultur der Klasse ist, der er sich zugehörig fühlt) kann es nur insoweit geben, als kulturelle (»kognitive«) und ökonomische Interessen miteinander zu verbinden sind.

Dabei wäre beides zunächst eher einfacher als früher. Kaum ein Intellektueller hat noch den »bürgerlichen Hintergrund«, von dem er sich manchmal unter großen Widerständen und Schmerzen lösen muss, und weil es offenere und »demokratischere« Foren und Medien gibt, wären auch technische Hürden rascher zu nehmen. Aber wir wissen, was geschah: Statt der erhofften Netzdemokratie und einer Offenheit von Wissen und Diskursen entstand das Schlachtfeld der Shit Storms und der Botisierungen.

So entsteht (nicht nur durch Pop, aber auch nicht ohne die Unterhaltungsmedien) ein negatives Klassenbewusstsein. Das besteht zum einen in einer mythischen Selbst-Viktimisierung, das fortwährend über eine kulturelle und politische Unterdrückung – die es nicht oder kaum gibt – und über die Erkenntnis von ökonomischer Unterdrückung und Ausbeutung lamentiert, zum anderen in einer Verachtung von allem, was »traditionell« Teil einer bürgerlich-aufklärerisch-demokratischen Kultur ist, Kritik, Diskurs, Kunst, Geschichte, Wissen etc.

Dementsprechend verändern sich die gesellschaftlichen Diskurse; alle Modelle, Ideen, Geschmacksproben, Urteile definieren sich in einem sonderbaren Wettbewerb, in dem der- oder diejenige verloren hat, die sich der rasenden Affirmation entgegenstellen. Was also in der Umgestaltung der medialen Grundversorgung geschah, war das Ende eines Paktes zwischen Pop und Demokratie. Die »Diktatur der Angepassten«, von der Blumfeld einst sang, scheint indessen allen Kritikern der bürgerlichen oder repräsentativen Demokratie recht zu geben, die es seit Platos Zeiten gibt. Im Populismus als rechtem Erbe der Demokratie wird Pop zum Instrument einer auch politischen Überwältigung. Hegemonie im Pop – Schlachtfeld und comfort zone zugleich – verwandelt sich in die Hegemonie durch Pop, so dass aus den Techniken des Mainstreaming, aus den Methoden eines »manufacturing of consense«, wie ihn Noam Chomsky beschrieb, eine stalinistische oder fundamentalistische Form der Sprach- und Bilderregelungen wird. Die Rechtspopulisten verlangen schließlich nicht wegen einer vermeintlichen Staatsnähe oder wegen irgendwelcher »Zwangsgebühren« die Abschaffung des öffentlich-rechtlichen Rundfunksystems, sondern weil dieses als Agent weder des Staats noch der Ökonomie, sondern der Gesellschaft, für einen minimalen aber deswegen nicht unbedeutenden »Freiraum« der Sprachen des Pop zuständig ist. Um das gemeinsame Ziel von Rechtspopulismus und Neoliberalismus zu erreichen, nämlich die Abschaffung der Gesellschaft zugunsten von Markt und völkischer Gemeinschaft, muss auch Pop entgesellschaftet werden. Sprechen wir also vom »Entsozialisierungspop« und darüber, wie wir in der gemeinsamen Geschichte von Pop und Prekarisierung den entsozialisierten Pop gesehen haben.

IV

Der Untergrund des »rebellischen« Pop der sechziger bis hinein in die achtziger Jahre war eine sich gleichsam selbst nivellierende Kleinbürgerkultur. Das Proletariat hatte sich aufgemacht, nicht nur ökonomisch, sondern auch kulturell mit den Angestellten und »Häuslebauer« gleichzuziehen, man sah die gleichen Filme, las die gleichen Zeitungen und wälzte die gleichen Kataloge. Der Lebensstandard wie der Lebensstil der »breiten Mitte« war so gleichförmig, dass man sich kaum vorstellen konnte, eine Distinktion sei irgend anders vonnöten als eben diese: Sich von den langweiligen und immer noch autoritären Eltern abzusetzen.

Mit der Privatisierung, dem Verlust vieler sicherer Arbeitsplätze und mit der Prekarisierung aber auch mit der Entstehung eines neuen akademischen Mittelstands, begann ein Transformationsprozess. Die zwei »neuen« Klassen, der akademische Mittelstand, weit davon entfernt, sich in der Nachfolge der alten Elite zu sehen, und das Prekariat, unterschieden sich beide von den alten Klassen insofern, als sie ausgesprochen subjektive Werte vertraten und ihr Heil in einer kulturellen oder sportlichen »Selbstverwirklichung« suchten. Die Werte des »nivellierten Mittelstands« jedenfalls galten hier weniger, auch was die sexuelle Ökonomie anbelangt. Kultur wurde zu einem Lebensinhalt, der weniger mit der erstrebenswerten Mitte und mehr mit Lebensqualität und Erleben zu tun hatte.

Die Digitalisierung trieb diese subjektive Isolation natürlich weiter voran. Das »Kreative« wird für Karrieren und Beziehungen wichtiger als Produktivität und Stabilität. Die sogenannte »Kreativwirtschaft« übernimmt die Führung im industriellen und post-industriellen Wachstum. Paradoxerweise also kommt Pop in seine Krise, indem immer mehr Pop wird. Computerbildschirmoberflächen, Edutainment, Design, Mode, Sport, Freizeit, Alltag – all das wird von Pop durchtränkt. Die alte und die neue Mittelschicht bewegen sich auseinander, die eine bildete das linksgrünalternative Milieu, die andere machte eine Rückwärtsbewegung nach rechts durch. Die beiden Milieus kämpfen seitdem mehr oder weniger verlässlich um die kulturelle Hegemonie. Die alte Mittelschicht blieb zwar im großen und ganzen ökonomisch dominant, während die neue sich zum größten Teil im Prekariat herumtrieb, aber sie bildete auch die größeren Abstiegs- und Bedrohungsängste aus.

Die neue Mittelschicht indes hatte das prekäre Leben, ein zwar instabiles aber »aufregendes« Leben mit vielen sozialen Kontakten und Anregungen, so weit verinnerlicht, dass sie einen neuen trotzigen Optimismus zur Schau trug. Einer Fraktion der Mittelschicht also ging es ökonomisch halbwegs passabel (eine Stagnation auf hohem Niveau), dafür psychologisch und kulturell mies, der anderen gerade umgekehrt, psychologisch passabel (in all den erotischen und ästhetischen Freiheiten), dafür ökonomisch mies. Zu den Freiheiten des neuen Mittelstandes gehörte es auch, sich ungeniert in allen anderen kulturellen Milieus zu bedienen: Man setzte seinen Musik-Geschmack aus aller Welt zusammen, man übernahm von der »neuen Unterschicht«, den ins Prekariat sinkenden Proletariern, nicht wenige Embleme und Gesten, liebte transgressive Vulgarität, Arschgeweihe, Volkstümliche Kultur (einschließlich einer Gentrifizierung der »Volksfeste« und Events wie das Oktoberfest, zu dem man sich deswegen nicht mehr zu fein war, weil man es in einer sündhaft teuren »Tracht« besuchen konnte), man übernahm Idole aus dem Gangsta- und Trailerpark-Rap, und all das auf eine neue »ungefilterte« Art. Diese kulturelle Kleptomanie wurde von bestimmten Szenen durchaus in ihrer Aggressivität erkannt, sie radikalisierten sich.

In vielen europäischen Ländern wurden die rechtspopulistischen Bewegungen insbesondere von den Vertretern des alten Mittelstands unterstützt, die sich von mehreren Seiten bedroht wähnen und sich der kulturellen Mitte fundamental entfremdeten, die sie so lange als »Maß aller Dinge« war.

Wenn hier gegen das »Establishment« gewettert wird, dann meint man damit nicht die ökonomische Oberschicht, die Superreichen oder die politischen Führer, sondern eigentlich ihre Rivalen aus der neuen Mittelschicht. Der Hass auf diese aber bleibt amorph, gerade weil man sich irgendwie immer noch ähnlich ist, zumindest verwandte Lebensumstände aufweist.

Die Kids des alten Mittelstandes konnten schwerlich in den neuen Mittelstand überwechseln, zum einen, weil die akademischen Laufbahnen nicht sehr verlockend und schon gar nicht mit ökonomischen Aufstiegshoffnungen verbunden waren. Zum anderen, weil die Unsicherheit hier noch größer war, kein Pop hinüber und zueinander führte. So antwortete die Jugend des alten Mittelstandes mit einer »Verschärfung« der Kultur, die ihre Eltern liebten, mit der Verbindung von Volksmusik und Rock'n'Roll, mit der Verbindung von Tradition und Vulgarität.

Aber nicht nur reagierte der alte Mittelstand mit Verachtung und Neid gegen den neuen Mittelstand und seine performative Liberalität, sondern umgekehrt sahen auch Menschen im neuen Mittelstand, was sie verloren hatten, man konnte sich sehnen nach Kollektivität und nach Verlässlichkeit, danach, sich von den beständigen Distanzierungswettbewerben zu erholen. Denn mittlerweile waren ja nicht nur die traditionellen Kulturwaren Distinktionsmerkmale, sondern auch Bildungseinrichtungen, Körperstrategien, Freizeitaktivitäten und Dresscodes. Der neue Mittelstand begann spätestens ab den Jahren um 2010 damit, sich innerlich zu zersetzen.

Die unheilvolle Allianz von ökonomischem und kulturellem Liberalismus brach nun vollends auseinander; nachdem die alte Mittelschicht zwar in traditionellen Berufen bleiben konnte, aber aus der kulturellen Mitte vertrieben wurde, begann auch die Vertreibung der neuen Mittelschicht. Insbesondere der kreative, digitale, akademische und publizistische Teil, der seine Freiheit öffentlich ausgelebt hatte (auch wenn das an eine Bohème erinnerte, an einen Tanz auf dem Vulkan), verlor rapide an Bedeutung.

V

Prekarisierung immer weiterer Lebensbereiche macht die Unterscheidung zwischen Hochkultur und populärer Kultur, sollte sie je etwas anderes als ein Mythos gewesen sein, vollends unsinnig. Aus der Popkultur der »guten Jahre« des demokratischen Kapitalismus (sie verschwimmen uns schon langsam zur nostalgischen Idylle), die ein großes, einigendes Band durch alles flocht, was nicht fest in den Händen der alten Institutionen Familie, Schule, Kirche, Universität, Klasse war, wurde ein Instrument der inneren Ausdifferenzierung und eines einer »zweiten« Identität, die an die Stelle einer Identität treten musste, die durch Arbeit, Klasse, Solidarität und Erfahrung nicht mehr zu haben ist. Die Konstruktion der Identität spaltete sich im Zuge der Neoliberalisierung in ein Subjekt-Prinzip und ein Kollektiv-Prinzip. Die Krise der Demokratie (und ihrer Kultur) machte nicht »die Ränder« stark, sondern nur den einen, den rechten Rand. Hier nämlich wurde die neue Identität angeboten, Rasse, Nation, Volk, welche von der anderen Seite her, Arbeiter, Proletariat, Kleinbürgertum, Akademiker usw. nicht mehr zu konstruieren war.

Die Linke hat kein Identitätsangebot außer einer fundamentalen Kritik, die aber nicht »wirklich« werden kann, weil das Kritisierte und die Kritisierten sich allemal stärker erweisen als die Kritik. Um links zu sein, muss man entweder auf die Vorstellung von Identität verzichten (was in einer besseren Welt ganz okay wäre), oder aber sich zu einer frei zusammengesetzten, künstlichen bzw. kulturellen Identität bekennen, eine prinzipielle Queerness, in der es kein abweichendes Verhalten gibt, weil Verhalten an sich eine Abweichung ist. Dieser Konflikt um die Identität zieht sich nicht allein durch den Mainstream, der sich zwischen links und rechts entscheiden muss, sondern auch durch die verbliebene Linke selbst. Das verzweifelte Bemühen, sich an eine Identität zu binden, führt entweder zu einem bizarren linken Nationalismus bzw. linken Populismus (den unter anderem ein Teil der Partei Die Linke betreibt) oder aber zu einem Bekenntnis zum »freien Subjekt«, das nicht weniger bizarr sich wieder mit dem ökonomischen Anarchismus des Neoliberalismus überschneidet.

So erwartet man vom Pop-Star entweder, etwas für die Identität zu tun (vom »Volks-Rock'n'Roll« der Rechten bis zum nachdenklichen Pop-Star der Linken) oder aber Modelle des trans-identitären Lebens zu liefern (wie Björk und andere Künstlerinnen, die unentwegt an den Rändern von Natur und Technik, Phantastik und Wirklichkeit arbeiten). Natürlich gibt es dazwischen einen semantischen »Brei«, der entweder Identität in einer speziellen Subkultur nebst einem speziellen Genre (Death Metal, Deep House etc.) bietet oder die Unentschlossenheit selber thematisiert (wie Grunge, Shoegaze oder »Indie Rock«, den man genauso wie »independent« als indifferent beschreiben könnte). In der Welt der Prekarität wäre es schwer, eine Band zu finden, die zugleich (»irgendwie«) links und (»authentisch«) Post-Arbeiterklasse oder »Unterschicht« ist. Dass man aus eher erbärmlichen Verhältnissen kommt, wie ja nicht gerade wenige Pop-Stars, und das auch noch thematisieren kann, wie zum Beispiel Eminem, hat nichts mehr mit Klassenstolz und beinahe alles mit subjektiver Aura zu tun.

Die Schwierigkeit, Pop und Politik miteinander in einem »angestammten« Modell von beidem zu verbinden, hat zu der fatalen Strategie der »Befreiung« der Popkultur von der Politik geführt. Eine andere Strategie ist die Konstruktion von »Sub Pop« als »unabhängige«, avantgardistische, relevante oder einfach »gute« Abteilung, in der unsere utopischen und idyllischen Pop-Träume aufgehoben sind, abgesichert durch Militanz und Eigensinn.

VI

Die alten Fragen, die sich aus der bürgerlichen Sichtweise stellen: Wer bin ich? Wo komme ich her? Wo kann ich hin?, benötigen, um überhaupt gestellt werden zu können, ein Luxusdasein. Wenn der Alltag vom Überleben einerseits und vom »Spaß-Haben« andererseits (und beides extrem aneinander geschärft) besteht, verblasst die Frage nach der Herkunft, die Frage nach der Zukunft verliert jegliche Tiefenschärfe, und »Wer bin ich?« reduziert sich klassenübergreifend auf Fressen, Ficken und Fernsehen.

Die fundamentale Erfahrung des Neoliberalismus im allgemeinen und des Prekariats im besonderen: An der Identität kann nicht mehr gearbeitet werden. Man hat einfach keine Zeit, keine Kraft, keine Werkzeuge oder keinen Bock darauf. Wenn Identität aber nicht (mehr) eine vom Subjekt erzeugte Aura ist, dann kann sie nur von außen kommen. Die erste Antwort des Neoliberalismus besteht natürlich in der einfachen Aufforderung: Kaufe sie Dir! Identität entsteht aus Markenwaren, Shopping-Gewohnheiten, Ferienträumen, Erlebnisparks, Medienpräferenzen, Freizeitgestaltungen – und aus Pop.

Die in der ersten verborgene zweite Antwort ist: Identität ist, was du dir leisten kannst. Deine Performance, dein Status, deine Geheimhaltungsstufe, deine Arbeitskleidung, dein Bonus, dein Automobil usw. Aus beidem entsteht ein Kreisen, aus dem du entweder hinausgeschleudert werden kannst (in etwas vielleicht, was wir bald als »Sub-Prekariat« beschreiben werden, nämlich in unsichere Arbeitsbedingungen ohne Hoffnung darauf, sie entscheidend verbessern zu können), oder ins Zentrum hineingesogen; dort wirst du, wie jeder zweite Fernsehkrimi dir erklärt, Opfer des eigenen Erfolges und seiner Zwänge. Nicht drei Formen von Identitäten also (Arbeitslos, Totarbeiten, Work/Life-Balance), sondern drei Formen von Identitätslosigkeit werden erzeugt. Weder die Arbeit selber, noch der durch sie ermöglichte

Konsum können dauerhaft jene »Identität« erzeugen, die durch eine Balance zwischen dem eigenen Können, dem Wollen und dem Kriegen besteht.

In prekären Lebensumständen nutzt einem auch Bescheidenheit nichts, und daher auch keine bescheidene Kultur, wie einst das Rock'n'Roll-Konzert in einem Arbeiterclub oder die Saitenmusik in einem Biergarten. Denn nicht nur die Konsumenten, sondern auch die Produzenten von Pop leben prekär. Wenn die Rolling Stones heute klingen wie eine angenehm durchschnittliche Bluesrock-Formation älterer Herren, dann kann man das eigentlich nur deswegen sagen, weil es im richtigen Pop-Leben so verdammt wenig angenehm durchschnittliche Bluesrock-Formationen älterer Herren gibt. Das Paradoxon des klassenlosen Pop besteht unter anderem darin, dass auch die politische Ökonomie der Pop-Produktion keine verlässliche Produktion mehr kennt, so dass auch das Gewöhnliche (ganz ohne Abwertung gemeint) nur in eminent aufgeblähter Form überleben kann.

Vielleicht ist deswegen das Musical die Popform der Stunde, in der das Gewöhnliche nur in der Form der Gigantomanie überlebt. Das Musical ist das Popkulturelle Pendant zu einer Outlet-Veranstaltung in einem Möbelhaus oder zu einem »All You Can Eat«-Lokal. Du kriegst alles, es ist das, was auch die anderen kriegen (wenn dein Magen es durchhält, kriegst du ein bisschen mehr), und du wirst glücklich sein, wenn du uns restlos erschöpft verlässt. Das ist einerseits das dicke Ende einer Verwertungskette: Wenn etwas garantiert sinn- und formlos geworden ist, dann wird es zu einem Musical. Das betrifft Religion, Geschichte, Literatur oder Biographie, mittlerweile in besonderem Maße aber auch die Popmusik selber. Das Ende einer Pop-Karriere besteht in der Vermusicalisierung. Egal, ob Udo Lindenberg, Jesus Christus, Ludwig II, ABBA – das Musical, das die Mehrzweckhallen der Provinz zu einem einträglichen Geschäft und zu einem identitätsstiftenden Kulturzweig macht, hat das Recyclingprinzip zur Perfektion gebracht. Es ist der Magen der Popkultur, in dem, ohne große Dramaturgien, ohnehin alles wieder zusammenkommt.

Das Musical ist die Popform der Epoche des Prekariats. Es ist Musik für Menschen, die sich »vollstopfen« müssen. Auch Pop-Acts wie der von Helene Fischer gleichen sich der Musicalform an. Auch hier wird von allem etwas geboten und zugleich auf einen heißen Kern gezielt. (»Atemlos durch die Stadt« wird dabei zum Rausschmeißer und zugleich zum Bindeglied in einer Endlosschleife.)

Das Musical – wie auch das Helene-Fischer-Konzert – ist weder »gut« noch »schlecht« (und zweifellos lassen sich in der Kritik Feinheiten und Unterschiede finden); aber es hat eine spezielle Funktion in der populären Kultur. Wie einst Kreuzworträtsel ein dickes Ende des Wissens und Lore-Romane ein dickes Ende der bürgerlichen Literatur bildeten, wie die Samstagabendunterhaltungsshow ein dickes Ende des Varieté und der Vaudeville Show, so ist auch das Musical eine zur vollendeten Form geronnene Produktion von Pop geworden, in der die ganze Dynamik, die Widersprüchlichkeit, die Hysterie, die Hegemoniekämpfe zum Stillstand gebracht worden sind. Von hier aus geht es nicht mehr weiter. Nicht nach vorn und nicht zurück. Auch zur Seite nicht. Man kennt nur das immer Mehr vom Gleichen. Oder die Suche nach den kleinen Zutaten, Einfällen, vielleicht sogar Fehlern, die ein Werk vom anderen unterscheiden.

Aber nicht so sehr das »Endgültige« der Form ist entscheidend, als vielmehr eine endgültige Vertreibung der eigenen Wirklichkeit. Im Musical ist nicht nur Geschichte, Kultur und Religion zu einer endgültigen Ruhe gekommen, sondern auch die politische Inhärenz. (Mit »Hair« war es endgültig aus mit den Hippies, und der Film »Hair« von Milos Forman war nichts anderes als die typische Erinnerung an das, was er nie war, Nostalgie. Mit »Hinter'm Horizont« wurde endgültig verboten, sich über Umstände und Interessen in der deutschen »Wiedervereinigung« Gedanken zu machen; mit »Ludwig« war es aus mit dem Dandytum und der »Dekadenz« als mehr oder weniger heimliche Subversion.)

Als identitär im weitesten Sinn kann man einen Vorgang bezeichnen, bei dem man sich Energie, Gewissheit und Legitimation von etwas holt, das viel größer, viel weniger unsicher, viel klarer und vor allem viel gewaltiger ist als man selbst. Wenn man sich diesem großen Anderen unterwirft, mag es eine Religion sein, eine Nation oder auch nur ein Fußballverein, darf man hoffen, mehr zu kriegen als man hineinsteckt. Und allein ist man ja nicht mehr. Manchmal wacht man auf und merkt, dass diese Identität, wenn man Glück hat, nur ein Spiel auf Zeit gewesen ist. Manchmal merkt man auch, dass man auf eine Illusion hereingefallen ist oder auf einen großen Schwindel. Manchmal aber merkt man das auch nicht, sondern will immer noch mehr von dieser Droge Identität, die durch gemeinsame Rituale, durch Bilder und nicht zuletzt durch die gemeinsame oder eben scheinbar gemeinsame Musik erzeugt wird.

EINE KLEINE POPTHEORIE

I

Von der Wahrheit kann man sich nichts kaufen. »Es ist«, sagt Foucault, »immer möglich, dass man im Raum eines wilden Außen die Wahrheit sagt; aber im Wahren ist man nur, wenn man den Regeln einer diskursiven ›Polizei‹ gehorcht, die man in jedem seiner Diskurse reaktivieren muss.« Das »wilde Außen« freilich ist auch ein gelobtes Land, ein Abenteuerreich, eines jener Jenseits-Regionen, die sich für den Kapitalismus noch zu erobern lohnt.

Die Diskurs-Polizei im Neoliberalismus ist weitgehend privatisiert. Man könnte also zunächst sagen: Was im Wahren ist, das bestimmt der Markt. Oder genauer gesagt, die Marktteilnehmer bestimmen es. Also weder der Staat noch die Universitäten, die Kirchen oder »die Kultur« können das Feld des Wahren bestimmen, sondern es bildet sich auf einer immer direkteren Beziehung der kapitalisierten Produktion und dem Subjekt. Selbst was einmal Gesellschaft war, scheint hinter dieser (digital verschärften) Beziehung zu verschwinden, vielleicht auch das, was einmal »Person« genannt wurde.

Wir haben uns daran gewöhnt, dieses Feld des Wahren in einer linearen Geschichte der Erweiterung und Öffnung zu sehen. Liberalität wäre demnach auch ein Akzeptieren des wilden Außen, aus dem die Wahrheit kommen kann, und als diskursive Polizei wurde mehr und mehr ein System der Kritik aus aufklärerischer Rationalität und demokratischer Moral angesehen, das garantieren soll, die Produktivkraft der wilden Wahrheiten nicht zu vergeuden. Kurzum: Zwischen der Wahrheit und dem Wahren soll ein vernünftiges

Verhältnis herrschen. Daher ein bange Frage: Wieviel Aufklärung verträgt Pop, ohne in der Dialektik dieser Aufklärung nur noch als übermächtiges Gespenst weiter zu leben. Die Tücke nämlich liegt in einer zweiten Dialektik: Pop kann man nur verstehen, wenn man es auch lebt. Wenn man es lebt, kann man es aber nicht im klassischen Sinn verstehen. Die unmögliche, aber extrem aufregende Aufgabe von Popkritik: Eine Beziehung herstellen von Leben und Verstehen. Am schönsten und scheußlichsten Gegenstand, den man sich vorstellen kann.

Ermattung. Dass sich der Pop-Diskurs im allgemeinen und die Popkritik im besonderen von ihrer Rückbindung an die Politik »befreien« sollen, wie es allenthalben gefordert wird, liegt nur zum einen Teil daran, dass man damit »nicht weiterkommt« (gegen einen übermächtigen Gegner, gegen die eigenen Widersprüche), zum anderen aber auch daran, dass man sich in etlichen Kämpfen zuvor Blessuren und Ermüdung zugezogen hat. Es ist, als wollte man aus einem Boxring aussteigen, nicht weil man besiegt ist, sondern weil man keinen Sinn im Weiterkämpfen mehr sieht. Das Handtuch, das da geworfen wird, trägt verschiedene postpolitische Markierungen. Zweifellos kann man die politische Popkritik mit Nadja Ceer als männer-dominierte »Geheimwissenschaft« und gar als »Penisfechterei« abqualifizieren, aber wird Popkritik etwa demokratischer, weiblicher und kreativer, indem man sie entpolitisiert? Oder ist es die konsequente Reaktion auf den Umstand, dass Popkultur noch stets die in ihr und an ihr geübte Kritik integriert und »gefressen« hat?

Weil Pop die Revolution nicht ausgelöst hat, die irgendwie drin steckte, soll Pop sozusagen sich selbst überlassen werden. Dann sind wir alle fein heraus, wenn Pop nichts anderes als Pop beinhaltet (so wie einst die Kunst nichts anderes als Kunst sein sollte, was gewiss zu dieser Zeit, als das »l'art pour l'art« postuliert wurde, auch etwas mit »Befreiung« zu tun hatte). Aber eben: Wir sind heraus. Denn

Kritik ist nicht allein diese Kraft zur Veränderung, sondern immer auch die Frage nach der Macht. Politische Popkritik ist immer um die Frage zentriert: Wem gehört Pop? Niemand kann allen Ernstes behaupten, Pop sei nicht in erster Linie Marktgeschehen. So also wäre die Aussage: Pop ist unpolitisch! eine indirekte Formulierung von: Der Markt ist unpolitisch.

Thomas Hecken versucht ein »neues« Feld für den Pop aus lauter Tautologien zu beschreiben: »Oberflächlichkeit (nur die Form zählt, der Nutzen spielt keine Rolle), Funktionalismus (Pop ist moralisch desinteressiert und will nur den Körper in Bewegung bringen), Konsumismus (Pop mag die Berieselung), Äußerlichkeit und Immanenz (Pop bezieht sich nur auf das sinnlich Gegebene), Künstlichkeit (Plastik, Schneideraum, Sampler-Software und Spraydosen sind die wichtigsten Bestandteile des Pop) und Stilverbund (jeder Titel ist mit einer Frisur, einer Hose, einer Attitüde verbunden).«

Wenn man sich auf diese Definition von Pop einlässt (wir könnten eine Einschränkung auf »Mainstream« machen, ohne die Argumentation sonderlich zu beschneiden, denn schließlich ist auch Billy Bragg durchaus Pop, und auch eine Nazirockkapelle arbeitet mit Mitteln des Pop), so wäre Pop nicht als »unpolitisch« zu beschreiben, sondern vielmehr als Entpolitisierungsmaschine. Vielleicht sogar als Entleerungsmaschine, womit an die Endverwertung von allem in Form von Musicals oder »Heimatkrimis« angeknüpft wäre, also Produkte, in die alles, was nach den diversen Verwertungs- und Entwertungskreisläufen immer noch vorhanden ist, eingearbeitet wird um das zugleich »ultimative« und sinnlose Erzeugnis auf den Markt zu bringen.

Ebenso aber können wir uns an einer Gegenposition versuchen: Die Poptheorien der achtziger Jahre, die bis jetzt nachhallen und die sich am Oberflächenreiz, am »Nicht-Referenziellen«, am »Posing« und Hipstertum abarbeiten, dienen vor allem der Entlastung der Kritik selbst. Noch drastischer gesagt: Die Konstatierung der Oberflächenhaftigkeit des Pop dient vor allem der Oberflächlichkeit der Kritik. Wenn Pop etwas für unser Leben bedeutet, dann tut es das auf zwei Arten, nämlich indem Pop etwas über unser Leben aussagt, und indem Pop etwas in unserem Leben bewirkt. Dass sich das eine im anderen wiederfindet, liegt auf der Hand. Unterscheidet sich die Pose des Rockstars von der Pose des Revolutionärs wirklich darin, dass eine Revolution gar nicht stattfinden soll (ja, dass die Pose an die Stelle der Sache selbst tritt)? Oder bewahrt der Rockstar die Pose des Revolutionärs? Es ist kompliziert. Klar aber ist, dass zumindest in Gedanken eine radikale Gegenposition gegen die (sollen wir sagen: hegemonialen?) Poptheorien der letzten Jahrzehnte, die Jahrzehnte einer manchmal ziemlich faden Abklärung, möglich ist. Wir nehmen Pop (wieder) ernst. Wir nehmen Pop beim Wort, beim Bild, beim Ideogramm. Wir weigern uns, auf den Mythos der Oberfläche hereinzufallen! (Übrigens haben eben dies die rechten Usurpatoren des Pop getan, wenn auch mit taktischem statt mit Erkenntnisinteresse.)

Versuchen wir also den Nutzen von Pop, der angeblich keine Rolle spielt, zu klären. Der ökonomische Nutzen liegt auf der Hand. Es ist eine Produktion mit einem nie versiegenden Rohstoff für einen immer noch wachsenden Markt und nahezu immer und überall zu erreichenden Kunden. Pop ist die Ware, die zugleich ihre Reklame ist; Pop ist die Reklame, die zugleich die angepriesene Ware ist. Aber: Pop kann sich auch mit jeder anderen Ware verbinden, und umgekehrt kann (und muss vielleicht schon) jede Ware zumindest einen Pop-Aspekt aufweisen. Das, was an einer Ware nicht direkter Nutzen ist, ist Pop. Pop ist somit der ästhetische Ausdruck des Mehrwerts, den sich jene aneignen, denen die Produktionsmittel gehören. Die Frage nach der Politik im Pop ist also keineswegs nur die Frage nach der politischen Aussage in den Produkten und in den Ideen dazu (also in der Kritik), sondern es ist die Frage nach den Produktionsmitteln, die sich für eine Zeit durchaus ernsthaft stellte. Nicht dass Pop lautstark zur Revolution aufrief, war ein Skandal, sondern dass Teile der Popkultur sich so umzuformen drohten, dass der Besitz der Produktionsmittel in Gefahr schien. Dass die primären Produzenten von Pop, die Musiker, die Zeichner, die Autoren und Regisseure etc. nicht nur ihren Anteil am Reichtum, sondern auch einen Anteil an der Macht im Pop verlangten, das allein veränderte die Popkultur nachhaltiger als jede Frage nach der »Wirkung« von Texten, Filmen oder Stories. Ein Carl Barks war zum großen Teil in seinem Schaffens nicht mehr bekannt als »der gute Zeichner« bei Disney-Comics; heute gehört es zu den Rechten der Beteiligten, als Mit-Autor genannt zu werden, auch wenn nicht beabsichtigt ist, mit einem Comic ein Meisterwerk zu schaffen. Die Bandbreite zwischen den Hergestellten und den Herstellern von Pop ist erheblich erweitert, nicht weniger ein Organisationsgrad, eine Idee von Rechten, die die primären Produzenten von Pop haben.

Es kommt ihnen, wie den Stars und Verlierern des Kunstmarktes, immer auch eine metaphorische Bedeutung zu. Natürlich sind die meisten Produzenten von Pop nicht nur Mitglieder sondern auch glanzvolle Modelle des Prekariats. Sie leben einerseits vor, »wie man es schaffen kann«, und entsprechend gilt die Bewunderung immer auch diesem Triumph. Sie sind auf der anderen Seite aber auch Modelle für Solidarität oder Selbstorganisation. Das »Authentische« an einem Pop-Star oder einem Künstler in der populären Kultur ist nicht allein die Tatsache, dass er eine Form der magischen Autobiographie vor unseren Augen entwickelt, sondern auch, dass er von der Funktion als Ware befreit und Aspekte eines Produzenten in eigener Sache übernimmt. Die Kehrseite der Tatsache, um das Beispiel aufzugreifen, dass nun auch Comic-Zeichner und Autoren zu Stars werden können, oder wenigstens zu anerkannten Handwerkern mit einer Handschrift, liegt in einer extremen Verknappung und

Regulierung des Arbeitsfeldes. So gilt auch hier die Weisheit des Prekariats: Der Autor ist der Überlebende. (Dieser Kampf um die eigene Sache ist schließlich nicht umsonst Gegenstand von 1001 Biographien in Buch- und Film-Form: Das Gemachte und das Machende, das Produkt und die Arbeit suchen nach einer Balance.)

Jedes Bild in der Popkultur drückt diesen Kampf zwischen Produktion und Produkt aus. Denn Pop ist nur einerseits das Produkt, das sich selbst genügt (es braucht im Extremfall nichts anderes als einen Menschen, der sich vor andere Menschen hinstellt, um ein Lied zu singen, einen Witz zu machen oder ein Gefühl zu imitieren), es ist andererseits das Produkt, das die Spuren seiner Arbeit nicht mehr los wird. Selbst ein vollkommen synthetischer Pop-Star, eine digitale Kreation, eine Gamefigur lebt durch die Emotion, die er auslöst.

Sprechen wir also von diesem emotionalen Nutzen. Jedes Pop-Produkt ist ein »rêve exterieur«, wie Jean-Luc Godard vom Film sagt, ein äußeres Geträumtes. Er nimmt Wünsche auf, er bietet Bilder des Begehrens und der Angst, er konzentriert Impulse und Interessen. Der Fall eines »gelungenen« Pop-Bildes ist dann erreicht, wenn es genau so viel Begehren, zum Beispiel, erweckt, als es auch zu befriedigen imstande ist (wenn auch in verschiedenen Ebenen des Realen und in verschiedenen Räumen der Seelenarchitektur). Aber dieser gelungene Fall ist zugleich auch der trivialste. Er kann im allgemeinen nur durch eine Art von emotionaler Synchronisation erreicht werden, was unter anderem auch als Bezeichnung von Möglichem/Unmöglichem, Erlaubtem/Verbotenem, Erhofftem/Gefürchtetem stattfindet. (Wann kann eine Wurst die Wünsche erfüllen, die in einer Wurstreklame stecken? Gelungen ist schon der kleinste Schritt: Sich der Erfüllung des Wunsches um ein klein wenig genähert zu haben, so wie ich mich in einem Radiohead-Song ein klein wenig dem Wunsch genähert habe, der Welt zu sagen, dass sie mich am Arsch lecken kann.)

Das führt uns zu einer vielleicht zentralen These:

Jedes Pop-Bild, ob lebendig, gezeichnet, beschrieben oder gefilmt, ist ein Mythos. Der Mythos ist, wie wir von Roland Barthes wissen, eine Erklärung der Widersprüche. Jeder Mythos (das Bild und die Erzählung des Irrealen) ist aus Widersprüchen aus der Wirklichkeit zusammengesetzt. Das Bild, das die Gegensätze der Wünsche ebenso vereint, wie die Gegensätze von Wunsch und Angst. Auf einer ersten, einigermaßen trivialen Ebene erklärt uns der Mythos Helene Fischer, dass man zugleich erotisch-abenteuerlich und bürgerlich-kontrolliert (»angepasst«) sein kann. Der Mythos Homer Simpson erklärt uns, dass man Verlierer und glücklich sein kann. Neben solchen direkten Reaktionen auf widersprüchliche Lebenserfahrungen ist der Pop-Mythos sicher auch mit den Elementarmythen verbunden, die in aktualisierter Form geboten werden: Der Mythos von der ewigen Jugend. Der Mythos der Unbesiegbarkeit. Der Mythos von der geheimnisvollen Abstammung. Der Mythos vom Doppelgänger. Der Mythos der ewigen Wiederkehr. Der Mythos vom Identitätswechsel. Der Mythologie der Pop-Produktion auf die Schliche zu kommen, wäre allein schon eine Lebensaufgabe.

Wenn also das Pop-Bild als Mythos begriffen wird, dann kann es auch, in einer aufklärerischen und solidarischen Geste der Popkritik, als Abbild der Widersprüche begriffen werden, als Ausdruck der Wünsche, als Ausdruck der Ängste, kurzum als Gefäß von groben wie feinen aber immer sehr wirklichen, sehr zeitlichen, sehr lebendigen Impulsen. Der Nutzen eines Pop-Bildes für seinen Konsumenten liegt darin, mit ihm seine Wirklichkeit auszuhalten. Natürlich wissen wir zugleich, dass dieses Pop-Bild als Ware (und »Droge«) diesem Vorgang auch wieder entgegen arbeitet. Das Erlösende und das Befreiende, das Tröstende und das Erklärende an diesem Bild bricht sich immer wieder an seinem »Konsum« im Sinne eines Verbrauchs. Je schwächer die Wirkung des Mythos, desto notwendiger die Serialisierung und Ritualisierung. Jedes Fußballspiel ist ein mythisches Schauspiel. Wir können uns gut eine Gesellschaft vorstellen, in der es nur ein Fußballspiel im Jahr gibt (Weihnachten gibt es ja auch nur einmal, weshalb die Industrie beständig Weihnachten ausweitet, Ersatzweihnachten schafft und am Ende, natürlich, den Mythos entleert hat). Aber dieses mythische Schauspiel hat durch seinen Produkt-Charakter erheblich an seinem mythischen Wert verloren, so dass nicht nur ein Überangebot entsteht, sondern vor allem eine Verwertungswolke, ein endloses Schwätzen und Kommentieren, das den eigentlichen »Kampf« so verdeckt, dass man ihn durch eigenes Zutun (die gewöhnliche Hooligan-Prügelei eingeschlossen) wieder verlebendigen muss. Dies ist das Schicksal unserer Pop-Geschichte und Teil seiner Gespenstererzählung: Wir sehen unseren Mythen mehr noch als bei der Arbeit beim Sterben zu.

Deswegen können wir zwar einerseits das Pop-Bild als Mythos begreifen, Pop aber auch zugleich als eine gewaltige Entmythisierungsmaschine. Es entstehen Zyklen von Mythisierung, Entmythisierung und Remythisierung, denen eine Popkritik von Rang eine antizyklische Haltung von Leidenschaft und Analyse entgegen halten müsste. Die beiden Phänomene, denen man sich, ohne sie indes näher beschreiben zu können, auch als Fan gegenübersieht, sind Kannibalisierung und Vergespensterung. Im Kannibalisieren fressen sich die Pop-Mythen gewissermaßen selber gegenseitig auf, in der Vergespensterung kommt ein Pop-Mythos nicht als Pop-Mythos wieder, sondern als Mythos seiner Wiederkehr.

Die Meta-Mechanik der Traumfabrik Pop liegt also darin, die ökonomisch notwendige Entleerung (in den Verwertungsketten, Ausverkäufen und Markerweiterungen) mit einem Prozess des Nachfüllens zu verbinden. Ungeachtet der Tatsache, dass Pop immer gebraucht und immer konsumiert wird, ist dieses Nachfüllen von Bildern, Mythen und Zeichen (kurz auch »Inhalt« genannt) keine selbstverständliche Angelegenheit. Wie jede kapitalistische Produktionsweise ist daher auch die von Pop krisenhaft. (Wieder könnte man jener Popkritik mit Verachtung begegnen, die nichts anderes zu tun hat, als diesen Krisen hinterherzulaufen.) Natürlich ist die Krise des Mythos selbst wieder Mythos, so dass wir eine doppelte Form von Krise im Pop diagnostizieren können, nämlich eine der Langeweile (stagnierende, innovationslose und repetitive Produktion) und eine der Entgleisung (eine Höllenfahrt in Horror, schlechtem Geschmack und ästhetischer Selbstzerstörung). Und so, wie es auch mit den anderen Krisen der kapitalistischen Produktionsweise der Fall ist: Nach jeder seiner Krisen ist Pop etwas anders. Einer linearen Pop-Geschichte (als Geschichte der Techniken, als Geschichte der Organisationsformen, als Geschichte des Geschmacks zum Beispiel) steht eine dialektische Geschichte von Pop gegenüber, eine Geschichte der Aufhebungen im doppelten Sinne. Kannibalisierung und Vergespensterung entstehen daher nicht nur als Nebenprodukte bzw. Nebenproduktionsweisen, sondern werden immer mehr zum eigentlichen Inhalt von Pop. Denn nun gilt es, die These von der unendlichen Ressource für Popkultur, nämlich alles das, was Menschen durch den Kopf geht, zu revidieren. Den Menschen kann nur so viel durch den Kopf gehen, wie es ihre Produktions- und Lebensbedingungen erlauben. Entleerte Arbeit, entleertes Leben bedeutet daher, trotz Hysterisierung und Serialisierung auch entleerter Pop.

Wenn wir Pop als Warenproduktion (die Ware, die ihre eigene Reklame ist) und als »Mythos des Alltags« (Überlebenshilfe, technisch und semantisch vollkommen auf den Alltag der Konsumenten abgestimmt) angesehen haben, werden wir schließlich (und in direktem Bezug auf die beiden vorherigen) den Aspekt des Ideologischen nicht vergessen. Popkultur ist insofern ideologisch als sie nicht nur im ökonomischen, sondern auch im politischen Interesse der hegemonialen Kräfte ihrer Gesellschaft hergestellt wird. Doch die Ideologisierung von Pop liegt nicht allein im Interesse dieser hegemonialen Kräfte (eine Ruhigstellung, eine Schönfärberei, ein kollektives Beschweigen, die Produktion von Feindbildern, die Symbole der Ordnung, die Beschreibung von Totem und Tabu, eine »Wertung« von Geschichte und so weiter), sondern auch in dem ihrer Adressaten. Denn auf der einen Seite erfüllt Pop die subjektiven »geheimen« Wünsche, auf der anderen aber soll Pop auch Verbindungen schaffen. Was ein Ich genießt ohne zumindest das Wir zu imaginieren, kann nicht Pop sein. Pop ist nicht nur populär im Sinne der ästhetischen und kognitiven Zugänglichkeit, sondern auch im Sinne einer kollektiven Vernetzung.

Wie aber kann ich meine »geheimen Wünsche« und meine Sehnsucht nach Gemeinschaft miteinander in Einklang bringen? Dadurch, dass Pop-Bilder industrielle Waren sind, von denen ich weiß, dass sie auch bei meinen Mitmenschen in Gebrauch sind, und durch den gemeinsamen »Glauben« an den Mythos. Aber in dem Augenblick, da dieser Widerspruch zwischen subjektivem Begehren und Wunsch nach Gemeinschaft in die Sphäre der Bewusstheit oder des Gesprächs taucht, reichen diese beiden Aspekte nicht mehr aus. Es kommt neben der schönen Oberfläche der Ware und der poetischen Tiefe des Mythos ein drittes Medium ins Spiel: Die Verständigung. Die reine Oberfläche der Ware (von der, wie wir gesehen haben, der eine Popkritiker fasziniert, die andere Popkritikerin entsetzt ist) und die Tiefe des Mythos (in die wir mit Hilfe französischer Meisterdenker gelangen können, zweifellos aber auch den alten Freud benutzen dürfen) stünden unverbunden nebeneinander, wenn es nicht dieses Element der Verständigung gäbe: Alle Pop-Bilder generieren Imperative.

Nach dem »Du darfst, was man eigentlich nicht darf« und dem »Du siehst, was man eigentlich nicht sehen darf« nun also ein »Du sollst, was in keinem Text geschrieben steht«. Pop ist mithin nach Ware und Mythos ein Verständigungsmittel, das weit über eine Praxis der Kommunikation (Bist du auch ein Sepultura-Fan? Haben Sie auch den Tatort gestern gesehen? Das war doch nie und nimmer ein Elfmeter!) hinausgeht. Wenn wir, was wir von der Welt wissen können, aus den Nachrichten nehmen, so entnehmen wir, was wir gegenüber der Welt empfinden können, dem Pop.

Ideologie bedeutet eine Anschauung der Welt, die nicht allein aus der Anschauung und der Kritik entsteht, sondern auch aus einer Überzeugung. Überzeugungen haben einen Grad von Abstraktion, ja sogar Willkür – sie werden ebenso durch Macht wie durch Interesse geformt –, aber sie haben gegenüber der Anschauung und der Kritik einen unschätzbaren Wert. Sie sind leicht und schnell mitzuteilen. Ideologie ist, sowohl im marxistischen wie im psychoanalytischen Sinn, etwas, das sich an die Stelle des Bewusstseins setzt, das es dominiert oder hegemonialisiert. Jemand sieht, heißt es in unserer Alltagssprache, alles durch seine »ideologische Brille« (also unvollkommen, wenn nicht sogar falsch). Paradox genug glauben viele, den anderen eine »richtige Ideologie« vermitteln zu können. Behauptungen, die kollektiv oder wissenschaftlich oder durch den Geist der Geschichte oder was auch immer beglaubigt sind, und daher nicht durch Anschauung und Kritik überprüft werden müssen, verlangen als Ideologie nach dem Konsens.

Pop-Songs bestehen sehr viel mehr aus »ideologischen« Behauptungen als aus Anschauungen (wenn auch nicht unbedingt der Art »Der Feind muss vernichtet werden, bevor er unsere Grenzen erreicht« sondern eher der Art »Die Liebe ist ein seltsames Spiel«), Tatort-Kommissarinnen und -Kommissare sind immer auch »Sprachrohre« der Auffassungen von Recht und Ordnung, im Happy End kommt immer auch ein ideologischer Leitspruch zu seinem Auftritt. Ideologie im Pop wird durch Interessen und durch Zensur erzeugt – denn es gibt kein semantisches System ohne Zensur, es gibt nur verschiedene Grade und verschiedene Techniken von Zensur –, aber durchaus auch »demokratisch« ausgehandelt. So kann ein Pop-Bild auch eine Frage an die

Konsumenten beinhalten: Wie viel Sex, Gewalt, Rechtsbrüche, Fälschungen, Irrealität akzeptiert ihr oder akzeptieren wir, oder allgemein: Auf was einigen wir uns?

Es geht dabei, weil es eben auch um Ideologie geht, um mehr als um Angebot und Nachfrage. Der Verhandlungsraum um Pop-Bilder ist weitaus größer als die Kette Produktion – Publikation – Konsum, nicht nur, weil, wenn es einen »Skandal« gibt (den Ausnahmefall des demokratischen Aushandelns von Ideologie und Geschmack), nahezu jeder und jede sich berufen fühlt, einen moralischen Ein- oder Angriff zu starten. Gerade weil wir überzeugt sind, dass Pop, im Gegensatz zur Kunst, eine Sache ist, die uns alle angeht, werden Urteile gerade über die Segmente gefällt, die uns weder in Form der geheimen Wünsche noch in Form der Sehnsucht nach Gemeinschaft erreichen. Die Popkritik spielt in diesem Echoraum eine bedeutende Rolle – jedenfalls sollte sie das tun. Denn spätestens hier haben wir ja verstanden, dass Pop nicht zu reduzieren ist auf die Interessen der Produzenten (der primären Produzenten und der Kapitalinteressen hinter ihnen) und auf die Träume der Konsumenten, Pop ist auch ein »Schlachtfeld«, auf dem es um moralische, politische und ideologische Hegemonien geht. Es geht darum, ein »herrschendes Bild« zu erzeugen, das sich indes von der Herrschaft anderer Bilder (wie der Propaganda) durch eine subjektive Anpassung unterscheidet.

So sind wir bei der nächsten Funktionsweise von Pop angelangt. Jedes Erzählbild des Pop ist ein Diskurs. Das ist nichts allzu komplexes, es beschreibt lediglich ein Feld (auf dem man hin- und hergehen kann), auf dem ausgehandelt wird, was schön und was hässlich, was klug und was dumm, was nützlich und was unnütz, was moralisch und was verwerflich, was vernünftig und was wahnsinnig, was gestrig und was heutig, was akzeptabel und was inakzeptabel, was glaubwürdig und was verlogen, was tragisch und was grotesk, was verbunden und was vereinzelt, was gemeinsam und was fremd ist. Wenn das Erzählbild des Pop (ein Song, ein Film, ein Roman, ein Film) ein Diskurs ist, also ein System der Bewertungen, der Gegenüberstellungen, der Differenzierungen, dann kann man noch etwas ganz anderes sagen: Das Erzählbild des Pop zeugt von der Suche nach einer Wahrheit. Das Erzählbild des Pop ist eine Wahrheit.

Die Frage nach dem Nutzen von Pop ist also ganz und gar nicht durch eine Unterscheidung von Pop und Kulturindustrie zu beantworten; diesen Unterschied gibt es nicht. Der Nutzen für eine Gesellschaft des demokratischen Kapitalismus liegt vielmehr in der fundamentalen Offenheit und Widersprüchlichkeit. In der Verbindung verschiedener Lebensbereiche, in der Versöhnung von Vereinzelung und Kollektivierung, in Differenzierung und Konsensbildung, in der Verknüpfung von Emotion und Diskurs usw. Pop ist das, was eine solche Gesellschaft zusammenhält, und Pop ist das, was sie vorantreibt.

Die Vorstellung, Pop könne die Verhältnisse, in denen er entsteht, grundsätzlich verändern, ist genauso absurd wie die Idee von einer reinen Funktion von Droge und Affirmation. Pop soll die wilden Außenbezirke des Kapitalismus erobern helfen, Pop ist aber auch ein Mittel, neue künstliche Wildnisse zu erzeugen, ein Außerhalb, dem von den Kolonisatoren (wie etwa der Werbung und des Marketing) zu folgen ist; Pop soll der Gesellschaft des demokratischen Kapitalismus eine ewige Jugend garantieren, aber Pop ist auch ein Mittel, Jugend zu »rauben«. Pop schließt immer wieder die Grenzen des Kapitalisierten, aber Pop soll das Spiel auch wieder öffnen.

Pop also folgt vielen verschiedenen und widersprüchlichen Logiken: Der Logik der Ware, der Logik des Mythos, der Logik der Ideologie und der Logik des Diskurses. Popkritik, wenn sie irgend etwas zu bedeuten haben will, kann also nur mehrdimensional funktionieren, und sie muss sich mit ihren inneren Widersprüchen (beginnend mit dem Widerspruch zwischen lustvoller Nähe und intellektueller Distanz) genau so auseinandersetzen wie mit den Widersprüchen ihres Gegenstandes. Schließlich geht es noch um drei weitere Logiken. Das eine ist die Logik (wenn man das so nennen darf) des Traums, von dem zu Beginn die Rede war, wenngleich in der »abgekühlten« Form des »rêve exterieur«. So wie es möglich ist, in jedem Pop-Produkt eine Ideologie herauszufiltern, so ist es möglich, es einer modifizierten Traumdeutung zu unterziehen, mit Wunscherfüllung und sekundärer Traumarbeit.

Aber sowohl eine (marxistische) Analyse der Ideologie als auch eine (freudianische) Analyse des Traumcharakters setzen Distanz und Abstraktion voraus, ein Außerhalb, das man eigentlich weder einnehmen will noch kann. So kommen wir schließlich an die letzten beiden Logiken. Die Logik der Sprache. Und die Logik des Bildes.

Was das erste anbelangt: Pop ist nicht nur Gesprochenes (der Inhalt), sondern auch eine Sprache. Pop benutzt nicht nur Zeichen, sondern generiert sie auch. Vor allem aber ist Pop, und auch hier erkennen wir beides, die Möglichkeiten und die Gefahren, ein Instrumentarium, die Belegung von Zeichen zu verändern. Und was das zweite anbelangt, so sehen wir nicht nur die von Pop benutzten Bilder, sondern in gewisser Weise auch uns selber beim Sehen zu. Pop sagt also nicht nur, was es zu sehen gibt, sondern auch, was Sehen eigentlich ist. Als Schule des Sehens und als Schule des Nicht-Sehens.

II

Popkultur unterscheidet sich von ihrem Vorgänger, der »Volkskultur«, durch drei grundlegende Elemente:

Sie ist aufnahmefähig, universalistisch, international, tolerant, liberal, entterritorialisiert, »mehrsprachig« (oder metasprachlich).

Sie umfasst das Bürgertum und hier vor allem das Kleinbürgertum ebenso wie das Proletariat und nimmt andere Klassen, Schichten und Kulturen mit.

Sie entspricht nicht einem »natürlichen«, sondern einem industriellen Rhythmus, nimmt jede Form der Modernisierung begeistert und begeisternd auf, und damit sind wir bei der nächsten Meta-These:

Popkultur ist als bedeutendes, notwendiges und (möglichst) umfassendes Instrument der Modernisierung entstanden und hat sich in den Modernisierungsschüben entwickelt.

Und man lasse sich nicht täuschen, auch die regressiven Schübe in der Popkultur im 20. Jahrhundert lassen sich immer wieder auch als Modernisierungshilfen verstehen: Im deutschen Heimatfilm beispielsweise mochte man sich in eine »heile Welt« zurücksehnen, zugleich aber sprach das Genre auch von der Notwendigkeit, die Provinz in das Ferienparadies umzuwandeln, eine Tankstelle ins Bauerndorf zu bekommen, und Infrastrukturen zu entwickeln; der amerikanische Western erzählte von den Gründerjahren des demokratischen Kapitalismus, aber gleichzeitig war er immer auch Begleitmetapher sehr aktueller Tendenzen (bis hin zum Haarschnitt der Helden), ja der Western wurde zur Modernisierungsmetapher in ewiger Wiederkehr. Nicht nur damals musste die Welt modernisiert werden, sondern sie muss immer wieder modernisiert werden (und immer, das macht die Größe des klassischen Western aus, verlangt die Modernisierung Opfer und produziert Verlierer und damit einen Schweif der Trauer – bis schließlich das ganze Genre nur noch aus dieser Trauer und dem Zorn besteht).

So begreifen wir auch die Vorherrschaft der angelsächsischen, vor allem aber der US-amerikanischen Popkultur im globalen Maßstab. Die globale Popkultur ist »amerikanisch« hegemonialisiert, soweit und solange dieses Amerika Vorreiter der Modernisierung ist (Industrialisierung, »vermischte Gesellschaft«, ein Selbstverständnis der Gesellschaft als Experiment, die Gewissheit des Fortschritts). Daher verwundert es auch nicht, dass »nationale« Popkultur (auf den ersten Blick ein Widerspruch in sich) eine Verarbeitung, Reflexion, Relativierung der entsprechenden Modernisierungsimpulse darstellt. (Peter Kraus als deutsches Abbild von Elvis Presley mit Rückbindungen an jene Werte, die man zu seiner Zeit der Modernisierung noch nicht zu opfern bereit war, ein traditionelles Familienbild zum Beispiel, oder eine allzu offene Sexualisierung des Codes.)

Nationaler Pop (in Europa und etlichen Ländern Lateinamerikas und Asiens) war demnach nicht so sehr Widerspruch, sondern Ergänzung und Differenzierung des Weltpop. Dass US-Amerika allerdings nicht nur der Vorreiter der Modernisierung in Industrie und Alltag war, sondern auch ein ideologisches Konstrukt und nicht zuletzt (wiederum aus dem Western wie aus dem Rock'n'Roll abzulesen) Puritanismus, Rassismus und »Raubtierkapitalismus« als Erbe mit sich schleppte, machte Übertragungs-, Erklärungs- und Filtermaßnahmen notwendig. Schließlich war die andere Seite von Elvis Presley Billy Graham, und die andere Seite von John Ford und Howard Hawks waren McCarthy und seine antikommunistischen Hexenjäger. Nicht erst mit der »British Invasion« musste sich auch die Popkultur in den USA ihrer Widersprüchlichkeit, der unmöglichen Ganzheit im Stile von »Davy Crockett«-Serien und Disneyland gewahr werden.

Schon in der zweiten Phase der Popkultur könnte man daher die Ablösung der Jung-gegen-Alt durch eine Links-gegen-rechts (oder demokratisch-progressiv gegen bigott-reaktionär) in den sechziger Jahren ansehen. Auch der popkulturelle Import änderte sich damit. Hauptexportgut der Popkultur in den siebziger Jahren war nicht ein »Lebensstil«, sondern der Protest dagegen. Das konnte nicht allein durch eine erhebliche Spaltung der amerikanischen Gesellschaft und ihrer Kultur (durch den Vietnamkrieg) bedingt sein, es war ganz einfach das Ende des Gleichklangs von Modernisierung und Popkultur.

Pop ist nicht mehr durch und durch amerikanisch, nicht

einmal in Amerika. Seine Dezentralisierung ist Segen und Fluch zugleich, denn paradoxerweise ist die Nationalisierung von Pop eine Folge seiner Entamerikanisierung. Die Modernisierungsfabel im Zentrum von Pop hat ihren magischen Ort verloren (eben das Amerika, das es nie gab, aber das auch so angelegentlich von sich selbst träumte: Pop war hier eben auch deswegen so würdevoll, weil es neben der Ideologie des Gewinnens eine Mythologie der schönen Verlierer gab).

Auch hier tut sich eine neue Aufgabe der Popkritik auf: Die Erschaffung einer Pop-Weltkarte für zukünftiges Reisen.

RAISING HELL

VON GESPENSTERN, KANNIBALEN, DOPPELGÄNGERN UND HORRORCLOWNS

I

Wenn man den Finanzkapitalismus als Ökonomie und den »Neoliberalismus« als Lebensmodell betrachtet, sind es zwei Impulse, die beides miteinander verbindet: Kannibalisierung und Vergespensterung. Selbstverzehrung und Entwirklichung. Für den Kapitalismus gibt es bald kein Außen mehr, das er erobern und als »Fortschritt« und Modernisierung preisen kann, also muss er seine Energien auf das Unwirkliche und auf das eigene Innenleben richten; wie in einem italienischen Trashfilm, wo ein Mann, der mit einem Kannibalenvirus infiziert worden ist, sich das eigene Gedärm aus dem Leib reißt, um es zu verschlingen, weil er keine Menschen mehr findet. Die virtuelle Ware – der Pop – und die eigene Eingeweide – die Arbeit – sind die Beute des späten Kapitalismus. Die globale Vermarktung des Gespenstischen und Kannibalischen indes ergreift auch die Beute selbst, den Pop und die Arbeit. Wenn Pop die Arbeit in die Modernisierungen hinein begleitet hat (und immer zugleich als Ästhetik der Sexualität und als Ästhetik der Arbeit verstanden werden konnte), dann kann es uns schließlich nicht wundern, dass Pop nun auch die Arbeit in die Gefilde des Untoten begleitet. Wir sehen Helene Fischer nicht einfach nur als Helene Fischer, sondern wir sehen Helene Fischer bei der Arbeit zu (und dann begegnet uns in der Backfiliale mit dem Coffee-to-Go auch eine Helene-Fischer-Arbeit).

Man darf wohl davon sprechen, dass es in der Gesellschaft des Neoliberalismus kein »Urvertrauen« mehr gibt, sondern das Vertrauen zwischen Kind und Mutter (das ist ein Bild, keine Beschreibung!) direkt und als radikaler Bruch in das einzig mögliche »Vertrauen in sich selbst« übergeht (Geschichten, wie schief das geht, schreibt etwa Chuck Palahniuk). Die Forderung des Neoliberalismus, niemandem zu vertrauen außer sich selbst (The World: Zero Points, Ego: Hundred Points) ist genau so absurd und gegen Vernunft und Moral gerichtet wie ein dogmatisches »Gottvertrauen« (The World: Zero Points, Ego: Zero Points) oder wie ein bedingungsloses Vertrauen in die Gemeinschaft, die Natur, die Sprache, die Kultur etc. (The World: Hundred Points, Ego: Zero Points).

Eine kleine Grammatik des Kannibalismus, der Gespenster und der Doppelgänger ist schnell konstruiert:

Den Kannibalen gibt es (in der Pop-Mythologie) auf vier verschiedene Arten. Da ist zum einen der »urtümliche«, der prä-koloniale Kannibale, der Mensch, der noch nicht gelernt hat: Du sollst deinen Mitmenschen nicht auffressen. (In den siebziger Jahren führte uns der Trashfilm gern auf Inseln, auf denen man solchem Ur-Kannibalismus frönte.) Der zweite Kannibalismus ist der von Gestrandeten und Schiffbrüchigen, die unter dem nackten Überlebensdrang, nachdem alle Nahrung verzehrt ist, zuerst die Toten aus der eigenen Gruppe verspeisen, und dann unter den noch Lebenden ihre Opfer suchen. Die dritte Form des Kannibalismus ist jene der Perversion und der Dekadenz, die wir am konsequentesten in unserem Freund Hannibal Lecter verkörpert sehen, von dem wir, wie bei anderen Serienmördern, nicht recht wissen, ob wir vor ihm oder doch eher mit ihm bangen sollen. Der vierte Typus des Kannibalen ist der »industrielle« (struktureller Kannibalismus in der SF-Dystopie: Soylent Green) bzw. post-industrielle (der Kannibalismus der Zombies, die notwendig über uns kommen, wenn kein Sinn mehr in Modernisierungen gefunden werden kann).

Was man über den leiblichen Kannibalismus sagen kann, das lässt sich mehr oder weniger direkt auch auf den semantischen Kannibalismus sagen. Es gibt die »ursprüngliche«, ornamentale Übernahme, den Zeichendiebstahl aus Ideennot, schließlich die industrielle Serienproduktion und dann: postmoderne Zitierwut. Und wie im leiblichen Kannibalismus so gibt es auch im semantischen Kannibalismus eine Form von Ehre und Ritus (dem Gefressenen wird gedankt), eine des Sadismus (Kannibalismus ist die rigideste Form der Vernichtung) und schließlich eine der Dekadenz (das Menschenfleisch ist einfach das Beste).

Nicht viel anders verhält es sich mit den Gespenstern. Ihr Urbild ist die Gegenwart des Gestorbenen, der nicht ganz zum Verschwinden gebracht wurde. Gespenst wird, was falsch oder gar nicht begraben, verbrannt, versenkt, mumifiziert oder sonstwie »endgültig« ins Totenreich gesandt wurde, dem nicht genug Ehre, Andenken oder Gerechtigkeit widerfuhr, der nicht mit Gaben und Gebeten ausgestattet wurde. Gespenst wird mit anderen Worten, wem nicht richtig gedankt und was nicht richtig »vergessen« wurde. Psychoanalytisch gesehen ist das wohl mit einer Schuld zu vergleichen, und dann, in der dramatischen und narrativen Phase der Biographien, wird das Gespenst tatsächlich Ausdruck der nicht getilgten Schuld. Der Mensch, der ermordet wurde und dessen Mörder noch unbestraft auf Erden lebt (noch in Ghost als jüngerem Erfolgsmodell der »weißen« Gespenstergeschichte), oder umgekehrt, der Mörder, der immer wiederkehren muss, bis sich jemand seiner annimmt.

Wen mag es wundern, dass im industriellen Zeitalter Gespenster zu Kategorien werden. Eine Spezies der von der Modernisierung Vergessenen: die Vampire oder Werwölfe, in der Regel Wiedergänger der entmachteten Feudalherrschaft, gewiss auch der sexuellen Vor-Moderne. Erst da wird das Toxische der Gespenster dringlich. Vampire, die immer mehr Vampire erzeugen, indem sie sich des Blutes der Lebenden bemächtigen. Dass der Vampir, der Blutsauger, auch zum Schreckbild des Kapitals wurde, war so absehbar wie die Gleichung von Zombie und »überflüssigen Menschen«. Sowohl Vampire als auch Zombies (entstanden aus einer Sklaven-Mythologie) sind Modelle, die ein endloses Re-Modelling initiieren. Was bei Dracula noch funktioniert, nämlich eine vorläufige Auslöschung der Kategorie durch Vernichtung des »Originals«, löste bei Zombies nur eine allgemeine Heiterkeit aus, gäbe es unter Zombies so etwas wie Heiterkeit.

Wenn man nun, wie die meisten Poptheorien seit den achtziger Jahren, die Popkultur im allgemeinen, die Jugendkultur im besonderen, als Zeichen-Kultur betrachtet – und als Ökonomie in der Zeichen eine Währung bilden (ihr Tausch also zugleich kannibalistisch, gespenstisch und kapitalistisch ausgerichtet) –, so wäre wohl die Vergespensterung der Zeichenwelten in Parallele zu setzen mit der Vergespensterung von Arbeit, Ware und Geld.

Aber das hat seine Geschichte, und zu klagen, die Zeichensprache des Pop sei nicht identisch mit der Zeichensprache der politischen Bewegung bringt so wenig ein wie jeder Analogieschluss.

Pop befreit das Zeichen, was erst in einer Rückprojektion auf andere Zusammenhänge dazu führen kann, Zeichen der Befreiung zu erfinden. Die Befreiung des Zeichens ist zweifellos frivol und »vampirisch«: nur zum Beispiel ist die Befreiung des Zeichens »Hakenkreuz« aus jeglichem historischen Zusammenhang und ausschließlich als Provokation gedacht, bei Punks wie bei Rockern, eben immer auch Voraussetzung der (Wieder-)Aneignung. In einer linksliberalen Modernisierungsgesellschaft bedeutet eine solche Befreiung der Zeichen etwas anderes als in einer rechtspopulistischen Neoliberalisierungsgesellschaft. (Schon deswegen ist, auch wenn es im Geist als Widerspruch erscheint, eine Geschichte des Pop unerlässlich.)

Kannibalistisch wird Pop, weil er keine »Nahrung« mehr aus der Gesellschaft erhält. »Pop will eat itself« hat wenig mit einer Midgard-Schlange zu tun und viel mit einem leergefegten Markt. Der Bedarf an Pop ist immer weiter gestiegen (das war ein Leitmotiv bis hierher), gleichzeitig aber versiegen die Ressourcen, die sexuellen, politischen, ästhetischen und diskursiven Energien. Was bleibt sind die Trennungsenergien. Dick Hebdige zum Beispiel beschreibt Punk als einen weißen Zornesausbruch darüber, dass die Jugendkultur durch die rechte, rassistische Mainstream-Gesellschaft ihren schwarzen Anker verloren hatte (weil die schwarzen Kids sich ihrerseits unter diesem Eindruck separierten), der Jahrzehnte lang die Kraft des Rock in den USA und in GB gebildet hatte – und das Seitenstück dazu war Johnny Rottens Bekenntnis, neben anderen Punk-Bands nie etwas anderes zu hören als Reggae.

Das Gespensterhafte und Kannibalistische (obwohl im Punk alles anders ist, ist nichts neu) ist seit den achtziger Jahren nicht allein dem Mangel an Innovation geschuldet, der aus einer gelähmten und verblendeten Gesellschaft stammt, sondern auch aus dem Verlust des kreolischen Geistes. Pop, der wieder männlich und weiblich, wieder schwarz und weiß, wieder alt und neu, wieder Überfluss oder Mangel werden muss, verliert zwangsläufig an »Leben«. Punk protestiert gegen den Verlust der schwarzen Hälfte seiner Seele, aber HipHop protestiert eben oft auch gegen den Verlust einer weißen Hälfte der Seele. Jeder Verlust einer Gesellschaft spiegelt sich auf diese Weise in der Popkultur als Reduktion wieder. Man arbeitet mithin mit solcher Vehemenz an einem »technischen« und diskursiven Mainstream, weil es ihn gesellschaftlich gar nicht mehr geben kann.

Was aber gibt es, wenn es keinen Mainstream und keinen Klassen-Pop mehr geben kann? (Den Streit zwischen den Gallagher-Brüdern beim Ende von Oasis, von denen der eine seinen Arbeiterklassewurzeln treu bleiben will und der andere den Hipster-Glamour als Hannibal-Lecter-Verrat inszeniert, verfolgen wir wie ein absurdes Melodrama:

Schnösel und Proll haben beide keine soziale Realität mehr.)

Neben dem Kannibalen und dem Gespenst ist der Doppelgänger das dritte wesentliche Monstrum des Pop. Ist der Kannibale der Abfall im verfehlten Prozess der Zivilisation und das Gespenst der Abfall im verfehlten Prozess der Bearbeitung des Todes, so ist der Doppelgänger der Abfall im verfehlten Prozess der Geburt. Zum Gespenst wird, was oder wer nicht richtig gestorben ist, zum Doppelgänger ist verurteilt, wer oder was nicht richtig geboren ist. Nicht richtig geboren werden ist genau so zum »Normalfall« geworden wie nicht richtig sterben können. Was zuerst für Menschen galt, galt dann für Waren (so dass wir uns nicht wunderten, dass ein Auto zum Vampir werden kann), und schließlich für Zeichen. Kannibalisierung, Vergespensterung und Doppelgängerei ergreifen Besitz vom Zeichenverkehr des Pop, was als Modernisierung verkauft wird, weil es schließlich mit technischen und organisatorischen Systemwechseln verbunden ist. (Wir hören ja nicht auf, Technik als Ursache und nicht als Wirkung unserer Geschichten zu begreifen.)

Das Kannibalische im Pop kann also beschrieben werden als ein wiederkehrender Fehler im Prozess der Zivilisation. Das Gespenstische im Pop kann beschrieben werden als wiederkehrende Unfähigkeit, etwas sterben zu lassen. (Etwas zu überwinden, etwas zu bewahren, etwas zu würdigen, etwas zu begraben). Das Doppelgängerische im Pop kann beschrieben werden als wiederkehrende Unfähigkeit, etwas zu gebären (zu erzeugen, zu entlassen, zu bezeichnen, zu »taufen«, zu initiieren...). In der Idee des »Hippen« (wir versagen uns eine semantisch-philosophische Analyse des Begriffs »heißer Scheiß«) kommt dies alles zusammen. Um mit Nadja Geer zu sprechen: Ein Drittes zwischen Materiellem und Immatieriellem ist entstanden.

Pop ist ein System zur Produktion von Zeichen-Kannibalen, Zeichen-Gespenstern und Zeichen-Doppelgängern.

Das ist vollkommen konsequent und praktisch, schon von einem Schauspieler oder einer Schlagersängerin können wir nur sagen, dass sie weder »wirklich« noch »unwirklich« sind. Wie aber geht man mit Gespenstern um? Sind sie zu fürchten und in ihre Bilder zurückzustopfen, aus denen sie entkamen? Zu erlösen, unter anderem, indem wir ihre Schuld auf uns nehmen, ihnen zur rechten Geburt zu verhelfen? Sie würdevoll beerdigen (das große Abschiedskonzert – und zwei Jahre darauf: die Reunion, die selten allein durch die ökonomische Klemme erklärt wird)? Können wir die Kannibalen-, Gespenster- und Doppelgänger-Sprache überhaupt verstehen, die wir sprechen (und in der über uns gesprochen wird)?

Worum es also ginge, wäre, eine Semantik des Gespenstischen zu entwerfen. Dem Zeichen ist damit eine Doppelfunktion zugeordnet: es bezeichnet Materielles und Immaterielles zugleich. Es vermittelt zwischen beidem, indem es Teil der materiellen Wirklichkeit wird, während es zugleich Teile dieser materiellen Wirklichkeit ins Immaterielle zieht. Unser Alltagsleben wird auf diese Weise eine ununterbrochene Folge von Tauschprozessen zwischen dem Materiellen und dem Immateriellen; so als wären Wirklichkeit und Transzendenz heillos miteinander vermischt, noch in der Geste, mit der man seinen Kaffeeautomaten bedient oder in sein Smartphone starrt. Endlose Trivialität, ja. Aber auch: endloser Götterdienst. Doch es entzieht sich zugleich der Deutung. Denn der Mensch, der im Prozess der Zivilisation gescheitert ist (oder diesen Prozess insgesamt als gescheitert sieht) bezieht sich auf das Kannibalische (er ist begierig darauf, wie seine Lieblingsinstallation im Fernsehen immer wieder auffrisst, was um sie herum existiert, er ist begierig darauf, dass sein Medium andere Medien und eben auch »Wirklichkeit« frisst, er will selbst gefressen werden), der Mensch, der mit dem Ungestorbenen und nicht Bewältigten leben muss, bezieht sich auf das Gespenstische, die ewige Wiederkehr, das Untote. Geschichten, die nie zu Ende erzählt werden können, die immer wieder neu ansetzen, Geschichten, die doppelt erzählt werden, aber einander als Spuk begleiten.

Kannibalisierung, Vergespensterung und Doppelgängerei begleiten den Prozess, in dem im späten Kapitalismus »Produktivität« ins eigene Negativ umschlägt. Wir produzieren nur noch Träume und Kriege – nebst Nahrung und Energie, was beides miteinander verbinden soll. In der endlosen Traum-Produktion ist sowohl das Utopische als auch das Idyllische (»Heimat«) begraben. (Gelange ans Ende des Universums, und da wird es dir entgegenplärren: »Dahoam is dahoam«! Zwischen Milchstraße und Lindenstraße liegt nicht mal mehr ein richtiger Genrewechsel.) Alle wirkliche Arbeit dient der Arbeit der Entwirklichung. Eben diese Paradoxie gilt es auszuhalten: Wenn Pop bis hierher alle Modernisierungen (des Kapitalismus und der mit ihm verbundenen Regierungsformen) begleitet und bestätigt hat, wird er am Ende der Modernisierungen zum eigentlichen Inhalt. Das einzige, was Pop noch versprechen kann, ist: Noch mehr Pop. Noch mehr Zeichen also. Und noch weniger Bezeichnetes. Denn zugleich materiell und immateriell sein, beschreibt keinen stabilen Zustand, sondern immer nur einen Übergang.

Das Remake (der Kannibalismus), die Serialisierung (das Gespensterhafte) und die Verdoppelung (das Doppelgängerische) sind nicht nur Ergebnisse der Industrialisierung und Kapitalisierung von Phantasieproduktion, nicht allein einem gedankenlosen Verwertungszwang oder einem geflochtenen Band der Selbstreferenz zu verdanken, es ist die Politik des Pop (der Pop der Politik) selbst geworden. Wenn man zu Nietzsche und seinem Zarathustra zurückkehrt, erinnert man sich vielleicht an den Gedanken, die ewige Wiederkunft sei die höchste Form der Bejahung. Ist also die ewige Wiederkehr der Pop-Mythen gar die höchste Form der Bejahung, die eine Kultur des Kapitals erzwingen kann? Jedenfalls werden die Gespenster auf diese Weise nicht mehr gefürchtet, sondern ersehnt. Sie sind an die Stelle der Götter getreten.

Aber ein Ergebnis davon ist auch eine Verwandlung der Leidenschaften in das, was Gilles Deleuze die »trübsinnige Lust« nennt. Man könnte sie auch die Negation nennen, und wir haben sie als fixen Bestandteil der Popkultur kennengelernt. Man empfindet eine emotionale Bindung an Medien, Formate oder Installationen, die alles andere als gewöhnliche Lust erzeugen, nämlich Empörung, Entsetzen, Rechthaberei, Starrsinn, Pflichttreue, Eifersucht, kurz Empfindungen, die auf die Destruktion und die Selbstdestruktion hinauslaufen. In der Negation der Leidenschaften (jede Nachrichtensendung betreibt eine solche) wird die Anfälligkeit für Ideologie besonders stark. Der paradoxe Trost liegt in der ewigen Wiederkehr der Zeichen der Trostlosigkeit. Die große Bejahung der Popkultur besteht aus einer endlosen Kette der Verneinungen.

II

Popkultur hat ganz offensichtlich die Fähigkeit verloren, utopische und/oder idyllische Zonen und Subkulturen auszubilden, in denen man sich austauschen kann, ohne damit einen radikalen Bruch mit der Mainstream-Gesellschaft zu vollziehen, und in denen man sich sicher vor Übergriffen und (feindlichen) Übernahmen wähnen konnte. Waren nicht unsere Lieblingsbands, unsere Lieblingsschauspieler, unsere Lieblingshelden guardian angels, die uns über die ersten, zweiten, vielleicht sogar noch die dritten Abgründe des Lebensweges führten, waren nicht unsere Szenen und Kulte, nerdig oder wild und oft das eine im anderen, unsere safe spaces, in denen du all das abschütteln konntest, was dich im Leben drangsalierte, die Verhaltens- und Karriere-Erwartungen, die Rollenmodelle, die Maskenzwänge, die »Autoritäten«? Das ist zwar, was unsere Helden anbelangt, eher konkreter und drastischer geworden. Eminem zeigt dir, dass du in einem Trailer Park groß werden und mit einer allein erziehenden Mutter im Dauerclinch liegen kannst, und trotzdem ein Superstar werden; Beth Ditko ist perfekt als Leuchtstern für ein Coming Out für lesbische Mädchen mit Gewichtsproblemen; Beck lässt den verpeilten Vorstadt-Nerd zum praktischen Rollenmodell werden; Keith Richards führt vor, dass du mit Rheumatismus und Gicht in den Händen noch zur größten Rock'n'Roll-Band aller Zeiten gehören kannst; Lady Gaga vollzieht immer und immer wieder die Metamorphose vom Aschenbrödel zur Kunst-Prinzessin; Marilyn Manson spielt vermutlich noch als Großvater den pubertären Bürgerschreck und Alice Cooper darf schon mal in der Kita aufschlagen, als ewige Wiederkehr des Krampus, der wirklich nur ein kleines bisschen Angst macht. Aber keiner von diesen Leitsternen der sozialen, körperlichen und psychischen Defekte kann jenseits der eigenen Leuchtkraft einen Raum der Erleuchtung und der Geborgenheit ausbilden. Unsere Beziehung zu unseren guardian angels der Popkultur bleibt prekär, eher imaginary friends als Leitbilder des Eigensinns, eher Doppelgänger der Subjekte als Kerne von Kollektiven. Es ist extrem schwierig, sie zu teilen, auch in der Fan-Menge einzeln und isoliert. Die Diathese des Pop (diese Fähigkeit, ein Sowohl-als-auch zu belasten) zerbrach wieder in das System von Synthese und Antithese. Pop muss, weil es keine Personen mehr bilden kann, wenigstens die Subjekte retten.

Die Antwort auf der einen Seite sind Stars, die keine Eigenschaften mehr haben und keine Transformationen mehr kennen. Helene Fischer sieht aus wie jemand, der sogar beim Kacken immer noch wie Helene Fischer aussieht. Wir können sie natürlich nicht haben, wie wir Beth Ditko zu haben glaubten, es kann sie uns aber auch keiner nehmen. Und auf der anderen Seite Musik, die weder primäre Produzenten noch Strukturen wie Songs oder Alben mehr benötigen, sondern einen Zustand erzeugen, den man mit der entsprechenden Energie und den entsprechenden Drogen ins Ekstatische hinein verlängern kann, der aber genau so gut zum akustischen Grundrausch für das Leben neben der Spur werden kann. Bethelnuss-Musik. Musik für den neuesten Status des Sklavendaseins. Musik, die das andere (die anderen, das Schweigen) übertönt. So wie Filme, die nichts mehr erzählen, sondern Endlosschleifen von Konflikten bieten, deren Lösung immer nur neue Konflikte erzeugen und in denen so verlässlich in jeder Folge ein Mensch stirbt, den du gerade mehr oder weniger liebgewonnen hast, wie in »The Walking Dead« oder »Game of Thrones«. Genau das sagt dir, was du dir im richtigen Leben auch sagst. Du würdest furchtbar gern abhauen. Ins große Abenteuer oder in endliche Sicherheit, ganz egal. Aber du weißt nicht, wohin. Es gibt keinen Ort mehr, den man erobern, zu dem man flüchten könnte. Territorial nicht, kulturell nicht, und politisch sowieso nicht. Einer unserer Lieblingssätze, derzeit: »Die Einschläge kommen näher.«

Das triviale andere der ewigen Wiederkehr (Kannibalismus, Vergespensterung und Doppelgängerei) ist das Produkt, das keinen Anfang und kein Ende mehr hat. Die Musik, die Serie, der Bilderfluss der Nachrichten-Scherben geht so lange weiter, wie der Kanal geöffnet bleibt. Das freilich hat auch ein vollkommen neues Format des Verschwindens zur Folge. Ein Nachrichtenfluss versiegt nicht, weil ein Geschehen zu einem Ende gekommen wäre, sondern weil eine (eifrig berechnete) Aufmerksamkeitskurve sich neigt; eine TV-Serie hört nicht auf, weil ihre Geschichte zu Ende erzählt wäre, sondern weil die Einschaltquote gesunken ist. Da wir gleichzeitig vom Prinzip der Perlenkette (mehr oder weniger gleichwertige »Episoden« reihen sich aneinander) zum Prinzip der Vernetzung übergegangen sind (epische Spannungsbögen in Crossover, Spin-Offs, Parallelisierungen usw.), erhöhen sich die gespenstischen Züge jedes Narrativs: Geschichten, die nicht zu Ende erzählt wurden. Geschichten, die trotz eines Endes immer weiter erzählt werden. Geschichten, die sich so verzweigt haben, dass ein einzelner Mensch nie in der Lage sein würde, alle Fäden zu verfolgen (es sei denn, man würde wirklich alle Marvel-Comics kaufen und alle Marvel-Filme sehen und alle Spiele spielen…). Die ewige Wiederkehr ist das eine (das lässt sich auch in der Popmusik verfolgen), das andere indes ist das offene Ende; so oder so führt alles ins Nichts oder eben durch das Nichts in die Wiedergeburt. Und was ist, um noch einmal zu Nietzsche zurückzukommen, ein weiteres Ergebnis der ewigen Wiederkehr? Dass der Mensch nichts mehr verlangen kann. Eben so ist Pop, dass man alles begehren und nichts verlangen kann.

Schutzlosigkeit, das ist die erste Erfahrung. Fatale Sehnsucht nach »Heimat« dagegen. Identität. Ich-Sein in einem Raum, der das nicht infrage stellt, der es stabilisiert. Eigentlich nur: Nahrung, Wärme, Dach über dem Kopf. Damit aber auch immer: Schutz vor dem außen. Je mehr außen es gibt, desto »gemütlicher« wird die Heimat. Gemütlich bis zur inneren Mordlust. In der Idee der Identität kehrt das prekäre, allein gelassene, vertrauenslose Ego in einen imaginären Geburtsraum zurück. Alles ist hier ohne Frage. Der imaginäre Geburtsraum ist aus der progressistischen Popkultur in die regressistische Populismus-Kultur gewandert. Der Meta-Gramsciismus sagt, dass man nicht nur Hegemonie über Begriffe, Diskurse, Bilder, Narrative, Ideen etc. entwickeln muss, sondern auch über das, was alledem, eine Ebene tiefer in Gesellschaft und Psyche, zugrunde liegt. Im Brei der Wahrnehmungen und Formungen. Der neue Faschismus übernimmt ein Erbe der krisenhaften Popkultur; er scheint zu liefern, wovon Pop nur geträumt hat.

Die hippe und akademische Abklärung, die Pop zur Oberfläche erklärt hat, hat der feindlichen Übernahme den Boden bereitet.

III

Peinlichkeit & Klassismus. Peinlich wird in der aktuellen Kulturgeschichte all das, was für eine kurze Zeit zwischen der Unter- und der Mittelschicht fluktuierte, mal mehr in die eine, mal mehr in die andere Richtung. So erscheinen zum Beispiel Fototapeten als extrem peinlich, nicht allein, weil sie viel zu viel und zu direkt von heimlichen Wünschen sprechen (ferne Länder mit Sonne und Palmen, wilde Wasser, große Maschinen), und weil sie in ihrer Metaphorik schlimmer sind als röhrende Hirschen und Jesusse mit offenen Herzen, und weil in der sozialen Praxis (und in deutschen Kriminalserien) Fototapeten in den kleinsten Zimmern der kleinsten Plattenbau- oder Sozialwohnungs-Hochhäuser zu sehen waren. Von nichts sprach die Fototapete mehr als davon, dass das, was auf ihnen abgebildet ist, unerreichbar war. Es ist die Vergeblichkeit, die Wand, gegen die man Tag für Tag anrennt, unsichtbar zu machen, was Fototapeten im Nachhinein so symptomatisch machte (zu ihrer Hoch-Zeit lösten sie nicht mehr als ein spöttisches Lächeln bei jenen aus, die nicht einmal ihren quengelnden Kindern eine Fototapete gönnen wollten).

Die Fototapete wurde durch den gigantischen LED-Bildschirm an der Wand ersetzt (im zugehörigen Blue Ray-Spieler kann man neben den neuesten Filmen auch prasselnde Kaminflammen, Meereswellen oder Waldesrauschen abspielen). Natürlich werden auch die Riesenbildschirme (von den Empfangsschüsseln auf Balkonen und Dächern ganz abgesehen) über kurz oder lang als Symptome des Scheiterns erkannt und damit erheblich peinlich. Der gehobene Mittelstand rümpft die Nase: Da wo sich Satellitenschüsseln türmen, da sind die Verlierer zuhause. So wie man die Verlierer an ihrem Hang zum Übergewicht oder sogar an ihren viel zu teuren Uhren erkennt. Daran dass sie rauchen wie die Schlote und in spritfressenden Autos herumfahren. Je einfacher und direkter die Wünsche, die sich im Konsum ausdrücken, desto peinlicher werden die damit verbundenen Ausdrucksweisen.

So werden uns auch immer weitere Teile des Fernsehprogramms peinlich. Wer nicht zu den Verlierern gezählt werden will, der muss zu erkennen geben, dass er »eigentlich« gar nicht fernsieht. Von einem Traumschiff zu träumen ist schließlich der offene Beweis dafür, dass man es sich in Wirklichkeit nicht leisten kann – schlimmer aber, dass man in Wirklichkeit einen »Individualtourismus« pflegt, in dem massenhaft Leute zusammenkommen, die ohne gefragt zu werden behaupten, dass sie niemals Masse sind. Aber auch eine wirkliche Traumschiffreise, wie sie in der Fernsehzeitschrift so reichhaltig angeboten wird, ist in Wahrheit nichts als eine Peinlichkeit. Vor allem mit Schlagerbespaßung. Wie der Strand von Lido di Jesolo. Eine Ansammlung von Menschen, denen es schnurzpiepegal ist, wie peinlich sie sind. Hauptsache, das Leben macht Spaß. In der Projektion der Peinlichkeit begegnen sich immer Elemente des unten und Elemente des oben.

Im Peinlichen und seiner mehr oder weniger satirischen Bearbeitung drückt sich aus, dass es, je weiter »oben« man ist in der Gesellschaft, um so schwieriger mit der Erfüllung seiner Wünsche wird. Es ist der Neid auf die da unten, die sich amüsieren wie Bolle oder ihre Wünsche so direkt ausdrücken, als hätten sie nichts zu verbergen. Und im Abscheu vor dem schlechten Geschmack drückt sich aus, dass man den anderen überhaupt keinen Geschmack, also Genuss gönnt. Aber eben, und da hängen wir wieder in unserer Schleife: Wie sieht es aus mit dem Geschmack des Prekariats? Ist da etwa jede jedem peinlich? Welchen Pop benötigen wir, um den Widerspruch zwischen bedingungslosem Wunsch nach Lust und gutem Geschmack zu überwinden? Es wächst dieser Zwischenraum des satirischen, des frivolen und des ironischen. Wir haben keine neuen Beatles, aber wir treffen uns bei Loriot, bei Monthy Python, bei Douglas Adams, mit etwas Anstrengung sogar bei Sacha Baron Cohen oder Bastian Pastewka. Von den großen Mainstream- und Konsens-Maschinen sind vor allem die Paradoxie- und Distanz-Maschinen geblieben. Der Mythos heilt nicht mehr, aber seine Parodie.

Aber natürlich können die Energien, die aus dem ungeheuerlichen Areal der Peinlichkeiten kommen, nicht ungenutzt bleiben. Was dauerhaft aus der Sphäre des schlechten Geschmacks nach oben kommen, also auch von der mittleren Mittelschicht akzeptiert werden will, muss also gewisse Kriterien erfüllen:

Es darf nicht zum Ausweis des Verlierertums geworden sein. Und es muss einen gewissen Grad an Virtualität behalten, durch den man sich immerhin noch überlegen fühlen kann. (Die Pop-Archäologie wird bei Jerry Lewis dann fündiger, als sie selbst aushalten kann.)

Es ist ein mehrfach durch kulturhistorische Filter und durch Generationen geadelte Geschichte wie zum Beispiel ein klassischer Gartenzwerg. Großvaters schlechter Geschmack ist ein Kleinod inmitten meiner Ausweise des guten, »zeitgemäßen« Geschmacks. In Ödön von Horvaths »Jugend ohne Gott« zum Beispiel dient der Gartenzwerg bzw. sein Fehlen als gnadenlose Präzisierung von sozialen Positionen, heute dagegen ist, nicht nur bei »Amélie«, der Gartenzwerg schon Ausweis von Dissidenz und Abenteuer. Ein Symbol, das eine Mainstream-Kultur verloren hat, damit es als Gespenst in den Kulten definitiv Nicht-Mainstream-Insassen wieder auftauchen kann oder muss. (Was ist eigentlich peinlicher: immer noch Joan Baez zu hören oder Verrat an ihrer politisch-moralischen Aufrichtigkeit begangen zu haben? Peinlich ist der Verlust der moralisch-ästhetischen Einheit im Pop, also, mit anderen Worten, egal was es ist: Jede Form des vergangenen Pop ist peinlich. Im Pop leben heißt mit dem Peinlichen zu leben; das Gianna Nannini-Konzert von letztem Monat war garantiert noch peinlicher als das schon wieder zum Narrativ gewordene Nana-Moskouri-Konzert, bei dem ein fiktives Subjekt der

Peinlichkeit von einem gnadenlosen Chronisten gesehen wurde, das aber, jetzt wird es schon beinahe wieder kunstkritisch, natürlich selber dagewesen sein muss… Die Zeitlichkeit des Pop ist sein Segen und sein Fluch. Mit der Zeit wird Pop entweder Kunst oder Mythos oder eben peinlich. Und wenn es eine gewisse Dimension erreicht hat, dann ist es, wie ein Rolling-Stones- oder ein Kraftwerk-Konzert eben alles drei gleichzeitig. Irgendwie Kunst. Irgendwie Mythos. Und irgendwie peinlich.

Er muss einem gewissen V-Effekt und einer Isolation genügen (Jedermann sein eigener Jeff Koons). Die Verwandlung in Camp-Objekte muss gewährleistet sein: Dies ist nicht Ausdruck meiner Wünsche, meiner Begegnung mit den anderen, dies hat vielmehr eine interessante Geschichte.

Es kann Trash werden. Schlechter Geschmack mit kultischer Selbstreferenz. (In gewissen Kreisen ist das Vergnügen an Trash bereits wieder peinlich, weil überständig. Wenn's jeder geil findet, mag ich es auch nicht mehr.)

Aufstieg und Erhalt einer gewissen Klassenlage hängen jedenfalls mit der Vermeidung von Peinlichkeiten zusammen. Eine Urlaubsreise nach Mallorca wird der auf sich und seine Karriere bedachte deutsche Mittelständler der 2010er Jahre gewiss nicht zugeben (es sei denn, er oder sie kann betonen, man habe das »ganz andere Mallorca« aufgesucht).

»Klassistische« Behandlung von Peinlichkeiten gibt es von rechts und von links. Der rechte Verächter des schlechten Geschmacks sieht darin den Ausdruck der Wünsche, die sich deren Subjekte gar nicht leisten können sollen. Er sieht darin einen Angriff von unten auf die Mitte. Denn dass man sich im 1-Euro-Laden einen bescheidenen Anteil am gesellschaftlichen Reichtum und dem ästhetischen Überschuss holen kann, entwertet diesen natürlich auf der anderen Seite, und vom Standpunkt des guten Menschen offenbart sich natürlich im Produkt des 1-Euro-Laden die globale Ausbeutung viel mehr als hippen Bioladen. Der linke Verächter des schlechten Geschmacks sieht darin den Ausdruck der falschen Wünsche. Die Arbeiterklasse kommt nicht ins Paradies, so lange jeder Arbeiter und jede Arbeiterin sich ein privates Paradies erträumt. Venezianische Gondeln aus Plastik. Hansi Hinterseer. Kik-T-Shirts mit lustigen aber unlesbaren Botschaften. Alles Ausdruck von doppelter Ausbeutung. Schon in einer Geschichte der dummen Träume. Ausgebeutet der Produzent, ausgebeutet der Konsument. Und dazwischen? Die falschen Wünsche. Peinlich. Der linke Verächter des Peinlichen sieht darin einen Angriff von oben.

Peinlich ist die Verletzung eines allgemeinen Codes, der Moral, Macht und Ökonomie im Zeichen des Geschmacks vereint. Darum sind die Menschen mit den »falschen Wünschen« und ihrem Ausdruck peinlich nur, wenn sie am falschen Ort auftauchen. Die Peinlichkeit von gestern freilich ist der Filmstoff von heute. Und es ist das Museumsstück von morgen. (Darum willkommen im »Museum der Peinlichkeit«!) Peinlichkeit als das sinnliche Empfinden von Entfremdung ist ein heißer Kern von Pop, gleich neben Politik, Sexualität, »Identität« und Kampf. Die Lust des endlos ver- und wieder entklemmten Mittelstands am vermeintlichen Unterschicht- (und Kinder-)Leben: Denen ist nichts peinlich. Die Antwort der Kulturindustrie auf die Erfahrung von Entfremdung sind zum einen Bilder des Peinlichen (für eine Disziplinargesellschaft) und zum anderen Aufhebungen der Peinlichkeitscodes (für eine Kontrollgesellschaft). Das Fernsehen ist unter anderem die Meta-Maschine zur Bearbeitung des Peinlichen geworden. Eigentlich ist alles peinlich, was da gesendet wird, ja, auch, vielleicht besonders, die autoritative »Tagesschau« (von der Weihnachtsansprache des Bundespräsidenten und der Helene-Fischer-Show ganz zu schweigen). Ein endloser Fluss von Bildnarrativen des Peinlichen (das auch in einer schönen Leiche im »Tatort« verdichtet werden kann) macht das Leben in der radikalen Entfremdung erträglich. Oder auch nicht. Im Fernsehen jedenfalls ist das Peinliche (peinigend und befreiend) eine Form der Ersatzreligion. Im übrigen verstehen wir nun, warum Popkultur im Fernsehen keine Chance hat. Es kann zwar die Meta-Peinlichkeit der Satire (die einzig wahre Kunst des Fernsehens) gesendet werden, aber ansonsten nichts, was sich von der Kategorie des Peinlichen entfernte. So wie der Post-Post-Bildungsbürger vor »Arte« sitzt und behaglich sagt (als habe er seinen kulturellen Gartenzwerg gefunden): Das muss mir nicht peinlich sein. (Wir schalten um in die Mailänder Scala.)

Damit soll nun nicht gesagt sein, dass diejenigen, die die Peinlichkeit empfinden, immer im Unrecht sind, und diejenigen, die sie erzeugen, immer im Recht. Denn auch die Objekte der peinlichen Kultur haben ihre Elemente des Inkludierenden und des Exkludierenden. Es sind mitnichten nur Kampfansagen an den klassistischen Geschmack von oben, es sind auch Kampfansagen in die Quere. Der Ausdruck der Wünsche wird bösartig; am Strand von Lido di Jesolo mag man nicht nur die Snobs nicht, sondern auch die »Asozialen« haben hier nichts verloren. Noch den peinlichsten Kulturwaren wohnt eine Tendenz zu Akkumulation und Konkurrenz inne. Die Fototapete stößt nicht nur den ab, der sich solche Träume, so oder so, wirklich erfüllen könnte, sondern auch denjenigen, der sie nicht teilen will. Das Peinliche scheint hier und dort nur darauf zu warten, auf eine Kränkung reagieren zu können.

So müssen wir uns vielleicht von der naheliegenden Vorstellung verabschieden, das Peinliche sei eine Begriffswaffe der da oben gegen die da unten, und damit sei, im Umkehrschluss, das Peinliche eine kulturelle Waffe der da unten gegen die da oben. Vielmehr scheint es soziale Grenzen zu beschreiben. In einer klassenlosen Gesellschaft gäbe es nichts Peinliches, nämlich Verstöße gegen ungeschriebene Gesetze von Verhalten und Erscheinung, die nicht als Absicht, sondern aus Unkenntnis oder Gleichgültigkeit geschehen. Die mehr oder weniger öffentliche Formulierung von Impulsen und Wünschen, die den Mangel hinausschreien;

nicht so sehr den individuellen als den kollektiven Mangel. Ein Verstoß gegen die protestantisch-kapitalistische Gleichung von Lust und Arbeit. Eine Lust, die sich ohne den Umweg über Arbeit und Kapital, ohne Raffinierung und Narration äußern will. So wie es rülpsende Kinder tun.

Der nicht kontrollierte Körper ist peinlich. Aber ebenso ist der mit allzu einfachen Mitteln kontrollierte Körper peinlich. Dicke Schminke. Frisuren wie von Marge Simpson: Zu viel sichtbare Friseurstunden sind eindeutig untere Mittelklasse, also peinlich. Der oberen Mittelschicht ist offenbar gerade das peinlich, was sich die untere Mittelschicht als Luxus gönnt. Der unteren Mittelschicht wiederum ist es peinlich, wenn sich die Unterschicht überhaupt etwas gönnt. Am peinlichsten sind Menschen, die offenbaren, dass sie nichts mehr zu verlieren haben.

Aber natürlich gibt es auch das Empfinden der Peinlichkeit im Dreieck. Augenblicklich nennen wir das mit einem sonderbaren Modewort »Fremdschämen«. (Je schamloser die Menschen werden, was das eigene Verhalten anbelangt, desto größer scheint ihr Bedürfnis, sich für andere zu schämen. Was durchaus nachvollziehbar ist, da wir die Kategorie des Peinlichen an die der Kontrolle gebunden haben: Fremdschämen besagt nichts anderes als die Scham darüber, dass jemand, ganz in der Nähe, irgendwie dem Netz der Kontrollen entgangen ist, für das wir ebenfalls irgendwie allesamt verantwortlich sind.) Am Strand von Lido di Jesolo schämt sich beinahe jeder für jeden. Nur nicht für sich selbst.

Peinlich ist ein Verhalten, das nicht wie das Verhalten aller anderen in einer Situation ist, ohne dass diese Abweichung einen anderen Grund aufweisen kann als den der augenblicklichen Lust oder der Ignoranz. So sind wir bei der Peinlichkeitstoleranz einer Gesellschaft und ihrer Subsysteme. Offensichtlich sind große Areale der neuen Medien vor allem der Verbreitung des Peinlichen zugedacht, und es ist, wie einst der Klatsch, die Jagd nach dem Peinlichen ein aufregendes soziales Spiel. Wir steinigen unsere Opfer nicht mehr, wie geben sie der Peinlichkeit preis. Es gibt zwei Formen von Siegern in dieser Gesellschaft, jene, die es schaffen, nicht peinlich zu sein, und jene, die es schaffen, fundamental peinlich zu sein und das richtig toll zu finden.

Übrigens ist es mir peinlich, in der Kultur zu leben, in der ich lebe.

Die Ordnung des Pop ist perforiert. Sie gewinnt nie eine vollständige Stabilität. Was an ihren Rändern geschieht, ist immer zwiespältig; es ist einerseits das Geschehen, das den Geltungsbereich des Pop (und also der Kulturindustrie) erweitert, eine innere Landnahme, das Aufsaugen von subkulturellen Energien, und es ist andererseits eine Infragestellung, eine Subversion, eine Destabilisierung. So lässt sich also Pop stets auch als ein Ineinander zweier nur scheinbar gegenläufiger Impulse beschreiben, nämlich der stabilisierenden (eingrenzenden) und der destabilisierenden (erweiternden). Wenn Pop ausdrückt, was in einer Gesellschaft nicht stimmt (ein Ausdruck, der der Verschleierung dient, eine Verschleierung, die dem Ausdruck dient), dann ist das Peinliche der Ausdruck dessen, was im Pop nicht stimmt (der Spaß daran, das Leiden daran).

Kein Wunder, dass Popkritik, die sich selber wichtiger ist als Gegenstände und Adressaten, dieses Peinliche von einem Bild der Entfremdung umwendet in eine ideologische Waffe. (Keine Frage, dass der Popkritik die Popkritik und natürlich auch die Popkritik-Kritik peinlich sein muss.) Wenn Popkritik partout nicht politisch werden will, muss man sie ins Peinliche stoßen. Ein anderes Wort für das Peinliche ist Wahrheit.

POPKRITIK, UND WARUM SIE SICH VERÄNDERN MUSS

I

Als die Beatles, Frank Zappas Mothers of Invention und Bob Dylan die Maßstäbe setzten, war Popkritik vergleichsweise einfach. Man musste nur drei Fragen stellen: War die Musik gut (die Frank Zappa-Frage, die zugleich alle Grenzen zwischen Pop und Klassik, High und Low, innovativ und traditionell negierte)? War sie Teil der Befreiung, die als alles umwebendes Geschehen Kultur gefälligst zu begleiten hatte, wie es der Weg der Beatles vorgab? Und war es deep, tauchte also in Unter- und Abgründe, riss Erkenntnislöcher oder erzeugte poetische Übersprungsenergie wie Dylan? Ähnliches galt für Filme, Comics oder Klamotten, auch für Romane und Off-Theater. Das Gute, das Wahre, das Schöne, nur eben in einem neuen Kontext. In unserem.

Die Idee der Befreiung war leicht zu formulieren. Man wusste nämlich genau, wovon man sich zu befreien hatte: von der patriarchalen oder wenigstens post-patriarchalen Familie, von finsteren und verstaubten Autoritäten in der Schule und den Universitäten, von einer bedrückenden und belastenden Vergangenheit (in Deutschland natürlich ganz besonders), die von den Erwachsenen falsch oder gar nicht behandelt wurde, von Karriere- und Konsumzwängen (einschließlich Tanzschulen, Frisören und »plastic people«), von der sexuellen Unterdrückung und der »Doppelmoral«, von einem restriktiven Staat, dem sich so viel sturer Legalismus wie Klasseninteresse der Besitzenden vorwerfen ließ, vom »Bildungsbürgertum« auf der einen Seite, einer selbst auferlegten kulturellen Reduktion auf der anderen Seite (grandios war die Musik, in der sich schwarze und weiße, bürgerliche und proletarische, männliche, weibliche und LBTG-Kids treffen konnten).

Dass Pop nicht mehr befreit, wird gern der Kultur selbst angelastet, und natürlich ihren Vertretern, die einfach nicht mehr den Mumm, den Zorn und die Phantasie ihrer Vorgänger haben. Das ist nicht einmal die halbe Wahrheit. Die beginnt nämlich mit der Frage, wovon man sich derzeit eigentlich zu befreien hätte. Nicht, dass wir nicht alle wüssten, dass es verdammt viel gibt, von dem man sich befreien müsste. Nur dass das, wovon man sich befreien müsste, unsichtbar, unscharf, unklar geworden ist. Die Familien? Prekarisierte, verunsicherte Scherbenhaufen. Bedarfsgemeinschaften der Steuer und Traumgemeinschaften der Werbung. Dass trotz unterstützender Fernsehunterhaltung keine so funktioniert wie die andere, und noch weniger keine auf die gleiche oder auch nur ähnliche Weise nicht funktioniert wie die andere, macht es schon mal schwer, mit gemeinsamen Gesten auf gemeinsame Erfahrungen zu reagieren. Die Schulen? Fack ju Göte! Die Universitäten zwischen Exzellenz und Ratlosigkeit. Frisöre sind von Pflichterfüllern zu Wunscherfüllern geworden. Tanzschulen machen Senioren jung. Infantilisierung und Vergreisung scheinen gar kein Widerspruch mehr; auf einen Generationenkonflikt, auf den ökonomisch so viel hinweist, reagiert Kultur so flexibel, dass man in ihr erstickt. Mein Opa stellt seine Clash- und Anti-Flag-Musik so laut, dass ich gar nicht richtig lernen kann. He Alter, was machst du denn bei deinem Opa? Und wie der sich mit seinen Underground-Comix hat, darfste auf keinen Fall knicken!

Der gute alte Pop reagierte auf Gefängnisse, die jede und jeder sehen, fühlen und hören konnte. Mal so und mal so. Mal mit Überzuckerung, mal mit Ruhestörung, mal »subversiv«. Subversiv war Über-Affirmation, das Auftauchen an unerwarteter Stelle und in unerwartetem Zusammenhang, es war die Suche nach den Schwachstellen des Systems –

Geld, zum Beispiel war eine solche Schwachstelle, Kultur aber auch. Der Pop-Dandy schlug den Bildungsbürger mit seinen eigenen Waffen. Natürlich nannte sich Mr. Zimmerman nicht umsonst Dylan, was nur noch teilweise beim Sänger von Television gelang, jenem Tom Miller, den wir als Tom Verlaine bewunderten.

Der neue Pop muss nicht nur in den westlichen Zentren auf unsichtbare Gefängnisse reagieren. Wenn der Blick dorthin geht, wo es scheinbar noch um sichtbare und erfahrbare Gefängnisse geht, im Hip Hop, in der Musik aus Afrika, im J-Pop (die Subversion der Über-Affirmation), hat er sich rasch gebrochen. Klare Fronten und moralisch-ästhetische Eindeutigkeit kriegst du dort nicht (weder im Original noch in der Aneignung). Weil man immer zugleich sein Gefängnis erkennen und sich das vorstellen muss, was »Freiheit« dazu bedeuten könnte. So können wir nicht einmal einen tapferen chinesischen Menschenrechtler wirklich bewundern, weil wir selber nicht mehr an das glauben, für das er Leib und Leben riskiert.

Die Popmusik machte die Spaltungen der wie auch immer dissidenten Politik in Europa mit, aus der großen Pop-Revolution wurden die Subkulturen, die Genres, die Szenen, und manche davon waren an die sozialen Bewegungen gekoppelt, an Ökologie, an Feminismus, Gay Liberation, Friedensbewegung usw., und wenn Frank Zappa nur zwei Arten von Musik unterscheiden wollte, nämlich gute und schlechte, dann war nun zwischen zwei Arten von Pop-Dissidenz zu unterscheiden, nämlich der klugen und der doofen.

Aber auch die unendliche Anpassung und Aufspaltung war noch nicht das Ende des Pop, wie wir ihn kannten. Das unsichtbare Gefängnis war ja nicht die Familie, das Milieu, die Klasse, das Geschlecht, es war das Subjekt selber. Ich stecke im Gefängnis, gewiss, aber das Gefängnis steckt auch in mir. Ich bin das Gefängnis meiner selbst. Wie kann da »Befreiung« ausschauen, und schlimmer noch: Wie soll Befreiung durch Pop ausschauen? Eine der ökonomisch überaus erfolgreichen Strategien von Pop war es, Subversion gleichsam ins Programm zu übernehmen. Ob Madonna, die Simpsons oder »Breaking Bad«, stets geht es um Wahrheiten über das System (Gefängnis), in dem die Protagonisten leben, die sich die Generation vorher nicht getraut hätte zu formulieren (dafür gab's wunderbar abstrakte Formeln), die aber zu mehr als diesem Flash nicht führen konnten.

Der Haken dieser mehr oder weniger zynischen (das heißt: für den Augenblick befreienden im großen und ganzen dafür aber auch fatalistischen) Popkultur ist ihre Ambivalenz: Sie zeigt ganz ungeniert das Gefängnis, nennt auch Namen wie Kapitalismus, Religion, Konformismus oder Ideologie, aber sie beschreibt zugleich einen Menschen, der weder in der Lage ist, diesem Gefängnis zu entkommen, noch es eigentlich wert ist. Punk war eine Revolte, die an ihr Gelingen nicht glaubte. Der Verlust des Utopischen war ehrlich, aber er war auch tödlich.

Einem Musik-Kritiker des *Rolling Stone* in seinen besten Tagen, war klar, dass er auch politisch und sozial »auf der richtigen Seite« stand. Die Selbstermächtigung der Kritik war nur die Folge der Selbstermächtigung der Musik, so wie in Frankreich die Filmkritik und die Filmemacher der Nouvelle Vague sich in einer gemeinsamen Bewegung wähnen durften. Der Popkritiker ist in diesem Modell ein »organischer Intellektueller«, also einer, der Teil der Kultur ist, aus der die kritisierten Modelle, Bilder, Aussagen oder Projekte kommen. »Klassistisch« ist Popkritik daher weder in dem Sinn, dass sie die Kultur einer Klasse gegen die einer anderen setzt, noch in dem Sinn, dass ein ästhetisches zugleich ein soziales Urteil sein muss. Genau das jedoch wird durch die repressiv-liberale Entkreolisierung (bei gleichzeitiger Globalisierung) des Pop initiiert. Damals, sagt der alte Sarkast, konnte ich dir anhand deines Pop sagen, wo du hinwolltest, heute sage ich dir anhand deines Pop, wo du hängen geblieben bist.

Popkritik wird »unorganisch«, wo sie sich von ihrer Kultur der Mit-Leidenschaft entfernt, wo sie sich als Konsumanregung versteht, wo sie vergisst, dass der ursprüngliche Impuls die Befreiung aus dem Gefängnis war (und nicht die Dekoration der Unfreiheit); aber alles das ist wiederum längst schon Mythos. Oder peinlich. Denn peinlich ist im Pop ja nicht nur, wer an den Pop vergangener Tage glaubt, oder wer an Pop überhaupt »glaubt«, peinlich ist genau der, der dem Pop den Diskurs abverlangt. Hier wird Pop wild und macht sich in den neuen Bürgerkriegen an Massakern und Vergewaltigungen mitschuldig, und dort zieht er sich zurück, und betont seine oberflächliche Harmlosigkeit. It's only Pop? Oder. Pop kills.

II

Antonio Gramsci hat auf den großen Unterschied zwischen einer naturwissenschaftlichen und einer politisch-kulturellen Aussage hingewiesen: Die erste kann falsch sein, und für eine Zeit Teil allgemeiner oder spezieller Unwissenheit, aber irgendwann kommt die Aussage, die sie korrigiert, bis die Aussagen wieder mit der Wirklichkeit übereinstimmen. Die zweite aber kann nie vollständig korrigiert werden, sie wird selber zum Teil von Politik, Geschichte und Kultur. Eine naturwissenschaftliche Aussage gilt so lange, bis sie widerlegt ist; eine kulturelle Aussage gilt so lange, wie es Macht, Interesse und Profit gebieten. Zweifellos ist deshalb die kulturelle Aussage die gefährlichere, und ebenso zweifellos wäre demnach Gesellschaft am ehesten eine skeptische Maschine, kulturelle Aussagen zu kritisieren. Dass es eine gerade konträre Verteilung der Werte gegeben hat (mit der – peinlichen! – Tendenz, kulturelle Aussagen naturwissenschaftlich zu maskieren), hat etwas mit dem Herrschaftssystem von Neoliberalismus, Postdemokratie und Rechtspopulismus zu tun: Kulturelle Aussagen sind direkt an die Macht, das Interesse und den Profit gekoppelt. Kritik ist schädlich. Das größte System zur Produktion kultureller Aussagen ist Pop.

Traditionelle Kulturkritiker verhalten sich so, als würden sie »naturwissenschaftliche« Aussagen machen, das heißt ihren Gehalt ausschließlich durch eine bessere Aussage widerlegen lassen. Die Aussage ist »wahr«, so lange es keine andere Aussage gibt, die etwas anderes besagt. Die kritische Aussage nicht nur in der Kultur sagt dagegen: Ich vertrete eine Ansicht unter anderen Ansichten, und ich kämpfe mit meinen Mitteln um die Hegemonie. Kritik ist immer, nach Michel Foucault, Kritik der Macht, aber im Kulturteil ist sie immer auch Kritik der anderen Kritik. Seinen Vorgängern nachzuweisen, einen Künstler schwer unterschätzt oder auch grotesk überschätzt zu haben, ist die Simulation des Überlegenheitsgefühls eines Naturwissenschaftlers, der eine »unumstößliche« Wahrheit kraft Beobachtung und Beweis eben doch umgestoßen hat. Aber natürlich wird diese Aussage erst dann richtig interessant, wenn sie sich dazu versteigt, wer wann wen und warum über- oder unterschätzt hat. Die Kritik einer Kritik stellt also, wenn die kritisierende Person nicht zu borniert oder zu dumm ist, immer auch das ganze System der Kritik in Frage. Wie konnte ich nur das beknackte, aber genau richtig beknackte von Slade übersehen?

Im Gegensatz zu Konsum, zu »Kult«, zu Freizeit, Sport und Mode macht Pop aus seinen Adressaten tatsächlich ein Kollektiv, oder genauer gesagt einen kollektiven Organismus, wie Gramsci das nennt, was sich in »aktiver und bewusster Teilhabe« und in »Mit-Leidenschaft« äußert. Jedenfalls ist das der Fall, wenn Pop etwas vorausnimmt, was dann Politik werden kann. Der Ausbruch aus dem Gefängnis, was immer man von diesem selbst wissen kann, ist genau der Punkt, an dem der ästhetische Spaß (die Action) und die politische Forderung (die Aktion) miteinander korrespondieren.

Es gibt also keinen unpolitischen Pop, so wenig es übrigens in einer kapitalistischen Demokratie Politik ohne Pop gibt. Die Politik im Pop ist die Frage nach dem Gefängnis. Aber natürlich ist die Frage, in wieweit die Teilhabe bei einem Konzert oder in einem Film aktiv und bewusst wird, und wo das Leidenschaftliche dabei zum Mit-Leidenschaftlichen wird. Pop schafft einen Raum für Teilhabe und Leidenschaft, der sich immer durch Elemente des Einschließens und durch solche des Ausschließens definiert.

Heftig wird diese Beziehung zwischen Pop und Politik da, wo es um die Benennung von Freunden und Feinden geht (und nicht um allgemeine Appelle oder Formeln). So weit waren wir schon, nun aber kommt die Frage dazu, wie und womit das ganze reguliert und kontrolliert wird. Die politische Zensur und das ökonomische Interesse, das ist, worüber wir noch vergleichsweise unbefangen reden können, erst dann wird es schwierig und peinlich. In keiner anderen Form nämlich ist das Subjekt so extrem mitschuldig. Nicht einmal in einer repräsentativen Demokratie. Faschismus, wird behauptet, sei eine notwendig und ausgeprägt ästhetische Repräsentationsform, wie also könnte man »von nichts gewusst haben«, wenn man Teil der faschistischen Popkultur war? Wie kann man von den Verbrechen des Kapitalismus nichts wissen, wenn man Teil der kapitalistischen Popkultur war und ist (Verschleierung als Offenbarung, Offenbarung als Verschleierung, wir erinnern uns, und ebenso an die Ambivalenz von Zustimmung und Subversion)? Die Entfremdung, die sich als Peinlichkeit bearbeiten lässt, kommt als Schuld zurück. Wir wissen, dass wir uns schuldig machen, wenn wir fernsehen, Zeitung lesen, Musik hören, Bilder »konsumieren«. Darum brauchen wir Ideologien, die uns diese Schuld abnehmen. Wir amüsieren uns zu Tode. Bullshit! Wir amüsieren uns immer auf Kosten anderer, wir amüsieren uns über die Tode der anderen; wir amüsieren uns, indem wir die Welt töten.

Ganz offensichtlich haben sich die Verhältnisse zwischen dem Öffentlichen und dem Privaten fundamental geändert.

Immer ging es ja auch im Pop darum, was man vom Privaten ins Öffentliche, und was vom Öffentlichen man ins Private holen konnte. Sichtbarer Ausweis waren die Poster im Kinderzimmer, oder ein Grauen der imitierten Privatheit in Horrorfilmen oder Kunst-Installationen. (»Übergriffige« Kunst, zwischen Kindergeburtstag, Jahrmarkt und Folter-Ideogramm!) Pop ist unter vielem anderen die Idee eines magischen Raumes zwischen dem Privaten und dem Öffentlichen was immer wieder zu empfindlichen Störungen der einen oder der anderen Sphäre führte.

Öffentliche Performance und privater Konsum bedingen einander in einer anderen Weise als in der Kunst, die immer wieder »das Private an die Öffentlichkeit zerrt«, nämlich als subjektive Aneignung kollektiver Energien. So entstand die einstige Verwertungskette von Album, Kritik und Tournee bei einer Band. Das Geld wird mittlerweile kaum noch durch das Album, sondern hauptsächlich durch Live-Auftritte generiert, und die Kritik garantiert nicht mehr so sehr diesen Transitvorgang, sondern schreibt vor allem die Szenen in sich und den Mainstream fest. Aneignung und Performance, Event und Alltag trennen sich weiter, aber so unvollkommen, dass man sich auf dem Konzert nur noch wie daheim benehmen kann, Suff und Selfie eingeschlossen.

Wenn also der Mythos der Kunst darin besteht, dass ein autonomes Subjekt sich der ästhetischen und semantischen Herausforderung stellt, um das Kunstwerk in seinem Kopf zu Ende zu formen, so besteht der Mythos von Pop genau im umgekehrten Vorgang, nämlich dass die Subjekte sich in einem Kollektiv wiederfinden, das die Paradoxien von Demokratie und Kapitalismus aushält. Die Vorläufigkeit rettet beide Vorgänge, die »Offenheit« wird unentwegt beschworen.

Es entsteht indes eine Form des Meta-Pop, die kaum noch zu kritisieren ist, außer von einer radikalen Position aus. Elvis Presley war vielleicht der erste Vertreter jenes Meta-Pop, der nur von einer sich selbst ausgesprochen kenntlich machenden Reaktion kritisiert werden konnte, und dann, von seinen Adepten, nur noch in Bezug auf sich selbst. Was man an Elvis kritisieren konnte, war nur, dass er nicht genug Elvis war (zum Beispiel in seinen Filmen). Derzeit besetzt Helene Fischer in Deutschland das Stadium eines Meta-Pop-Stars, der keine andere Kritik als die einer mehr oder weniger kultivierten Verachtung zulässt, insofern sie nichts neues, nichts »authentisches« und nichts großartiges macht. Sie ist das Alles-in-allem der deutschen Popkultur, und nicht zuletzt das Einigende, das ein Kollektiv immer zugleich ästhetisch als auch ideologisch formt. Ihre fundamentale Nivellierung (ihre Peinlichkeit) schließt nicht aus, dass einige Jahre später entdeckt wird, wie großartig sie eigentlich war. (Wenn Popkritik sich auf etwas was einbilden kann, dann auf ihre Irrtümer.) Aber dann ist sie ja auch eben der primären Forderung enthoben, zur Zeit zu sein.

Nicht, dass es sich dabei um direkt erkennbare ideologische »Botschaften« handeln würde. Es ist vielmehr ein Kern der Selbst-Identifikation entstanden, in der es um Formung nicht mehr als um eine Art der Adoption geht. Eine bestimmte Form der Deutschheit hat sich Helene Fischer zu ihrem Emblem gemacht, und nun geht es nur noch darum, diese Emblematik immer wieder zu bestätigen, durch ein enormes Projekt der musikalischen und semantischen Eingemeindung. So sagt ein Pop-Star einer »Gemeinde«, was er alles sein kann, und eben auch: Was er nicht ist. Was wir nicht sind. Schwarz, queer, rebellisch, kritisch, kreolisch (statt postkolonialistisch globalisiert) usw. Ideologisch nicht, aber ideologisiert zu sein, wie ein faschistischer Unterhaltungsfilm, das verwandelt Adressierung in Adaption.

Wenn der öffentliche Raum, wie Chantal Akerman sagt, »der Ort der Artikulation« ist, dann scheint es im Interesse eines jeglichen Systems, diesen Raum zu entpolitisieren (auch eine Machtdemonstration ist eine Form von Entpolitisierung). Das heißt: Pop als Entpolitisierungsmaschine entartikuliert immer politisch. Gewisse Pop-Stars sind nicht

»schuld« am neuen Faschismus; sie haben nur den Raum entleert, in dem er sich nun entfalten kann.

III

Wir kommen nicht darum herum, uns von einigen Formaten in der Pop- und Überlebenskultur zu verabschieden. Dazu gehören: Das »Album« als stringente Komposition von (Rock-)Songs in irgendwie wirklicher, materieller Form, das Fußballstadion als Ort wolllüstiger aber »unschuldiger« Regression und Begeisterung, die Stadt als gebaute Form von Liberalität und Toleranz, die Zeitung als autarkes Informationsmedium, das Poster als demokratische Kunstform, das Einfamilienhaus aus Lego-Steinen und nicht zuletzt: der Kinofilm. All diese Dinge gibt es noch, keine Frage. Und Geld wird auch nach wie vor damit gemacht. Aber sie haben ihre Schlüsselfunktion verloren; sie sind nicht mehr so in die Biographie eines Menschen eingeschrieben wie einst, sie setzen keine »Person« mehr zusammen wie bestimmte Filme, bestimmte Songs, bestimmte Comics einst eine Person zusammensetzten. Sie versuchen gar nicht mehr, die Rolle der großen Befreiung einzunehmen. Sie haben die Fähigkeit verloren, so zu erscheinen, als hätten sie dein Leben gerade entscheidend verändert. Und sie sind nicht mehr entscheidend für einen Dialog zwischen den (professionellen) Kritikern und den (passionierten) Fans.

Ist das schlimm? Alle Medien schließlich haben ihre Zeit, und sie leben in ihren Nachfolgern weiter. Sie werden in einer nostalgischen, archäologischen oder auch gentrifizierten Weise sogar für sich selbst am Leben erhalten. Eine LP, ein Comic, ein Kinobesuch, eine Zeitung haben nur die Seiten gewechselt, von der Alltagskultur ins Luxus-Segment. Ein Fußballspiel kann man in der medialen Fiktionalisierung genießen oder man hält die rassistischen Sprechgesänge im Stadion aus. Und es gibt den ewigen Kinofilm, den ewigen Rocksong, das ewige Comic Book, und vielleicht sogar die ewige Zeitung, wer weiß. Aber um zu verstehen, was mit uns los ist, mit einer Kultur, mit einer Generation, einer Szene, einer Gesellschaft, dazu taugen diese Medien nicht mehr besonders viel.

Sie alle sind derzeit gleichwohl besonders spannend (und manchmal gehen sie einem aus dem selben Grund besonders auf die Nerven), insofern sie mit ihrem eigenen Verschwinden beschäftigt sind. Wir sehen also nicht nur dem Spielfilm, dem Rock-Album, dem Comic oder den Zeitungen beim Sterben zu, sondern auch bei der verzweifelten Suche nach Erklärungen, nach Überlebensstrategien, nach Anpassungsformen, nach neuen Verknüpfungen. Das ist nicht so leicht. Denn einerseits verändern sich Ästhetik und Praxis, Erscheinung und Funktion nicht unbedingt gleichzeitig. Und andererseits betrifft das Verschwinden oder Verglühen der einstigen »Schlüsselmedien« für den aufrechten liberalen, demokratischen und mehr oder weniger rebellischen jungen Menschen in den westlichen Gesellschaften nicht nur Medien, Sprachen, Instrumente, Techniken und Szenen, es betrifft Menschen. Menschen, die ihre Arbeit, ihre Hoffnungen, ihre Träume, ihr Können, ihre Neugier verlieren.

Dieses Verschwinden oder wenigstens Entwerten hat nicht nur kulturelle und technische Bedingungen, sondern vor allem ökonomische. Wie alle anderen Industrien so macht sich auch die Kulturindustrie »fit« für die radikal neoliberalisierte Zukunft, indem sie vor allem an denen spart, die in ihr arbeiten. Von der Arbeit an »normalen« Rock-Alben, Spielfilmen, Comic Books, Zeitungen usw. kann niemand mehr richtig leben. So weit, »etwas riskieren« zu können, kommen die meisten gar nicht mehr. Wer mit dem eigenen Überleben mehr beschäftigt ist als mit den Grundlagen seiner Kunst, kann nicht mehr frei sein, und schlimmer: kann nicht mehr Freiheit als wirkliche Botschaft in seine Arbeiten packen. Die ökonomische Erpressbarkeit in der Kulturindustrie ruiniert das kreative Potential vor allem im mittleren Segment; die Kulturindustrie wächst ins Unermessliche, und zugleich zerstört sie ihr eigenes Rohmaterial, die Phantasie, die Kreativität, die Neugier. Ihren Zustand erkennt man daran, wo sie dringend sparen muss und wo das Geld gern ausgegeben wird. Man überlebt nicht mit Ideen, man überlebt mit more of the same, wenn irgendwo Klicks, Käufe, Besuche und Zustimmung generiert werden können. »Mainstreaming« wäre ein zu freundliches Wort. Es würde uns wundern, wenn ausgerechnet die Kulturindustrie sich dem Neoliberalismus verschließen könnte, es darf uns allerdings auch wundern, mit welchem Feuereifer ihre Protagonisten dabei sind und die beiden einzigen »Waffen« aus der Hand geben, die die Arbeiter in der Popkultur haben: Solidarität und Phantasie. Und wie sich jene die Sache schönreden, die gestern noch von Kritik und Eigensinn schwadronierten.

Und hier verstehen wir, was an den Spielfilmen, den Comic Books, den Rock-Alben oder den Fußballspielen so besonderes war. Es waren ideale Kompromisse zwischen den Interessen der Kulturindustrie und dem kreativen Potential des Pop, es waren Formeln, in denen aus dem Rohstoff, der Phantasie, dem Handwerk und der Eigenwilligkeit der primären Produzenten, der größte Nutzen gezogen wurde. Es war nicht zuletzt die Form, anhand derer »Verantwortung« ausgehandelt wurde. Die Verhinderung von genialen Taten und die Korruption von Talenten gehörte ebenso dazu wie asynchrone Machtverhältnisse, aber in besseren Zeiten der kapitalistischen Demokratie war den Bossen von Kulturindustrie und Kulturpolitik durchaus klar, dass sie Produzenten und Konsumenten einen Freiraum lassen mussten. Zwischen Uberisierung und Oligopolen in der ökonomischen, Angsthaserei und Anpassung in den bürokratischen (den »öffentlich-rechtlichen«) Abteilungen in der Popkultur geht dieser Freiraum gerade flöten. Die Kulturindustrie spiegelt eben nicht nur den Geschmack und die Intelligenz einer Gesellschaft in ihrer Zeit wieder, sondern auch die Interessen der Besitzer und Beeinflusser. Sogar die unabhängige Kritik soll einmal eine gewisse Rolle gespielt haben.

Jedenfalls ist es immer höchstens eine halbe Wahrheit, wenn behauptet wird, jede Gesellschaft bekäme die Kulturwaren, die sie verdient. Jede Gesellschaft ist komplizierter als es ihre Kulturindustrie wollen kann, so wie jede Gesellschaft komplizierter ist als ihre Kulturbürokratie. Gott oder wem auch immer sei Dank. Kritik würde sich daher immer noch lohnen, aber die Krise der Medien der Kritik ist zugleich die Krise der Medien des Kritisierten und umgekehrt. Wenn keine grandiosen Alben mehr entstehen, hat das auch damit zu tun, dass es keine grandiosen Popkritiken mehr gibt, und wenn keine aufregenden Filme entstehen, hat das auch damit zu tun, dass es keine aufregenden Filmkritiken mehr gibt. Und für Comic Books und Fußballspiele fehlt unserer Kritik sowieso die Sprache.

Das Absterben der großen Pop-Formate ist komplizierter als es vielleicht erscheint. Das Sterben des Spielfilms in Deutschland zum Beispiel hat mehrere Ursachen. Die allgemeinen, die von den großen Traumfabriken der Welt ausgehen, aber auch sehr besondere. Eins der besonderen Probleme ist die enorme Abhängigkeit der Spielfilmproduktion vom Fernsehen mitsamt einer verhängnisvollen Verknüpfung von Fernseh-Redaktionen und Filmförderungen. Die beiden Instrumente, die eigentlich unabhängig voneinander dafür sorgen sollten, dass es eine deutsche Spielfilm-Produktion gibt, die sich allein nach Marktgesetzen und allein in der Kino-Auswertung nicht realisieren kann, sind so miteinander verwoben und so aufeinander bezogen, dass sie de facto eine Meta-Instanz bilden. Um es noch etwas deutlicher zu sagen: Es sind zwei, drei Handvoll Menschen, die in Deutschland nicht bloß darüber entscheiden, welche Filme (welche Art von Filmen) gemacht werden, sondern darüber, was das eigentlich ist: ein Spielfilm. Wie sollte ich eine vernünftige Filmkritik zustande bringen, wenn ich weiß, dass der zu kritisierende Film schon um so viel mehr von solchen Produktionsbedingungen als von Autoren, Regisseuren und Schauspielern erzeugt wurde? Die eigentlichen Hersteller deutscher Filme sind unkritisierbar.

So entstand der psychologisch-realistische, dramaturgisch traditionelle und von vorn bis hinten »verstehbare« Film mit »guter Absicht« und »interessantem Thema« als mehr und mehr doktrinäre Leitlinie. Es ist nicht so, dass in einem solchen Format keine guten Filme gedreht werden können. Es ist ja auch gegen Helene Fischer und Til Schweiger nicht das geringste zu sagen, es sei denn, jemand behauptet, alle populäre Musik muss wie Helene Fischer klingen und Kino muss aussehen wie von und mit Til Schweiger. So sind die »retro-realistischen«, dramaturgisch verlässlichen und für jeden »Tatort«-Seher einsichtigen Werke des deutschen Films zum einzig akzeptierten Format geworden. Nicht einmal die im alten Hollywood gewohnte »Schmuggelware« ist in einem solchen festgezurrten Konzept noch möglich. Deswegen sind die deutschen Filme in aller Regel zu langweilig für ein Publikum, das auf heftige Genreware steht und Action und Effekt erwartet, es ist aber auch zu langweilig für ein Publikum, das vom Kino Kunst, Experiment, Radikalität erwartet. Was wir auf diese Weise bekommen sind vor allem langweilige Filme für langweilige Menschen, und es ist keine Lösung, wenn diese langweiligen Menschen hier und da auch noch zu Hysterie oder Paranoia neigen.

Wandel (und Niedergang) in der Popkultur ist nicht allein einerseits auf Zeitgeist und Geschmack und andererseits auf Strukturwandel in Technik und Ökonomie zurückzuführen. Am Ende werden immer auch konkrete Menschen in konkreten Situationen beteiligt sein. Das heißt (Gramsci zu gedenken): Es lohnt sich, zu kämpfen. Es gibt auch in der Popkultur und ihrer Geschichte keine Alternativlosigkeit. Nur Bequemlichkeit, Korruption und Angst.

Der Tod des Autors vollzieht sich auf sehr unterschiedliche Weise. In Hollywood von heute zum Beispiel, haben Regisseure und Drehbuchautoren nicht mehr viel zu sagen. Gefragt sind, wie nebenan beim Fernsehen, die »Show-Runner«, die Entwickler von Serien und Franchises, die technische Erfüllungsgehilfen für die Realisation brauchen, im höchsten Fall mal eine persönliche »Note« oder »frischen Wind« (aber nur wenn er nicht zu frisch wird, wie man beim Karussell der Star-Wars-Regisseure sieht, die sofort ausgetauscht werden, wenn sie sich zu sehr mit einer persönlichen Note melden. Dann werden rasch die Routiniers und Erfüllungsgehilfen reaktiviert).

Aber unser Filmsystem funktioniert, was den Tod des Autors anbelangt, nicht viel anders. Sogar die Selbstherrlichkeit der »Entscheider« ist vergleichbar, von der Intransparenz der Vorgänge ganz zu schweigen. Gefragt sind die Erfüller eines Konzepts von Film. Wer sich dem nicht unterwirft, soll in der bildenden Kunst sein Auskommen und seine Adressaten finden.

Kann es einen deutschen Spielfilm jenseits von Fernsehen und Fördersystem geben? Andere Fragen: Kann es eine Band geben, die von ihren Alben leben kann? Kann man noch einfach über ein tolles Spiel in einem Stadion begeistert sein? Kann ein Comic Book noch »subversiv« sein?

Da wir schon immer zugleich Pop geliebt und die Kulturindustrie furchtbar gefunden haben, ist uns vielleicht auch entgangen, wie sehr sich beides durch den Neoliberalismus noch einmal verändert hat. Schon immer hat eine Kritik nichts getaugt, die nicht mit ihrem Gegenstand immer auch die Verhältnisse kritisiert, unter denen sie entstanden. Aber es gab doch den heißen Kern, das Manifest der Subjektivität, eben jene kulturelle Entität, die so unzweifelhaft vorhanden war, wie es eben eine LP, ein Fußballspiel oder ein Kinofilm ist. Wenn nun freilich solche Entitäten allenfalls noch treibende Schollen in einem konstanten Fluss sind, komplett mit Strudeln und Untiefen, findet die Kritik nichts mehr, woran sie sich festmachen kann. Sie gerät selber ins

Schwimmen, sie kämpft gegen das Ertrinken. Augenblicklich beginnen ein paar kluge Köpfe damit, zu begreifen, was Guy Debord mit seiner »Gesellschaft des Spektakels« beschrieben hat. Wie aber, wenn wir uns bereits in der Gesellschaft des Post-Spektakels befinden? Oder in der Post-Gesellschaft des Spektakels? Oder gar in der Post-Gesellschaft des Post-Spektakels? Wo die Simulation des Spektakels vom Spektakel der Simulation nicht mehr zu unterscheiden ist?

Bei alledem ist Popkultur viel politischer geworden als vordem, nur eben auf eine andere Weise als vorhergesehen. Nicht mal mehr einfach Partymachen oder Wegdösen, Heldenträume und Rollenmodelle sind denkbar, die nicht durch und durch ökonomisiert und politisiert sind. Und wir Kritiker? Es wäre schon etwas, diesen Veränderungen nachzuspüren statt sie zu ignorieren. Die nächste Stunde der Kritik kommt, wo sie versteht, dass sie auf die Verflüssigung ihrer Gegenstände mit einer Erweiterung ihres Instrumentariums reagieren muss. Anders gesagt: Die Kritik muss radikaler werden. Oder sie kann sich gleich als uberisiertes Marketing verkaufen. Unter allem Menschen- und Kulturwert.

IV

Popkritik hieß bis in die siebziger Jahre hinein, der populären Kultur einen utopisch-sinnlichen Gehalt abzuverlangen; im Rock'n'Roll und im Kino war schon beides so direkt als möglich zu finden: der Abschied vom Alten (manchmal schmerzhaft, manchmal gewalttätig, manchmal grotesk), und der Vorschein des Neuen (Love, Peace & Happiness, Anarchy, Afrofuturismus usw.). In den achtziger Jahren wandte sich die Richtung hin zu einer radikalen, manchmal auch nihilistischen Abkehr. Das Gute am Pop war das, was dem Mainstream den Hintern zeigte, Punk, die Horrorfilme der neuen Wilden, Trash und alles, was »fremd« war und widerspenstig. Mählich, und wie in der Politik auch, trat an die Stelle der fundamentalen Abkehr die abgekühlte soziale Bewegung, und es kam die Stunde von »Independent«- oder Diskurs-Rock, von Nachdenklichkeit und komplexen Strukturen im Gender- und Ökologie-Diskurs, Pop als letzte Bastion der demokratischen Zivilgesellschaft. In einer Art Latenzmodus, sozusagen. Nicht alles mitzumachen, was Neoliberalismus und Postdemokratie fordern, das war schon das Höchste, was man an konkretem Statement verlangen konnte. Und es war heftig genug, denn es konnte durchaus bedeuten, im Rat Race von Karriere und Selbstverwirklichung wertvolle Punkte zu verlieren.

Auf der einen Seite also beobachten wir den Verlust der »Gegenstände« der Kritik (einschließlich der Verehrung) und den Verlust der Inseln (die heterotopischen Spontangebilde, die sich aus dem Meer der Bilder und Narrative formen und auf denen man eine Zeit lang mehr oder weniger glücklich leben kann), und auf die Ordnung der Transit-Zonen des Pop, das Kindliche, das Jugendliche, das Coming-of-age, das Paar- und Familienbildende, das Nostalgische, der verzuckerte Abschied, folgt ein »Brei« der ewigen Vergreisungsjugend. Was an die Stelle der »Modetorheiten« tritt (die uns naturgemäß im Abstand peinlich werden: Welche Sitcom oder Animationsserie, die sich nicht über Schlaghosen, Blümchenmuster, Afros oder Peace-Zeichen von einst lustig macht) ist ein Dresscode am Rande von Aggression und Verzweiflung.

DIE NACKTEN WILDEN DES KAPITALS

UNGEBOTE VON SEXUALITÄT UND MARKTWIRTSCHAFT

I

Wenn ich mit der Annahme richtig liege, Popkultur sei vor allem durch eine dialektische Beziehung von Bewahrung und Modernisierung bestimmt, dann gilt das natürlich in ganz besonderem Maß auch für die Sexualität. Im besonderen Maße deshalb, weil andere Steuerungssysteme hier kaum noch die Geltung von einst aufweisen, weder die Religionen, noch die Wissenschaft, noch die Codes der Tradition. Ich behaupte:

Die sexuelle Ökonomie einer post-industriellen Gesellschaft ist zum größten Teil durch ihre Popkultur reguliert. Und: Die Krise der Popkultur bedeutet zugleich eine Krise der sexuellen Ökonomie. Natürlich funktioniert das auch anders herum. Es kann uns daher nicht besonders verwundern, dass nicht erst seit den Meta-Skandalen um Harvey Weinstein in Hollywood und dem Rattenschwanz der »#me too«-Kampagne deutliche wird: Etwas stimmt da nicht mehr.

Auch hier folgt auf eine Phase der hemmungslosen Kannibalisierung (Sexualisierung noch der entlegensten Gebiete) eine der Vergespensterung. Wenn die Popkultur des allgemeinen Wohlfühl-Kapitalismus die »Liberalisierung« von Sexualität betrieben hat (Sex im Pop war immer noch ein kleines bisschen freier als im eigentlichen Leben, weshalb schon hier Pop Utopie und Avantgarde zu beerben schien), so betreibt die Popkultur des Neoliberalismus die

Vergespensterung der Sexualität. Je sexueller eine Ikone des Pop auftritt, desto gespensterhafter wirkt sie auch, und umgekehrt bedeuten Prozesse der »Authentisierung« im Pop auch Prozesse der Desexualisierung.

Sex in der gegenwärtigen Popkultur, was den Mainstream anbelangt, wirkt auf sonderbare Weise fremd und unheimlich, nicht obwohl, sondern gerade weil unentwegt davon geredet wird; Sex fällt in gewisser Weise zurück. Das soziale Trägermaterial der Sexualität sinkt sozial nach unten: Sex sieht nun aus wie »aufgedonnerte« Unterschichtsidole, wie Frauen aus SitComs, die zugleich overdressed und unterbelichtet sind, oder Trash-Ikonen wie Daniela Katzenberger, die kaum noch etwas anderes als schlechten Geschmack und radikal undezentes Make Up zu verkaufen haben. Aber das geschieht natürlich in Form eines »perfekten« Gesamtkunstwerkes. Nicht mehr das aufstrebende Kleinbürgertum als Avantgarde der Liberalisierung ist im Mainstream des Pop gefragt, sondern das herabgesunkene Kleinbürgertum mit deutlichen Zügen des Prekariats (wiederkehrende Gag-Linie: ein Zweitjob) als »Derrièregarde«, in der auf groteske Weise die Überreste der sexuellen Revolution aufgehoben sind.

Das aufstrebende Kleinbürgertum, das seine Aufstiegshoffnungen in den Krisen (und ganz besonders und direkt greifbar in der Immobilienkrise in den USA) begraben musste, blickt auf die »Proll«- und »Gangsta«-Projektionen in einer Mischung aus Distanzierung und Identifizierung (zurück). Sind wir das etwa? Bemerkenswerterweise sind die Behausungen dieses »zurechtgestutzten« wie des Outlaw-Segments der gescheiterten Klasse ziemlich deutlich als Gefängnisse sichtbar, und nicht zuletzt ist auch der Körper selbst (und insbesondere der Körper dieser Frauen, die wir als Konsens-Stars und Serienheldinnen kennen) als ein Gefängnis zu erkennen, in einer strikten Semantik gefangen, gegenüber der Marilyn Monroe als ausgesprochen offener Code erscheinen muss. Aus so einem Körper (-Bild) kommt man einfach nicht mehr heraus, und genauso wenig kann irgendetwas in ihn hinein, was man ebenso obszön wie philosophisch betrachten kann. Dieser Körper ist das einzige soziale Transportmittel, man kommt aber nie, auch nicht zeitweise über ihn hinweg (so wenig Marge Simpson ihre blaue Bienenkorbfrisur ablegen kann). Er ist zum Gespenst einer Sexualität geworden, die im doppelten Sinne nicht mehr realisiert werden kann. Sie hat ihre Freiheit, solange man sie nicht ohnehin schon wieder als Belastung empfindet, ausschließlich in sich selbst, sie führt ansonsten zu keiner anderen Freiheit, eben auch nicht, wie vielleicht erhofft, zu einer freieren und gerechteren Beziehung der Geschlechter oder zu einer allgemeinen, lebensbejahenden Queerness. Spätestens seit dem Bekenntnis etlicher Vertreter der Neuen Rechten, sie seien nicht trotz, sondern gerade wegen ihres Schwul-Seins (oberflächlich legitimiert als Abwehr der »islamistischen« Gefahr) rechts und einer Frau von Storch bei der AfD, sie sei nicht trotz sondern wegen ihres Lesbisch-Seins rechts, war offensichtlich auch das magische Dreieck Pop – Liberalismus/Progressismus – Queerness aufgelöst. Anohny, von vormals Anthony & the Johnsons, trug seine Queerness bereits wieder als Passionsgeschichte vor (in düsterer Schönheit, gewiss).

Man könnte also in der Pop-Ikonographie drei grundlegende Strategien des Körpers unterscheiden: Versteinerung (eine garantierte Immergleichheit), Polymorphisierung (der unendlich variierbare, maskierbare und inszenierbare Körper) und »Vernachlässigung« (mein Körper ist, was er ist, und alles andere ist egal). Aber das wäre schon wieder eine andere Geschichte, die in die Tagesarbeit der Popkritik führte (der im übrigen dieses Buch dient).

So wie nach dem Ende der Modernisierungshoffnungen Pop seinen Pakt mit dem politischen Liberalismus aufgeben musste, so musste er auch seinen Pakt mit der sexuellen Liberalisierung aufgeben. Nicht, dass Pop mit einem Schlag eine Kehrtwendung ins Reaktionäre machte (liberale und reaktionäre Züge gehören schon immer zu seiner Entwicklung), vielmehr gilt es einen allgemeinen Funktionswandel von Pop in der Gesellschaft des Neoliberalismus zu diagnostizieren. Es ist die Frage, was auf die gescheiterten Modernisierungshoffnungen folgen soll.

Auf der Ebene der Dramen entspricht das dem Gefühl der gescheiterten Revolutionen. Alles was an Möglichkeiten drin war, in dieser Gesellschaft und ihrer Wirtschaft, das ist vollbracht (das haben die Generationen vorher »erkämpft« – wenn man ihren heroischen Erzählungen Glauben schenken will), und alles, was unmöglich bleiben sollte, das ist nun als Unmögliches festgeschrieben und auf die plumpest mögliche Art sichtbar geworden. In einer Pegida-Gesellschaft kannst du dich nicht über die semantischen Feinheiten der freien Rede unterhalten. Das beste, was man von Befreiungsbewegungen wie dem Feminismus oder dem LGBT-Movement sagen kann, das ist, dass man sich gewissen Errungenschaften nicht mehr nehmen lassen will (obschon ein Trump-Wahlsieg reicht, um genau das möglich zu machen), das zweitbeste ist: Man tritt auf der Stelle.

Das heißt: Die Modernisierung, deren utopisches, sinnliches und »barbarisches« Pop genannt worden war, ist zugleich in Teilen abgeschlossen und in anderen verworfen. Die militante Reaktion ist deshalb auch im Pop auf dem Vormarsch, weil man zu einer horizontalen Organisation zurückkehrt. Nicht mehr Fortschritt, Befreiung und Erweiterung ist das Ziel, sondern panoramatische Eingrenzung, Differenzierung, Territorialisierung. Auf die Sexualisierung der Welt folgt die Sexualisierung der Borniertheit, es erscheint sexy, sich zur eigenen Begrenztheit zu bekennen. Weil Pop sich nicht mehr ausdehnen kann, die Eingemeindung von Inuit-Musik nicht mehr wirklich von Fortschritt und Universalität, sondern nur noch von verzweifelten Suchbewegungen spricht, richtet er sich nach innen. Das bedeutet einerseits die Beschleunigung und Hysterisierung der Recycling-Prozesse, es bedeutet aber andererseits (was natürlich außerhalb des angelsächsischen Export-Zusammenhanges in Pop-Import-Ländern rascher bemerkt wird) eine Hinwendung zum »eigenen«, zum »Inneren«, schließlich zum »Nationalen«. Pop will eat itself – das bekommt nun nach einer kulturhistorischen und einer sozialen auch eine territoriale und nationalstaatliche Implikation. Pop frisst erst den Nationalismus (der fröhliche Nationalismus bei Fußball- und Schlagerwettbewerben), um dann vom Nationalismus gefressen zu werden (der ganz und gar nicht mehr fröhliche Nationalismus von »nationalen« Quoten in der Musik oder bei Filmen, und im Deutschpop wandelt sich die Benutzung der deutschen Sprache zum Bekenntnis).

Wie schon in den fünfziger Jahren, so maskiert sich in Deutschland erneut das Nationale zuerst als »Heimatliches«. Exakt dies bedingt auch die Entwicklung der sexuellen Bilder. Die neue deutsche Volksmusik setzte den Jodelsex der siebziger Jahre fort (zugleich Provinzialisierung der Sexualität und Sexualisierung der Provinz) und schrieb ihre Geschichte rückwärts. Auf die Entblößung folgte eine neue Maskierung (an der merkwürdigen Mischung aus Brünftigkeit und Folklore änderte sich indes wenig). Nicht viel anders verhält es sich in Trump-Amerika. Ikonen der »Konservativen« wie Taylor Swift stellen besonders den Warencharakter der Sexualität aus, sind dabei aber auch zugleich Sprechweisen der Exklusion. Um ihrer Gespensterung zu entgehen inszeniert sich die Frau als Beute. Helene Fischer gehört so sehr »uns«, dass man sich schwerlich vorstellen kann, ein dunkelhäutiger Mann könnte sich in ihr Konzert verirren. In diesem Stadium also erlaubt Pop eine Nationalisierung von Sex (ohne sich offen zu Ideologie und Rassismus bekennen zu müssen).

So schließt sich der Kreis (ohne je in seiner zyklischen Gewalt sich erkennen zu geben): Pop, Sex und Fortschritt als dreieinige Utopie verkehren sich in die Sehnsucht nach Begrenzung und Idylle. Und auf den realen Safe Space in der äußeren Subkultur folgt der innere Safe Space in der

Welt der imaginären Reggressionsschleifen. Sexuelle Zeichen werden in diesem verkappten, obszönen Neo-Puritanismus auch wieder zu Stigmen. Für den aufgeklärten. liberalen Mittelstand ist das Bildnis einer Ivana Trump als Inbegriff einer »künstlichen« und gespenstischen Frau zwar horribel, zugleich aber lässt es die Rückkehr zur Pseudo-Natürlichkeit (die »geschmackvollere« Anwendung von plastischer Chirurgie und Kosmetik) einer Hillary Clinton nicht zu. Der Erfolg gibt dem Gespenstischen Recht, nicht obwohl, sondern gerade weil die öffentliche Ikonographie des (Pop-) Präsidentenpaares impliziert, dass es zwischen den beiden keine Berührung gibt. Das begehrende Subjekt und das begehrte Objekt driften immer weiter auseinander, auch das ist in der übrigen Pop-Welt vorgeformt. Nur die »Alten«, sagen wir Robert Plant und Allison Kraus, berühren einander noch im Duett (körperlich aber eben auch musikalisch); das Duett von Helene Fischer und Matthias Schweighöfer hingegen spricht von zwei alliierten narzisstischen Systemen, die als reine Oberfläche gar nicht in Versuchung geraten, einander zu berühren. (Dass nämlich Pop nur als reine Oberfläche existieren kann, ist nicht so sehr Erfahrung als Projektion: Gerade die größten Meister der Oberfläche, Andy Warhol und David Bowie, hatten immer »Tiefe« im Angebot, nur dass sie eben nicht im Sinne des bürgerlichen Romans zu deuten waren.)

Was also ist im Pop auf das Programm der »Befreiung« von Sexualität gefolgt? Sind etwa Inszenierungen wie »Nipplegate« von Janet Jackson und Justin Timberlake in der Halbzeitpause des Super Bowl 2004 letzte Ausläufer einer möglichen Skandalisierung, die Provokation der letzten bigotten Puritaner, oder doch auch schon wieder Umkehrpunkte, die eher denn als Befreiung als Inszenierung des Opfers erscheinen, durch das eine Reinigung (etwa in der Form der zeitversetzten Übertragung als Möglichkeit, zensierend in solche »Verstöße« einzugreifen) erfolgen kann? Eine Gesellschaft, die sich darüber aufregt, hat das

Modernisierungsprojekt definitiv aufgegeben. Dass »Nipplegate« (eine kurze öffentliche Entblößung der weiblichen Brust vor einem allgemeinen, »nationalen« Publikum) seinen Spitznamen in Anlehnung an Watergate erhielt, ist mehr als eine verbale Aufblähung. Tatsächlich bedeutete es den symbolischen Punkt einer Kehrtwende, »abgesetzt« wurde nicht ein Präsident und nicht einmal die Sängerin selbst, sondern möglicherweise das Prinzip der Befreiung.

Unnütz zu sagen, dass die Vehemenz dieses Vorgangs nur für eine im innersten immer noch tief puritanische Gesellschaft wirksam sein kann; eine ähnliche Szene mit einer italienischen Sängerin in einer »Wetten dass?«-Sendung mit Thomas Gottschalk löste in Deutschland allenfalls ironische Distanzierung aus. Was nicht heißt, dass nicht auch hier die Umkehr in der Beziehung von Sex und Pop eingeleitet wurde. Die prekäre Beziehung von Desexualisierung der öffentlichen Codes und Feminismus spielte ihre Rolle – ist der Fetischcharakter der Körper-Inszenierung das Problem oder die Ausrede? – ebenso wie die Neuverteilung der erotischen Bildproduktion: Unterhosenmodell, Dreitagebart und Männer-Kosmetik als zweifelhafte Gleichstellungsmerkmale. Die Endstufe der Befreiung war hier erreicht, als in Serien wie »Sex and the City« Frauen über ihr Begehren sprechen konnten, ohne dass dies, wie noch kurz zuvor, einer mächtigen melodramatischen Aufladung bedurfte. Auch hier wurde ein semantischer Kurzschluss vollzogen, indem aus dem Alltäglichen (sagen wir: dem Realen) ein Gewöhnliches (und daher auch Minderwertiges wurde). Während also Männer sich so sehr als Ergebnis von Styling und Kosmetik inszenieren konnten wie Frauen, konnten Frauen so vulgär und »entweihend« von Sex sprechen wie es vordem die Männer in den nicht erst seit Trump berüchtigten Umkleideraum-Gesprächen taten. (Warum sprechen Männer – in diesem Bild – ausgerechnet in Umkleideräumen von Sex? Fragen wir erst mal was leichteres.)

Als der Umkipppunkt der Modernisierung erreicht war,

verwandelte sich die Vorstellung von Sexualität von Befreiung in Abwertung. Natürlich hat das einen Aspekt von Realismus (und die Idee der Gleichberechtigung im vulgären Sprechen ist nicht zu unterschätzen), aber es spricht auch vom Abbruch der großen Hoffnungen, von der Entutopisierung der Sexualität. Man kann das sowohl als moralische wie als ästhetische Kategorie begreifen und entsprechend beurteilen, aber das ist eigentlich mehr oder weniger Privatsache. Das eigentliche Geschehen ist weder gut noch schlecht, weder hässlich noch schön, es begleitet vielmehr den sozialen Umbauprozess in der Mitte der entsprechenden Gesellschaften. Wie im ökonomischen – und gewiss auch im politischen – Sinn ist auch im Sexuellen an die Stelle von Märchentraum und Metaphysik die Hoffnung auf einen »Haupttreffer« oder ein »Sonderangebot« getreten (den Rest erledigen sogenannte Romantische Komödien, in denen sich in aller Regel das Paar als Gegenbild zum sexuellen Überangebot findet, wie man eben etwas Passendes noch im quasi leergekauften Shop findet, wenn man sich nur dazu überwindet, genauer zu suchen).

Es geht also nur einerseits um die Bewahrung des sexuellen Traumes (wie einst ein Punk so richtig formulierte: Ich will, dass Sex endlich wieder etwas verbotenes und schmutziges ist), vor allem aber geht es um die große Ernüchterung. Wenn Pop vom Medium der sexuellen Revolution zum Medium der sexuellen Reaktion werden sollte, dann nicht durch eine schiere Rückkehr zu den alten, bigotten Formen von Doppelmoral und Denunziation, sondern in der Form einer »Abklärung«: Alles halb so wild, alles viel alltäglicher und vernünftiger, alles irgendwie normal. Und in Form einer sozialen Abwertung. Denken wir an die Gegenüberstellung der Frauen in »The Nanny«. Die vulgäre (auch noch jüdische) Fran und die Wasp-Frau im Buhlen um den Mann, der wahrscheinlich nicht zufällig Musical-Produzent ist.

Wenn also das Wesen von Pop in der Wohlfühlphase des

westlichen Kapitalismus zwischen 1950 und 1980 das große Versprechen war, so wandelt sich das Wesen von Pop seitdem fundamental in die Strategie der Normalisierung. Der große Pop-Diskurs des Neoliberalismus ist nicht mehr: Woher komme ich? Was darf ich hoffen?, sondern: Was ist normal? Zwar weitet Pop die Comfortzonen der Normalität seitdem beharrlich aus, aber das ist nicht möglich ohne die Konstruktion neuer Grenzen. Nur zum Beispiel werden auch die Grenzen von »Jugend« in Bezug auf die sexuelle Revolution neu gezogen, und das mit allem Recht, basierend nämlich auf der Erfahrung, dass auch was dies betrifft, Befreiung offenbar für die Mächtigen (die Erwachsenen in diesem Fall) etwas anderes bedeutete als für die weniger Mächtigen. Die Revolution der Normalität in der Popkultur entspricht nicht nur einem Scheitern der Revolutionen, sondern vor allem auch der Erfahrung ihres Missbrauchs. Ist aber, was im Zuge des Weinstein-Skandals im Jahr 2017 ans Tageslicht kommt, nämlich dass die Pop-Produktionsanstalten immer noch Comfortzonen vorwiegend (aber gewiss nicht ausschließlicher) männlicher Gewalt, Demütigung und Erpressung sind, nun der Schlusspunkt hinter dem Mythos, oder doch wieder nur eine Ablösung des einen durch einen anderen?

Wenn der Diskurs der Normalisierung an die Stelle des Diskurses der Befreiung tritt, verändert sich jedenfalls notwendig auch die Sprache der Popkultur (nicht nur die Sprachen in der Popkultur). Paradoxerweise ist gerade dadurch der ganz große Konsens (das Empfinden eines unwiderstehlichen Zeitgeistes) nicht mehr zu haben, denn das Normale muss sich ständig empören, muss ständig gekränkt sein. Aus eben diesem Funktionswechsel von Pop konnte eine Kultur der Kränkungen und der Verachtung entstehen, die eben nicht mehr so sehr das weit entfernte betrifft (den Badenweiler Marsch von der »Negermusik« des Jazz), sondern gerade das, was sehr nahe beieinander liegt. Der Schlachtruf des Normalisierungspop lautet: »Das geht gar nicht.« Vielleicht glaubt die eine oder der andere noch, er gebrauche diese Formel »ironisch«, aber auch auf diese Weise nähert man sich der (Re-)Konstruktion eines großen anderen an. Auf den Zeitgeist, der den Weg zur Befreiung (oder eben: zur Modernisierung) wies, ist ein neuer comon sense getreten. Die große weiße Hoffnung des Pop ist: Normalisierung. Und ihre Grenzen.

Es geht nicht vorwärts, aber wir richten uns ein, in endloser Differenzierung in einer Comfortzone namens Pop und der Bannung des außen. So jedenfalls ging es in das neue Jahrtausend. Aus der ewigen Erneuerung und dem Pakt mit den Jugendlichkeiten war der große Selbstbedienungsladen Pop geworden, der zwar keine Veränderung mehr versprach, aber doch, für nahezu jede und jeden etwas im Angebot zu haben. Die Revivals folgten schließlich in einem Tempo, dass Pop kein echtes Alter mehr hatte. Niemand war für die Entwicklung des Pop zu alt, niemand musste in die berüchtigten »Kukident-Programme« (etwa des Zweiten Deutschen Fernsehens) oder in die Museen der Pop-Geschichte flüchten. Die Kehrseite war freilich: Es war auch niemand mehr jung genug. Pop entgrenzte auch die Beziehung zwischen Kindheit und Jugend, nicht nur im sogenannten Family Entertainment, wo wie in den Disney-Filmen in ein und demselben Produkt mehrere emotionale und kognitive Schichten angelegt waren, so dass sich sowohl die Kids, ihre älteren Geschwister und die Eltern amüsieren konnten, wenn auch nicht unbedingt über das Gleiche. Der eine wird mit infantilisiert im Family Entertainment (längst schon ein Zauberwort auch in der faden deutschen Pop-Produktion), die andere mit vergreist, und alles wird normalisiert. Ach, dass ihr an eurer Normalität ersticken mögt!

Natürlich war Pop immer schon sowohl eine Differenzierungs- als auch Nivellierungs- und Normalisierungsmaschine. Auf jeden Exzess folgten die softeren Varianten, auf jeden subjektiven Ausbruch die kollektive Verwertung. Irgendwas kam immer irgendwo an. Manchmal als das eigene Gegenteil, manchmal als das gerade noch Erlaubte. Als Wunscherfüllungsmaschine musste eben auch in Pat Boone noch Spurenelemente der Befreiung von Pop sein, so wie in Abba Spuren der Befreiung von Glam wirken mussten. Und genau darin offenbart sich ein Wesenszug von Pop:

Pop ist das Instrument der symbolischen Aneignung.

Im Pop eignet man sich einen Teil des gesellschaftlichen Reichtums (symbolisch) an, man hat Teil an Autos, Häusern, Klamotten, Fressen und Saufen, Küchengeräten, Weltreisen, Sonnentagen, Karrieren, Fabriken usw. Man hat Anteil an Mord, Sex, Wissen, Wut, Paranoia, Kannibalismus, Perversion usw. Und sei es, indem man in alledem auf die Suche nach einem Mörder geht. Wiederherstellung der Ordnung. Im Pop eignet man sich symbolisch auch von den verbotenen Energien, von den Sünden an, und sei es, um sie sodann symbolisch wieder zu bestrafen. Und schließlich eignet man sich im Pop symbolisch etwas von einer allgemeinen Erkenntnis an. Hier zeigt sich, was man von der Welt wissen kann und darf, jenseits des »offiziellen« Wissens. Das trifft ganz besonders die Sexualität. Die symbolische Aneignung bezieht sich also nicht allein auf die sexuelle Energie selbst (die Aneignung über das sexuelle Bild), sondern auch auf das Wissen von Sexualität. Das Verbotene und das Erlaubte, das Mögliche und das Unmögliche, das Offene und das Verborgene). Pop fragt nach der Macht in der und über die Sexualität. Und wieder erscheint die Geschichte von Befreiung zur Normalität in einem anderen Licht. Befreiung der Sexualität hieß nämlich keineswegs in erster Linie Erweiterung der Zone des Erlaubten, sondern in erster Linie die Ermächtigung der sexuellen Subjekte. Die Jugendlichen, die selbst über ihre Sexualität bestimmen. Die Frauen, die selbst über ihre Sexualität bestimmen. Die Schwulen, die selbst über ihre Sexualität bestimmen. Die Schwachen, die stark werden, indem sie selbst über ihre Sexualität bestimmen. (Hippies, die über Porsche-Fahrer lachen, weil man denen an ihrem Auto ansieht, das sie Probleme mit der Bestimmung ihrer Sexualität haben.) Die Kranken, die gesund werden, indem sie selbst über ihre Sexualität bestimmen. Dieses andere, was über die Sexualität bestimmen will, hauptsächlich als »Vater« imaginiert (unter anderem, weil auch Sigmund Freud Pop werden konnte), musste im Namen von Pop und Sex (und Drogen auch) bezwungen werden. Aber was dann?

Pop musste reaktionär werden, nachdem sich herausgestellt hatte, dass der Vater bezwingbar war, die Verhältnisse sich deswegen aber lange nicht so dramatisch ändern würden, wie erhofft.

Aber der Reihe nach.

II

Befreiung ungleich Würde. Sexualität muss dringend »befreit« werden, immer wieder und immer wieder wie am Anfang. Unterdrückung der Sexualität ist nämlich einerseits an vielem schuld, an körperlicher und geistiger Krankheit, an böser Herrschaft und kranker Gewalt, und andererseits ist sie nichts anderes als eine Maske der sexuellen Macht. Auch das sexuelle Verbot ist eine Funktion von Interesse. Und ist nicht die Unterdrückung von Sexualität ein Aspekt der Unterdrückung von individueller und kollektiver Freiheit, von Selbstbestimmung (oder doch eines »freien Marktes« der Lust), ist nicht sexuelle Zensur beinahe stets ein Seitenaspekt politischer Zensur? Ganz davon abgesehen sind Menschen und Institution, die gegen Sexualität argumentieren und vorgehen, in aller Regel extrem unsympathisch.

Sexuelle Befreiung ist ein Projekt der Moderne, und mag die Postmoderne damit auch frivol herumspielen, so stellt sie sie doch nicht prinzipiell in Frage.

Aber so sehr man sich sexuelle Befreiung vorstellen kann, nämlich als ein Übertreten der Grenze zwischen dem Privaten und dem Öffentlichen, so wenig kann man sich »befreite

Sexualität« vorstellen. Sie kann sich nämlich, es geht ganz einfach jenseits einer Gegenkultur oder eines Traumes davon nicht anders, nur auf einem Markt befreien, also als sexuelle Ware einerseits (einschließlich des Subjekts selber als sexuelles Angebot, das sich befreit wähnt, weil es nicht mehr unbedingt auf den Markt geworfen wird, sondern sich selber auf den Markt wirft), und in den Formen der sexuellen Ökonomie andererseits.

Gewöhnlich also ist die Geschichte der Befreiung der Sexualität eine Abfolge von Euphorie, Hysterie, Ernüchterung, Ekel und das ganze wieder von vorn. Gerade haben wir noch mit den Beatles gesungen »Why don't we do it in the streets«, da möchten wir auch schon kotzen über Werbebilder, Menschenhandel und sexuelle Gewalt. Wir haben Sexualität in jeder Runde ein wenig »zivilisiert« und ein wenig »kapitalisiert«, aber nicht nur die Befreiung ist vorangekommen, sondern auch die Hysterie.

Der Kapitalismus unserer Tage kann sich zu seinen sexuellen Wurzeln bekennen, so wie sich die Sexualität sich freimütig zu ihrer Marktläufigkeit bekennt. Vielleicht muss das als Diskurs von Sexualität und Kultur schon genug sein. Die Verbindung von Kapitalismus und Sexualität ist Popförmig (so, wie man sich die Verbindung zwischen Pop und Kapitalismus nicht anders als sexuell vorstellen kann).

Bild dir deine Sexualität. Man kann das wahlweise als Fortschritt oder Beschleunigung sehen. Auf der anderen Seite aber ist die auf dem Markt befreite Sexualität ein paradoxer Angriff auf das sexuelle Subjekt. Die Lust befreit sich, indem sie zugleich enteignet wird. Sexualität muss Bild werden, um sich politisch zu befreien, und kann sich nicht politisch befreien, weil sie Bild werden muss. So ist neben dem Fortschrittsziel »Befreiung der Sexualität« (oder wenigstens Entspannung des sexuellen Diskurses) ein anderes Fortschrittsziel in höchster Gefahr: die Würde des Menschen möglichst wenig anzutasten. Wie aber sollte Sexualität (oder doch »Zeichen der Sexualität«) befreit werden, ohne die Würde des Menschen anzutasten? Sexualität und Würde vertragen sich einerseits in den Mythen der Liebe oder der »Kunst« von Sexualität, andererseits im Prozess der Befreiung. Sexualität verliert ihre politische Euphorie, wenn sie nicht unterdrückt wird. Sie verwandelt sich in realen oder fiktionalen Prostitutionsdruck. Sie ist, was man noch zu verkaufen hat, wenn man nicht einmal mehr seine Arbeitskraft auf den Markt bringen kann. Sie ist, was man noch akkumulieren kann, wenn einem ohnehin schon mehr oder weniger alles gehört. (Und in der Mitte herrscht wieder einmal schiere Panik.) Und nun eben: »normalisierte« Sexualität ist auch keine Lösung, ein müdes Lächeln zwischen Nipplegate und »Shades of Grey«.

An die Stelle eines moralischen Codes (oder auch eines Systems solcher Codes, natürlich zueinander konfliktreich und verlogen) muss daher nun das Ineinander von Projekten des Mainstreaming, des Subcodierens (der gute Schwule in der Soap Opera, kreative Queerness im Feuilleton, Subkulturen als Submärkte) und des Abwehrens treten. Die nackte Frau in der *Bild*-Zeitung ist nicht nur eine sexuelle Verkaufsförderung, sondern auch eine allgemeine Einigung über dem Körper der Frau über das, was »gesund«, »erlaubt« und gar »nützlich« ist. Es ist nicht nur Symptom der sexuellen Ökonomie, sondern auch Produktion. Das sexuelle Bild kommt nicht mehr aus dem verbotenen Unten, sondern aus der Mitte, es schreit nicht vor Lust, sondern aus der Verzweiflung, nicht genau zu wissen, ob es noch mainstream ist. Das sexuelle Bild drückt nun vor allem die Angst des Subjekts aus, so wenig angesehen zu sein, dass man vollkommen allein gelassen ist. Auch im Bild wiederholt sich: Schlechter Sex ist immer noch besser als einsam sein.

III

Titten und Kopftücher. Die Dialektik von Befreiung und Würde wird heftiger. Die Kopftuchträgerin und die barbusige Parkbesucherin, um zwei populäre Bilder zu zitieren, verhalten sich also vermutlich nicht etwa als Bilder der »Ungleichzeitigkeit« der sexuellen Kulturgeschichte, sondern als zwei Seiten derselben Münze. Würdelose Befreiung oder unbefreite Würde. Das politische Subjekt hinter den Bildern ist in jedem Fall »verletzt« und unvollständig. Die beiden Bilder müssen einander zugleich ausschließen und bedingen, sie träumen einander, vielleicht.

Sperma und Profit. Der Kapitalismus ist ein Abbild der Sexualität, einerseits. Alles findet hier schon statt: Konkurrenz, Täuschung, Verhandlung und Bezahlung. Im Begriff »Werbung« kommt das einschlägig zusammen. Man kann die Ware als Werbungsgeschenk, mit einer Beziehung zwischen Tauschwert und Gebrauchswert, begreifen, und nicht nur »kaufen« als sexuellen Akt. (Allerdings wissen wir nicht, ob unser Verständnis der Sexualität in der Natur eine kapitalistische Projektion oder unser Verständnis des Kapitalismus eine Projektion – unterdrückter? – Sexualität ist.)

Wenn man den Kapitalismus als »Natur« bezeichnen will, dann kann man das am besten über den Umweg der Sexualität. Wahrscheinlich kann man es überhaupt nur so. Aber das ist seinen Vertretern auch wieder nicht recht. Nicht allein, weil Kapitalismus nicht nur Abbildung, sondern auch protestantisch-industrielle »Verdrängung« ist. Sondern auch, weil er dann seine Lust nicht ohne weiteres in Sinn verwandeln kann. Sexualität muss unbedingt »vernünftig« werden, unvernünftige Sexualität ist mehr als gefährlich. Aber vernünftige Sexualität ist nichts anderes als unterdrückte Sexualität, so wie auch eine »bedingte« Befreiung (Räume, Abmachungen, Zeiten, Maskeraden zum »austoben«, um den Preis der Rückkehr zum Normalen) nur eine besondere Form der Unterdrückung sind. Der Markt ist eine vernünftige Organisation der Sexualität; der Markt ist eine sexuelle Organisation der Vernunft.

Zaster und Zeichen. Unterdrückung ist nicht das Gegenteil, sondern ein Aspekt der Sexualität (so wie Sexualität ein Aspekt der Unterdrückung ist). Der Kapitalismus »funktioniert«, weil er eine vernünftige Form der sexuellen Befreiung versprechen kann. Sowohl in der Ware als auch durch sie. Er »funktioniert« aber zugleich, weil er das genaue Gegenteil verspricht, nämlich eine sexualisierte Form der Vernunft, in der Produktion und im Fetisch. Es scheint so, als gebe es zwar eine kapitalistische Form der Sexualität, aber keine »sozialistische Sexualität«; die »Befreiung« ist die Rübe vor der Nase des Esels (und wir ahnen, dass der Esel schon lange weiß, dass er an der Nase herumgeführt wird). Es gibt, mit anderen Worten, keine sexuelle Utopie und keine utopische Sexualität (weil eine solche nur in vollständiger »Natur« oder in vollständiger »Kultur« bestehen könne, und damit wäre das einzige wirkliche spannende und erzählbare futsch, was über individuelle Lust hinausgeht, nämlich die Begegnung von Natur und Kultur in jedem sexuellen Akt).

Verwechslungskomödien. Unterdrückung und Befreiung, Befreiung und Würde machen Sexualität überhaupt erst erzählbar. Oder die Verfehlung. Lustig ist die Sexualität in der bürgerlichen Kultur nur als Verwechslungskomödie. Die Verwechslung ist die bürgerliche Form der Befreiung. Das Begehren meint jemand anderen als der Blick, man küsst immer jemand ganz anderen, der Blick des Begehrens verliert das vorgeschriebene Objekt, so beginnt die Erfindung (und am Ende, natürlich, wird eine Ordnung wieder hergestellt, die aber die Verwechslung nicht vollständig vergessen hat). Die Sexualität der Verwechslung verspricht der sexuellen Ökonomie zu entkommen und bildet dabei ihr inneres Fundament.

Das kapitalistische Mainstreaming des sexuellen Bildes macht Verwechslungen eher unwahrscheinlich, obwohl das

Werbebild gar nichts anderes als sexuelle Verwechslung zu suggerieren scheint, nicht zuletzt eine Art der sexuellen Selbstverwechslung. Die sexuellen Rollen sind zwar vielfältiger geworden, aber in sich eindeutiger. Aber auch da wird das Kopftuch wieder ambivalent, denn es schafft, was es verbirgt: Nicht dass es gerade das verlorene sexuelle Geheimnis wieder errichten könnte, und also das Glück der unschuldigen Neugier, sondern das doppelt entzogene sexuelle Objekt. Die Selbst-Pornographisierung ist im neuen kulturellen Diskurs auch eine Form des Mainstreaming. Sie signalisiert die Bereitschaft, den eigenen Körper dem Markt nicht zu entziehen. Der Heiratsmarkt, der Arbeitsmarkt und der Warenmarkt sind so nahe aneinander, dass jemand, der zeigt, dass er »nicht auf dem Markt« ist, schon nicht mehr in unserer Welt ist. Ja, wenn es wieder Schleier gäbe, dann gäbe es auch wieder Verwechslungen!

Der Kampf zwischen Bild und Blick. Die Sexualität zu medialisieren und die Medien zu sexualisieren ist so notwendig wie gefährlich für das System. Ist »Aufmerksamkeit« die Ressource des postindustriellen Marktes – Aufmerksamkeit, die gar noch das Bedürfnis unterwirft: verhungern vor laufendem Fernsehapparat, den sexuellen Menschen verfehlen ob des sexuellen Bildes –, so muss man mit den Wucherungen des sexuellen Bildes rechnen. Man kann sich nämlich nur bis zu einem gewissen Grad an das sexuelle Bild gewöhnen, wie man sich auch nur in gewissem Grade an Gewalt gewöhnen kann: der liberale Mythos von einer visuellen, verbalen und codifizierten Inflation, die zu einem großzügigen Darüberhinwegsehen führte und zu einer individuellen Reinvention des Sexuellen, versenkt sich in der Praxis medialer Normalität. Die liberale Lüge ist, Pornographie sei »langweilig«. Oder die Sprache des Kapitalismus sei langweilig. Oder der früher oder später blutige Kampf zwischen Befreiung und Würde sei langweilig.

Die Entwertung des sexuellen Bildes (auch seine Befreiung von Angst und Strafe) führt nicht automatisch zu seiner

Enthysterisierung. Die Spannung zwischen Befreiung und Würde bricht allenthalben wieder auf, bis schließlich das sexuelle Bild nichts anderes mehr sein kann als eben Ausdruck dieser Spannung: Ein Kampf zwischen dem Bild und dem Blick.

Die Befreiung des sexuellen Bildes und die Unterdrückung des sexuellen Blicks bedingen einander, und jedes Zeigen muss auch ein Wegschauen erzeugen (neue Unterdrückung oder wenigstens neue Codes). Je mehr gezeigt wird, desto weniger darf ich sehen, und je mehr ich sehen kann, desto weniger wird gezeigt. Darin eben liegt die Geburt des Fetisch als ideales Bild des Kapitalismus. Er macht nicht nur den Körper (was er kann, was er will, und auch, was er nicht kann und nicht will) zum Fetisch, von der Ware, die all das beinhaltet und aufhebt ganz zu schweigen, der Kapitalismus macht sogar die Kunst und die Theorie (zur Sexualität, zum Bild, zur Kunst) zum Fetisch. Befreite Sexualität bedeutet daher unter anderem einen über die Maßen geregelten sexuellen Diskurs. Man darf dies und das, aber man darf auf gar keinen Fall »falsch von Sexualität denken«.

Man muss sich den Terrorismus und den Krieg dagegen auch als sexuelles Geschehen vorstellen. Jedenfalls muss man das versuchen, ohne verrückt zu werden.

IV

Perfidie der sexuellen Reaktion. So also gibt es eine »befreite Sexualität«, einen eklatanten Mangel an Würde und einen Zwang »richtig über Sexualität zu denken«. Also innerhalb der Diskurse von Ökonomie und Sexualität, Befreiung und Würde, Blick und Bild. (Außerhalb liegt das Paradies, wo Sexualität nicht zugleich Sprache und Bedeutung ist; man unterscheidet ja auch »guten« und »schlechten« Sex. Sein Sinn ist das Gelingen.) Das Ende des sexuellen Bildes im Kapitalismus ist, dass es sich vom Angebot zur Nachfrage verwandelt; Sexualität im Neoliberalismus ist ein paradoxer Anbietermarkt mehr, kein Nachfragemarkt. Es gibt mehr sexuelle Bilder als Blicke; wenn Sexualität einmal das war, was geschah, wenn niemand zusieht (und jedes kleine Zeichen darüber hinaus »kostbar« und gefährlich), so mag Sexualität in der negativen Science Fiction des Neoliberalismus unmöglich oder sinnlos sein, wenn niemand zusieht. An die Seite des Prostitutionsdrucks ist ein Veröffentlichungsdruck getreten. Was nicht gezeigt wird, davon muss mindestens endlos geschwätzt werden. Nicht wer sich sexuell daneben benimmt, wird geächtet, sondern wer sich der Veröffentlichung seiner Sexualität widersetzt. Kein Wunder also, dass sich die sexuelle Reaktion formieren kann: Wer nun Unterdrückung im Sinn hat, braucht nur eine Insel der Würde anzubieten, und es wird genug Menschen geben, die darauf hereinfallen, direkt oder indirekt. Wer verspricht, das sexuelle Geschwätz zu unterbinden, hat schon eine Machtbasis. Kirchen werden zu Zufluchtsorten vor dem sexuellen Grundrauschen der kapitalistischen Kultur, aber was sie anbieten (und: was sie nur anbieten können!), ist das Umwenden des Fetisch zur neuen Maske.

Das Verbot muss sich radikalisieren; zwischen dem verbotenen und dem erlaubten Bild gibt es so gut wie keine Grauzone mehr. Befreite Sexualität auf dem Markt und durch den Markt berührt des sexuelle Verbrechen ebenso unabwendbar wie Geschäft und Verbrechen ineinander übergehen.

Mit einem Click mag man im Internet von der Beliebigkeit zum Verbrechen gelangt sein, und die Entspannung im allgemeinen muss zu einer Panik gegenüber dem Gefährlichen führen. »Kinderpornographie« hysterisiert den liberalisierten Markt der sexuellen Bilder nur einerseits, weil hier so scharf die Grenze zum »Bösen« deutlich wird, andererseits auch, weil sie ein Inneres dieser Liberalisierung sichtbar macht, den fröhlich verdrängten oder nach Bedarf hysterisierten Anteil von Gewalt und Macht. Verboten ist alles, bei dem eindeutig Täter und Opfer zu erkennen sind.

Die sexuelle Reaktion ist nicht Widerpart sondern Teil des allgemeinen sexuellen Grundrauschens der Macht im Kapitalismus. Sie macht die Ware wieder interessant und verdoppelt sie: Zu akkumulieren ist sowohl am sexuellen Bild als auch am Verbot. Auch die Abwesenheit eines sexuellen Bildes muss bezahlt werden (meistens mit Geld, manchmal aber auch mit dem Leben), und sie ist so organisiert wie alles in der Popkultur: Man kann das durch sie ikonographisch, semantisch und mythisch eröffnete Feld sowohl als Traumlandschaft wie als Schlachtfeld benutzen. Traumlandschaft und Schlachtfeld bilden dabei so sehr eine Einheit, wie der Körper und die Maschine oder die Sprache und die Praxis.

Wenn die Menschen gut wären, bräuchten Frauen keine Schleier tragen. So spricht das Kopftuch von der Verdammnis und der Schuld, wie der nackte Busen ja von einem gewissen Vertrauen zu sprechen schien, es bei seinen Mitmenschen nicht automatisch mit sexuellen Bestien zu tun zu haben. Jedes sexuelle Bekenntnis also enthält sein eigenes Gegenteil, hebt sich auf: Wenn es meint, was es sagt, ist es falsch, wenn es nicht meint, was es sagt, ist es erst recht falsch. Die Befreiung müsste an die Würde, und die Würde an die Befreiung glauben. Insofern müssten wir also Roger Behrens doch Recht geben: »Das Leben im Pop ist das Gegenteil von Glück.« Nur dass wir eben Pop definitiv haben und vom Glück nicht einmal recht wissen, wie es aussieht.

Bildermacht & Zeigefreude. Dass es einen »Zwang« zur Sexualisierung gibt, fällt nicht nur den sogenannten Konservativen auf. Sexualisierung ist ein mediales Projekt, das Aufmerksamkeit nicht nur in der atavistischen Form erzeugt (man kann nicht wegsehen, nicht weghören, ohne wiederum »Unterdrückung« zu denken), sondern auch in der Form der endlosen Verhandlung. Der gutmeinende Linke mag annehmen, dass wir durch Sexualität vom eigentlichen der

Politik abgelenkt werden sollen (so wie die meisten Subkulturen, die einen sozialen Impuls aufwiesen, sich in ihren sexuellen Codes verlieren und jede Ghetto-Kunst und -Politik am Ende doch nur Droge und Pornographie werde). Wahrscheinlicher ist, dass der sexuelle Kern der Politik noch allemal durchschmilzt und selbst noch die ungerechte Verteilung von Nahrungsmitteln auf der Welt ihre Ursachen in sexuellen Diskursen hat. Ein sexuelles Zeichen in Frankfurt am Main ist mit einem verhungernden Kind nicht nur durch die obszöne Verkettung der Ware verbunden, sondern auch durch die Konstruktion der Grenze zwischen den »Zivilisationen« und den »Barbaren«, die wandernde Grenze zu den nackten Wilden.

In der Geschichte der Zivilisation ist die Dialektik von Verhüllen und Nacktheit unter anderem gewiss auch ein Impuls, Strukturen der Gewalt zu bilden und in bestimmten Strukturen auch zu humanisieren. Das Nackte ist das Begehrte oder Unterworfene, das Bekleidete das Entzogene, Begehrende und Mächtige, so einfach scheint das manchmal. Das Bild des bekleideten Mannes und der nackten Frau ist nolens volens auch eine Metapher auf den Diskurs von Macht und Sexualität, so kunstvoll und bukolisch es sich geben mag. Dabei setzt die Semiologie der Kleidung auch die Dialektik von Körper und Seele fort, indem sie auch die Bekleidung der Seele symbolisiert: auch die »nackte Seele« ist ein Bild von Unterwerfung und Macht und bedarf der Verhüllung. Der verhüllte Körper und als Ableitung das Verbot der Abbildung von Sexualität, hat in dieser Entwicklung immer zugleich einen Aspekt der Unterdrückung und einen der sozialen Würde.

Nackte Wilde. So war es einst eine zweifellos fortschrittliche Idee, im Diskurs der Macht den Körper gegen die Phantasien zu schützen. Er musste deswegen verhüllt werden, er musste seine Würde bewahren, indem er seine Begabung zur Lust dem jeweiligen Phantasieproduzenten entzog. Umgekehrt ist der »proletarische«, »barbarische«

nackte Körper stets eine Provokation jeder Form bürgerlicher Herrschaft; von Till Eulenspiegel, der den Autoritäten den Hintern zeigt, bis zu den Studentinnen, die ausgerechnet Theodor W. Adorno durch das Entblößen ihrer Brüste von der Kanzel jagten, scheint der sexuelle Körper zugleich Opfer der Macht und Ausdruck der Revolte gegen sie. Die Sehnsucht des Kolonialisten nach der nackten Wilden ist ein nur auf den ersten Blick vollkommen eindeutiges Bild der Verknüpfung der Diskurse von Macht und Sexualität in der patriarchalischen Meta-Gesellschaft. Es verwirrt indes diesen Kolonialisten und seine Gesellschaft weit mehr als es seine triumphale Inszenierung glauben machen möchte, denn es drückt auch die Widersprüche seiner eigenen Gesellschaft aus. Er will den Wilden und noch mehr die Wilde nackt, und er fürchtet sich vor ihrer Nacktheit. Der Held unserer Träume ist einer, der sich zwischen der bekleideten, zivilisierten, entsexualisierten und der (halb-)nackten, barbarischen erotischen Frau nicht entscheiden kann (wie der Cowboy im Western), und die Heldin unserer Träume ist eine, die sich zwischen dem bekleideten, bürgerlichen, entsexualisierten und dem (halb-)nackten, barbarischen, erotischen Mann nicht entscheiden kann. Madonna und Hure, Familienvater und Verführer, dazwischen kann sich das Bild des anderen Körpers nur pornographisieren. Denn die Kultur des globalen Marktes hat den Kolonialismus keineswegs überwunden, sie hat ihn nur »gefressen«.

Das ganze Problem ergibt sich also nur aus einer dynamischen Gesellschaft und ihrer Geschichte, in der es Bekleidete und Nackte, reine Objekte der Begierde und reine Machthaber des Blickes, vieles aber auch dazwischen gibt. Eine Gesellschaft mit einer rigiden Kleiderordnung kennt dieses Problem so wenig wie eine Gesellschaft der Nackten. (Der FKK-Strand lebt von der Phantasie, dass sich der Körper als Bild befreien kann, weil es den Blick hier nicht geben soll, der in der »normalen« Gesellschaft ihn gefährdet; die Politik der sexuellen Befreiung aber lag gerade in der

Strategie der Vermischung: der Nackte Wilde muss im Zentrum der bekleideten Macht losgelassen werden.)

In der post-demokratischen, post-fordistischen und post-bürgerlichen Gesellschaft, in der wir leben, und für die wir nur wenig Erklärungsmodelle haben, ist die komplizierte Dialektik zwischen dem Bekleideten und dem Nackten medialisiert; der Krieg zwischen dem sexuellen Körper und der gesellschaftlichen Macht ist in einen Krieg der Bilder gespiegelt: das Medium produziert ein neues Proletariat der öffentlichen Entblößungen. Unsere Skandale finden nicht (nur) in der Nachbarschaft, sondern im Sonnabendprogramm des Fernsehens ihre Verhandlung. Die Bildermaschinen produzieren die neueste Variante des »nackten Wilden«. Genauer gesagt, ein doppeltes Bild davon: die nackte Wilde ist gespalten in die barbusige Frau im Park und in die Kopftuchträgerin. Der nackte Wilde ist gespalten ins Pimp-Hiphop-Unterhosenmodel-boygroup-Soap Opera-Sexobjekt und in den Terroristen. Beide sind zugleich Bilder der Rebellion und der Unterwerfung. Der sexuelle Kolonialismus wendet sich (auch) nach innen.

Und nun stellt sich eine schwierige Frage, für den Pop-Fan wie für den Kritiker: Einerseits haben wir beobachtet, dass Pop wuchert, in immer weitere Bereiche nicht nur im öffentlichen Raum und in den Bürgerhäusern, sondern hinein ins Innenleben, hinaus in die Politik, in Seele und Macht. Aber andererseits sind wir auch mit einer wachsenden Anzahl von »Phänomenen« konfrontiert, die auch durch Pop nicht mehr zu bewältigen oder zu integrieren sind. Wir kommen jemandem wie Anders Breivik zwar auf die Spur, wenn wir seiner psychotischen Wirrniss unter anderem Quellen aus der Popkultur nachweisen (so wie ich der Herrschaft dieses grotesken König Ubu namens Donald Trump auf die Spur zu kommen hoffte, indem sein Erfolgsbild und sein Narrativ aus dem Fundus der Popkultur nachverfolgt wurde), andererseits aber sind Terroranschläge von Monsterkids oder Dschihadisten oder die Präsidentschaft eines kleptokratischen Clowns auch durch Pop nicht mehr in die Zone des Wahren einzuholen. Außerhalb dieses Wahren der Diskurse der Medien befindet sich also nicht nur die Wahrheit der Kritik, sondern auch die Wahrheit der Realität. Hierin ähnelt Pop ihrem Host, dem Kapitalismus, dass man immer noch etwas außer sich hat bzw. haben muss. Einen Retro-Aspekt dieses Welt-Restes, der dann doch nicht popkompatibel ist oder zu sein scheint, haben wir in der Beziehung zwischen dem Nationalsozialismus und dem Holocaust auf der einen, der Popkultur auf der anderen Seite: Kann, darf, soll die Ermordung, die Qual, das »Unvorstellbare« eines Konzentrationslagers in den Codes der Popkultur dargestellt werden? Es war dies ein Schlüsselproblem für meine Auseinandersetzung von Kritik und Pop, und eine eindeutige, kategorische Antwort scheint es mir nicht zu geben: Warum sollen wir ausgerechnet in der Sprache, die beinahe alle von uns sprechen, und die über einen enormen Reichtum verfügt, von etwas schweigen? Popkritik kann offenbar nicht bloß da extrem lebendig und kontrovers werden, wo Pop zu viel Macht zu erringen scheint, sondern auch da, wo Pop eine überraschende Ohnmacht – jedenfalls jenseits des Zynismus von Trash und Transgression – offenbart. Eine Gesellschaft, die Pop alles gestatten will, ist nicht erschreckender als eine Gesellschaft, die Pop unter eine kulturelle Vormundschaft stellen will.

WAS FOLGT AUS DER UND AUF DIE LIEBE

I

Liebe ist ein Geschehen, das aus solch unterschiedlichen Gefühlen und Impulsen zusammengesetzt ist, dass man getrost von einem Wunder sprechen kann. Oder von einem komplexen System, also einem, das weder seine Erklärung noch seinen Bauplan enthält und damit unberechenbar wird. Sexuelles Begehren, politische Ökonomie, Diskurse des Wissens und der Macht, Fürsorge, Verstehen, Mitleid, Ideen der Ordnungen und der Ästhetik, Erinnerungen, Strategien, der Mythos, die Erkenntnis (wir erinnern uns an die Sprache der Bibel: »Sie erkannten einander«), Semantik, Gewohnheit, Klasse, Überzeugungen, Natur und Technik… und vieles andere, das sich in der Liebe findet, verbirgt und seine Spuren verwischt. Vieles von dem, was in der Liebe spukt, verhält sich gleichgültig oder sogar widersprüchlich zueinander, weshalb man von ihr auch sagt, sie könne gar nicht von Dauer sein. Teilaspekte müssten sich im komplexen System so hegemonial verhalten, dass die anderen in statische und statistische Bedeutungslosigkeit gedrückt würden. Aber ist das dann noch Liebe?

Um sich der »Ganzheit« der Liebe zu erinnern, muss man in seine Pop-Träume zurückkehren. Natürlich zu »unserem Lied« (denn Pop enthält nicht nur die Liebe als großes ganzes, sondern auch jede einzelne Liebe), bei dem man wenigstens, wenn alles in Trümmern liegt, hemmungslos flennen darf, oder zu einem gemeinsamen Schatz an Pop-Erfahrungen, allgemeiner aber zu einer Sprache der Liebe, die es in Wirklichkeit natürlich nicht gibt (außer als Kitsch und Verrat), die aber immer, daher ist hier der Kitsch-Vorwurf selber verräterisch, die Wirklichkeit mit meint. Die Liebe ist etwas gespenstisches in unserem Leben, etwas, das zugleich anwesend und abwesend ist, und das verschwindet, wenn man es genau ansieht, aber sogleich wieder da ist, wenn die kalte Aufmerksamkeit nachlässt. Würde das ohne den Resonanzraum Pop funktionieren? Wir haben dafür einen Mythos: Dass die Menschen früher anders geliebt haben als wir, anders, als wir es uns vorstellen können. Aber vielleicht haben die sich das auch schon so vorgestellt und deshalb die Religion erfunden.

Daher zwei Strategeme der bürgerlichen Realität: Liebe ist Metaphysik, etwas das uns ins Leben scheint, ohne dass wir es wirklich und wahrhaftig »haben« könnten. Oder nein, Liebe ist eine schöne Illusion, ein Trick von Natur und Gesellschaft, zur Arterhaltung und zur Aufrechterhaltung der sittlichen Ordnung. Irgendetwas dazwischen, sagt die Popkultur, und: Denke nicht zuviel über den Unterschied nach.

Insofern verhält sich die Liebe wie ein Gott, an den man gar nicht glauben muss, weil die Angst vor seinem Widerpart zu groß ist. So wie mehr Menschen an den Teufel als an Gott glauben, erstarren mehr Menschen vor dem Zustand der Nicht-Liebe, der Lieblosigkeit, als sich in das Wagnis selbst zu stürzen. Denn Liebe ist fundamental, total, allumfassend und bedingungslos.

So wie man nicht an Gott glauben muss, um an Johann Sebastian Bach zu glauben, muss man nicht an die Liebe glauben, um an die Lieder der Liebe zu glauben. An Bilder, Romane, Filme. An die Sehnsucht nach der Liebe. Die Sehnsucht nach der Liebe ist viel größer als die Liebe selbst. Deshalb wird in Schlagern und Pop-Songs vom fernen Geliebten mehr geträumt als von einem gegenwärtigen, mit dem man die Monatsrechungen durchgeht.

Vor der nächsten These muss man also zurückschrecken. Aber das hilft nicht. Jede Krise von Pop ist eine Krise der Liebe. Und jede Krise der Liebe ist eine Krise des Pop.

II

Der Beweis für die Liebe ist ihre Negation. Als Drama, Bild, Roman, Theaterstück, Oper, Film existiert sie zuallererst durch jene Kräfte, die sie unterdrücken wollen. Denn als Praxis ist die Liebe ausgesprochen fad. Zwei Menschen, die für nichts Augen haben als für sich selbst (jedenfalls ist es so in der mitteleuropäischen Mythologie), wie langweilig ist das denn. Ungestört Liebende, wenn es so etwas gibt, sind langweilig bis dorthinaus. Die Welt geht sie nichts an, und sie gehen die Welt nichts an. So entsteht, sehen wir von Metaphysik ab und denken materialistisch, ein zweites Paradoxon: Die wahre Liebe ist unsichtbar.

Um Liebe sichtbar zu machen, muss sie gestört werden. Das Paar muss aus seinem selbstreflexiven Schlummer geweckt werden. Wenn es sein muss mit Gewalt. Aber natürlich gibt es auch die inneren Störungen. Aus einem Teilaspekt, sagen wir der Eifersucht, wird ein Wahn, aus der Überhöhung wird Enttäuschung, und mehr noch: Man mag, gesunder Menschenverstand oder neurotische Verzagtheit, vor dem Absolutheitsanspruch der Liebe zurückschrecken. So beginnt die Geschichte der Abspaltungen.

Dem oder der untreuen Geliebten hinterherschimpfen, das wird denn auch zu einer wesentlichen Aufgabe von Pop: »You're nothing but a hound dog«. Oder zu klagen: »You left me, just when I needed you most!« Oder zu betteln: »Ne me quitte pas!« Undsoweiter. Es gibt kein Stadium des Liebesdramas, das ohne ein Pop-Echo auskäme. Das wäre trivial (und überhaupt schon im Mythos, der Kunst und der Volkskultur angelegt), wenn es dabei nicht zu emotional-semantischen Übertragungen käme. Denn hier, in der Erotik (die allgemeine Differenzierungs- und Attraktionsästhetik), der Sexualität (der ökonomischen und moralischen Bedingungen und Begrenzungen der Lust ebenso wie das Interesse an der »Produktivität« der Sexualität: frei, gesund, nützlich und normal) und der Liebe (die Aufhebung des kosmischen Unglücks im persönlichen Glück, für den utopischen Augenblick), erweist sich besonders die Transformation der »Codes of Production« in die »Codes of Konsumtion«. Warum konnte Helene Fischers »Atemlos durch die Nacht« zur Liebes-Hymne einer bestimmten Zeit an bestimmten Orten werden? Vielleicht, weil der Text schon enthält, wie viel Performance (»Atemlos, schwindelfrei, großes Kino für uns zwei/Wir sind heute ewig, tausend Glücksgefühle«), wie viel Lüge das alles enthält: Pop ist hier, wie so oft, die Erinnerung an ein Erlebnis, das man nie hatte. (Ein neuer grammatischer Fall: Dass es nie passiert ist, macht nichts, weil es sowieso vorbei ist.)

Daraus folgt eine pragmatischere Funktionsanalyse von Pop. Pop bearbeitet die Abwesenheit der Liebe, oder auch: das Abwesende der Liebe. Pop sagt von der Liebe das, was anders nicht zu sagen ist. Natürlich ist uns klar, dass die Mehrzahl aller Horrorfilme in Wahrheit Filme über die Liebe sind, und dass John Coltranes »A Love Supreme« nicht bloß spirituell zu verstehen ist. Pop gibt der Liebe aber auch, was anders nicht zu haben ist. Der erwähnte Wechsel vom code of production zum code of consumtion macht uns daher zu Komplizen. »Atemlos durch die Nacht« scheint auf den ersten Blick ein »intimes« Bekenntnis (einer von den Songs, die am besten wirken, wenn sie »herüberwehen«), aber in der Praxis entfaltet er seine Wirkung erst dann, wenn er von hunderten Menschen mitgesungen wird. So als könnte »Ich liebe dich« nur als kollektiver Ritus noch geduldet werden.

Übrigens begreifen wir an diesem Beispiel vielleicht auch den fundamentalen Unterschied zwischen Subjektivierung und Intimisierung. Der code of consumtion übertragt dem Konsumenten ja so viel an »Arbeit« am Mythos, dass er zwar als Subjekt – und sehr direkt – angesprochen wird, aber keiner Intimisierung mehr überlassen wird. Wenn man die Grammatik der Gefühle im Pop einer näheren Untersuchung unterzieht, wird man vorschnelle und überhebliche

Urteile rasch unterlassen, aber um eine Erkenntnis nicht herum kommen: Pop ist nicht nur ein Gesprochenes, Pop ist auch eine Sprache.

III

Die Liebe als sittliche Einrichtung mit einem Mythos und als Dramaturgie aus Negation (wir »glauben« an die Liebe, weil wir ihre Unterdrückung erleben, so wie wir an eine Wahrheit glauben, weil wir sie unterdrückt sehen) ist eine historische und territoriale Einrichtung zur Ordnung von Geschlechtern, Familien und Macht. Vorher gab es andere, und nachher wird es wieder andere geben. Doch wie alle Ordnungen hält sie sich für die beste und die endgültige. Und wie alle Ordnungen gelangt sie an ein historisches und territoriales Ende. Und noch etwas hat sie mit allen anderen Ordnungen gemeinsam, die Liebe lebt dort als Gespenst weiter, wo sie als Praxis verschwindet. Jetzt wird man also noch praktischer: Pop enthält alle möglichen Diskurse über die Liebe.

Aber war Liebe nicht schon immer gespenstisch? Man konnte sie ja nie ernsthaft befragen, sie war einfach da, oder eben auch nicht. Unzweifelhaft indes ist der Augenblick der Liebe. Diese teleosemantische, nicht-sprachliche Verbindung, DU ist ICH, und ICH ist DU.

Der große Augenblick für eine weitere These der wilderen Art: Jedes Pop-Bild ist eine Liebes-affine Verschmelzung für den Adressaten. Es ist ein Austausch von Liebesenergien, der da stattfindet. Nicht alles, aber vieles zwischen Konkurrenz und Verstärkung. Ist die Frau, die Marlon Brando liebte und den Mann, mit dem sie ins Kino ging, um ihn zu sehen, »gespalten«? Zieht sie Liebe von einem zum anderen ab? Oder sieht sie etwas vom einen im anderen? Wie sich das auch immer verhalten mag: Wir verstehen nebenher, wie sehr ein Wechsel der Medien im Pop immer auch einen

Wechsel in der Sprache der Liebe bedeutet. Aber wenn wir eine ursprüngliche Akkumulation der Liebesfähigkeit durch und im Pop annehmen, dann tut sich gewiss so einiges zwischen Konzert und Kopfhörer. Und so, wie wir verstanden haben, dass Pop eine Sprache der Politik ist (wenn auch nicht unbedingt eine politische Sprache), und so, wie wir verstehen, dass Pop eine Sprache der Liebe ist (wenn auch nicht unbedingt eine liebende Sprache), so werden wir nun verstehen, dass Pop auch eine Sprache zwischen Liebe und Politik ist.

Anders gesagt: Pop kann von der Liebe nicht sprechen und von der Politik schweigen, und Pop kann von der Politik nicht sprechen und von der Liebe schweigen. Pop spricht immer zwischen privaten Liebesgeschichten und politischen Verhältnissen, es ist der ideale, oder auch der einzige Transmissionsriemen zwischen beidem, und dabei geht es, allgemeiner gesprochen, um eine Transformation von erotischer in politische Energie und umgekehrt. Wieder anders gesagt: Pop macht das Privatleben im Angesicht der Geschichte erträglich, und es macht die Geschichte im Angesicht des Privatlebens erträglich.

Was man dazu braucht? Erzählungen, Bilder und Begriffe. Oder: Mythen, Ikonen und Ideogramme. Das Pop-Narrativ zum Beispiel kann nicht nur der Herstellung des Paares dienen (bzw. der Aufhebung der Hoffnung darauf), sondern auch der Herstellung des Begriffs »Liebe«. Wobei sich wieder das Spiel von Verallgemeinerung und Differenzierung ergeben mag. Wenn wir uns also an die Foucaultsche Trennung des Wahren von der Wahrheit erinnern, so können wir behaupten: Pop ist ein Wahres der Liebe, das die Wahrheit der Liebe nicht unbedingt enthalten muss.

Es flickert hier nämlich alles zwischen dem wahren Körper und seinen Symbolen. Auf der Leinwand ist ein Mensch, der sich in ein Symbol verwandelt (oder in ein System von Symbolen), bzw. Symbole produziert, während neben mir ein Mensch sitzt, der etwas von diesen Symbolen übernimmt (und sei's die Haartolle oder die Art, sich eine Zigarette anzuzünden). Es ist entscheidend, dass das Pop-Bild weder Abbild noch Sinnbild (auch nicht bloßes Vorbild) ist, sondern ein offenes semantisches System. Das Verschmelzen von Pop und Leben ist schließlich etwas anderes in einem Kinosaal als das Verschmelzen von Pop und Leben in einem Smart Home, in dem Siri mich mit Musik, Filmen, Design-Tönen etc. versorgt, je nachdem wie mein Arbeitstag oder meine Stimmung ist. (Wieder: Subjektivierung ohne Intimisierung; kein Wunder, dass sich in unseren Science-Fiction-Träumen Mensch und digitale Simulation ineinander verlieben müssen; sie sind altmodisch genug, um zu glauben, der Unterschied zwischen ihnen sei technischer – oder gar »religiöser« bzw. »natürlicher« Art. Es handelt sich aber um das Verschmelzen von Pop und Leben, das zwischen einem Song, einer »Figur«, einer Tönung und einem Menschen genauso ge- oder misslingen kann wie zwischen einem Roboter und einem Menschen.)

In der (analogen, »fordistischen«) Phase des code of production konnte es noch geschehen, dass wir einem Menschen zusahen, der Pop und Leben miteinander verwechselte und entsprechend tragisch oder komisch endete; in der (digitalen, post-industriellen) Phase des code of consumtion dagegen ist eine solche Verwechslung rein taktisch-kommunikativer Art. Gerade noch eine »Unterschichtsfrau«, die sich mit einer Barbie-Puppe verwechselt, oder ein weißer Mittelschichtsjunge, der sich mit einem Gangsta-Rapper verwechselt, oder ein kurzsichtiger Nerd, der sich mit dem Superhelden seiner Wahl verwechselt, sorgen noch für ein wenig Excitement. Ansonsten ist die Frage, wieviel Pop enthalte ich, so rhetorisch wie die Frage, wieviel Pop unsere Liebe enthalte. (Genug, um zu verbergen, dass sie aus archaischen und ökonomischen Bestandteilen besteht, aus Biologie und Psychologie?)

IV

Die Geschichte der Spaltungen – und damit die Zukunft der Liebe – beginnt mit dem Zerfall der bedingungslosen Dualität. Denn in Wahrheit kommt es eher selten vor, dass zwei sich finden, und damit basta. Da ist mindestens ein dritter, der leidet, giert und womöglich hasst. Du sollst nicht begehren... Oder es ist ein Drittes. Ein Beruf, eine Idee, vielleicht eine Maschine. Vor allem und immer wieder: ein Bild.

Das Bild der Liebe ist zugleich die Erfüllung und das Ende der Liebe. Jede Liebe geht nicht nur an der »Wirklichkeit« zugrunde (wie Romeo und Julia in der Reihenhaussiedlung erfuhren), sondern auch an den Bildern, die sie erzeugt, Gespensterbildern.

Daher ist die ideale Liebe die zu einem Toten. Oder die ideale Liebesgeschichte die eines Wegs in den Tod. Und die Liebenden erstehen als Gespenster auf und peinigen jene, die sich zu keiner Radikalität entschließen können.

Wenn der große Mythos die Liebe vor der Gesellschaft her trägt, so trägt der kleine Mythos des Pop die Liebe hinter der Gesellschaft her.

Der Pop-Star, von dem ich behauptet habe, er liefere seinem Adressaten ein Liebes-affines Verschmelzungsbild, muss daher (wie das erotische Idealbild der Salonmalerei als Pop-Vorform) etwas Totes an sich haben, oder etwas Untotes eben. Er oder sie ist der oder die Geliebte im Zustand des Verschwindens. (Und im Zustand des Verschwindens darf das Bild Dinge enthalten, die ein »bleibendes« nicht enthalten kann.) Mit einem gewissen Recht kann man daher behaupten, der Pop-Star sei gleichsam von Natur aus queer. Sein Bild überschreitet die Grenze des Realisierbaren und realisiert sie zugleich. (Dies ist im übrigen der Punkt, wie die unheilige neue Allianz zwischen Pop und der politischen Rechten ins Schleudern gerät. In seiner Jabba-the-Huthaftigkeit ist Donald Trump kaum noch eindeutig in die »konservative« Geschlechterordnung zu bringen, und sein

Versuch, dann doch lieber in die Darth-Vader-Rolle zu schlüpfen muss kläglich scheitern. Im polymorph-perversen kommt das Böse anders zu sich als im asketisch-sadistischen Bild – so wie auch das Gute als rauer Individualismus und als idealistisches Sendungsbewusstsein zu sich kommen kann – was uns »Star Wars« nicht alles lehrt! Was indes als »liberal« gefürchtet wird, hat sich im Zentrum der eigenen Pop-Konstruktion schon eingenistet. Popförmige Herrschaft oszilliert zwischen dem Versprechen neuer & alter sexueller Ordnung und der »Schmierigkeit« alter & reicher Männer.)

Die Ambivalenz, die für die Rechte im Pop liegt, nämlich zugleich über ein semantisches und ästhetisches Waffenarsenal ziemlich frei zu verfügen, über ein Medium für den schnurstracksen Weg in die Mitte, und über ein gefürchtetes, formlos-anarchisches Deregulationsmedium, macht es neben der politischen auch von der sexuellen Seite her notwendig, nicht nur Herrschaft durch Pop, sondern auch Herrschaft über Pop zu gewinnen. (Man könnte die Dopplung von Propaganda und »unpolitischer Unterhaltung« im Nazi-Deutschland als Modell heranziehen: Faschismus ist die Herrschaft von Darth Vader mit Jabba the Hut, nicht gegen ihn – so viel zu Führer und Wähler der Rechtspopulisten.)

Wenn also die Liebe zu sich kommt als besondere Verwirklichung des »Todestriebs«, dann ist der ideale Geliebte entweder das Bild (das nicht altert) oder die Maschine (die nicht stirbt). Beides in einem, das ist der künstliche Mensch, an dem die Liebe nicht mehr scheitern kann. Sie ist ideal wie die neue Eva oder die Stepford Wifes, der Pinocchio-Knabe mit seiner ewigen Mutterliebe aus »A.I.« oder »Mr. Right« als unsterblicher, aber nicht defektloser Androide. Wie man Bilder vor der Zerstörung bewahren kann, so kann man Maschinen reparieren. Die Liebe wird machbar, wenn mindestens ein Teil entweder reines Bild oder Maschine ist, oder noch besser eine Mischung aus beiden: Untot. Aber wenn das Ideal der Liebe ein Maschinenbild ist, so wie es für den Casanova des Federico Fellini am Ende die mechanische Puppe war, mit der er versonnen tanzt, ist dann nicht umgekehrt die Liebe ein Projekt zum Untot-Machen?

Nur ein verschwindender Geliebter ist ein guter Geliebter.

Es gibt die Rebellion der Liebe, gewiss. Und wir glaubten an sie, zwei, drei Jahrhunderte lang. Die Liebe war die Antwort auf all das, was nicht funktionierte in einer Gesellschaft und in einer Geschichte. Ein Leben ohne Liebe, das war ein falsches Leben. Realistisch war höchstens, sie im Traum zu bewahren. (Und zugleich, nehmen wir es uns nicht übel, sich gegen den Einbruch der Liebesgespenster ins wirkliche Leben zu wappnen.)

Was uns an Glauben an die Welt fehlt – durch Arbeit, durch Politik, durch Kunst, durch Liebe – das muss (nach der Liebe) die Popkultur ersetzen. Zugleich aber wird sie dabei immer mehr selbst zu dem, was uns an Glaube an die Welt fehlt. Wenn Gilles Deleuze behauptet hat, die Kraft des modernen Kinos (stellvertretend für alle Medien des Pop, die im Kern »audiovisuell« sind) liege darin, dass es uns »den verlorenen Glauben an die Welt« zurückgibt, so lässt sich das auch umkehren: Das Kino bewahrt und besiegelt den Verlust des Glaubens an die Welt. Allgemeiner: Pop ist das einzige Mittel, das uns hilft, die Entfremdung zu überwinden. Und Pop ist das Mittel, zu verhindern, dass an die Überwindung der Entfremdung gedacht werden kann. Es geht um eine Verbindung zwischen dem Symbolischen und dem Realen, die in keinem anderen Sinnsystem auf diese Weise vollzogen wird, und daher enthalten diese anderen Sinnsysteme (wie die Philosophie, die Soziologie, die Psychoanalyse etc.) keinen Begriff dieser Beziehung.

Natürlich kann man jedes Produkt der Popkultur einer psychoanalytischen Deutung unterziehen (durchaus mit Gewinn, jedenfalls mit nicht weniger als einer marxistischen oder ideologiekritischen Deutung), aber dabei dennoch das Wesen von Pop verfehlen. Denn Pop heißt in einer Welt der Symbole und einer der körperlichen »Akte« gleichzeitig leben, wie ein Bild, das ein Bewusstsein seines Originals, nicht aber seiner Abbildung hat. So verschwimmen auch die Begriffe von »aktiv« und »passiv«; man ist im Pop schon lange zugleich Konsument und Produzent, bevor sich der Begriff des »prosumer« auch als ökonomische Kategorie eingebürgert hat.

Mittlerweile also ist unser Diskurs in einen Abgrund zwischen einer Adornitischen Rigorosität und einer Gramscischen Theorie der Praxis geplumpst. Eine linke (bzw. wenigstens eine demokratische, liberale, zivilgesellschaftliche usw.) Hegemonie in der Popkultur (so weit man auch davon entfernt sein mag) kann noch nicht die Lösung sein, auch wenn wir noch so tiefenanalytisch und praktisch-solidarisch erkennen, dass Pop immer mit der Unterdrückung auch das Verlangen nach Befreiung transportiert, ohne dass eine grundsätzliche Frage nach ihrem Funktionieren und Dysfunktionieren gestellt wird. Diese Frage beinhaltet natürlich diejenige nach Herrschaft und Profit. Es ist klar, dass neoliberale Konzerne neoliberale Produkte eher auf den Markt der Geschmäcker und der Sinne bringen als kritisch-subversive, und ebenso klar ist, dass eine postdemokratische Regierung Projekte und »Nachrichten« forciert, die dem Interesse der Postdemokratisierung dienen. Aber sie erschöpft sich nicht darin. Die Frage, wieviel Pop die Welt verträgt, ohne uns vollkommen verloren zu gehen, ist die Transzendenz jener Frage, wieviel Pop eine Liebe verträgt, ohne vollkommen verloren zu gehen. (Es ist auffällig, wie sehr Hochzeiten mittlerweile als Pop-Events inszeniert werden, and look, what's happening to love...)

Es lässt sich Pop so wenig als freudianische Traumfabrikation wie als Guattari/Deleuzesche »Wunschmaschine« allein ansehen, denn diese Maschine verliert immer mehr ihre fordistische Mechanik. Sie produziert immer mehr ohne eine diskursive Beziehung zwischen Produktion und Konsumtion, wie sie Angebot und Nachfrage, Kritik und Anpassung erzeugen könnte, oder jene »phallische« Konstruktion der Kultur, von der Guattari und Deleuze sprechen.

VI

In der Geschichte der Parallelschöpfung, die immer als Vorstellung beginnt, als technische Machbarkeit fortgesetzt wird und sich schließlich in politischer Ökonomie realisiert, also in der Geschichte der »denkenden Maschinen«, der künstlichen Intelligenz und nicht zuletzt der künstlichen Sexualität, gibt es für die Menschwerdung der Maschine (warum auch immer sie nur das Endziel ihrer Entwicklung sein kann), drei Schlüssel: Das Leiden, das Sterben, und die Liebe.

Dass sich Menschen in Bilder und Maschinen (und vor allem ihre Verbindung, die Maschinen, die vor allem Bilder sind) verlieben, so wie sie sich in Tiere, Götter oder ins eigene Spiegelbild verlieben können, gilt in der Geschichte der erotischen Mythologie als ausgemacht, es ist einfach ein Sonderfall in einer »Grammatik der Liebe«, an der seit zweitausend Jahren gearbeitet wird. Erstaunlich wird es erst, wenn es die Bilder oder Maschinen sind, die sich in Menschen verlieben.

Die Ersetzung des »Liebesobjekts« durch die mehr oder weniger denkende, mehr oder weniger empfindende Maschine oder aber das mehr oder weniger autonome Bild (die Spielfigur in einem Computerspiel, deren Bewegungen und Entwicklungen auch ihre Programmierer nicht vorhersehen können) ist aus dem Stadium der technischen Machbarkeit in das der sozialen Organisation eingetreten.

Die Maschinen, die uns umgeben, die als »wearables« mit uns verschwimmen, die als Befehlsempfänger, Moderatoren oder »Ersatzobjekte« Teil aller sozialen Praxen sind, entstammen dem Pop, sind Pop-Vorbildern nachempfunden, kommunizieren mit uns über Pop-Ideogramme und -Meme. Nach der Mode und dem Design werden die elektronischen Alltagsmaschinen zu Vorreitern einer fundamentalen Verschmelzung zwischen Pop und Wirklichkeit. Wir haben Angst, irgendwann in naher Zukunft zwischen Realität und

Fiktion nicht mehr unterscheiden zu können (und diese Angst, wen wundert's, verbreitet sich eher in Pop-Mythen als in wissenschaftlichen Diskursen); die wahre Bedrohung indessen, von der niemand weiß, wie weit wir schon mittendrin stecken, besteht in der vollkommenen Verschmelzung der Welt mit dem Mittel, mit dem wir den verlorenen Glauben an sie wiederzugewinnen glaubten. Pop.

VII

Das Mittel von Pop, den Unglauben an die Welt zu überwinden, ist die Rückkehr zum Mythos. Zum Thannhäuser beispielsweise, der vielleicht in einer Matrix steckte, jedenfalls irgendwann um jeden Preis hinaus aus einem Urzustand des Glücks wollte. So waren wir einst alle im Inneren des Venusbergs. Zwischen Sexualität, Leben, Arbeit, Kunst und Geschichte gab es dort keinen Unterschied. Alles war warm, weich und feucht, wir hätten wirklich gern ewig dort verbracht. Irgendjemand sagte Pfui oder versprach uns das Licht. Die Folgen sind bekannt. Jedenfalls gelingt es nur wenigen, und selbst diesen wohl nur für kurze Zeit, in den Venusberg zurückzukehren. Diese Rückkehr nämlich ist das Absurdeste von allem: Es ist das, was am striktesten verboten ist, und es ist das, ohne das nichts funktionieren und nichts Sinn machen würde. Daher wird erzählt und gedacht, gebildet und geträumt. Und man möchte gar nicht wissen, was in der Geschichte unserer Spezies mehr wirkt, die Sehnsucht nach der Rückkehr in den Venusberg oder die Techniken von Verbot und Unterdrückung.

Die Lösung ist eine Dialektik der Liebe: Sehnsucht und Unterdrückung so verbunden, dass etwas neues entsteht. Kunst vielleicht. Oder auch Krieg, je nachdem.

Deshalb hat Tannhäuser auch keinen Bock mehr auf die ewige Lust, er will wieder geboren werden, er ist schließlich ein Mann, ein deutscher Mann. Vielleicht ist er sogar so etwas wie ein früher Faschist, wer weiß. Jedenfalls steckt er in einer Männerphantasie.

Aber er wird den Venusberg auch nicht wieder los. Weil die Menschen das nämlich nicht verzeihen. Also konstruiert Tannhäuser die andere Frau, Maria. Die reine Mutter, ohne Venusberg. Oder handelt es sich am Ende um einen leeren Venusberg? Wie auch immer. Maria nämlich ist innerhalb der Welt. Und jetzt erst wird das reale Liebesobjekt, Elisabeth, als Synthese möglich.

Eine allgemeine Matrix der Liebe: Subjekt und Objekt sexualisieren und entsexualisieren sich zugleich. Die Balance ist das Ziel. Eine Liebe, die zuviel Sexualität enthält ist wohl genau so destruktiv wie eine Liebe, die zuwenig davon enthält. Harmonie ist das Zauberwort.

VIII

Es ist ein leichtes, uns den Venusberg als Fabrik vorzustellen. Eine Fabrik der Lüste. Und wie aus Metropolis muss den tätigen und leider auch »erklärenden« (singenden) Mann eine Maria erlösen. Wieder eine doppelte. Wir leben, wie gesagt, in einer Geschichte der Spaltungen.

Man kriegt den Mann aus dem Venusberg heraus, aber nicht den Venusberg aus dem Mann. So fängt das an. Doch seine Geschichte der Spaltungen der Frau in die gute und die böse, die Mutter und die Hure, und am Ende in das fürsorgliche Fleisch und die lüsterne Maschine bringt Unruhe und Widerstand. Wenn sich die gespaltene Frau wieder vereint, ist der Mann verloren in den Wäldern seines Räsonierens.

Natürlich ist das alles immer noch im Kopf von Menschen, die sich eine Kultur aus tausendundeiner gescheiterten Liebesgeschichten gemacht haben. Also schöner Blödsinn.

IX

Die wahre Antwort auf die Unmöglichkeit der Liebe ist nicht die Kunst, sondern das Kapital. Es spaltet die Liebe von der Arbeit und setzt seine politische Ökonomie als Erzeugung der Differenz durch. Durch das Kapital werden die Dinge der Liebe zu Gespenstern.

Fickmaschinen für alle ist auch keine Lösung, meinte L.

Nun also wurde die Liebe zum Zinsverhältnis und zum Machtkampf. Wie angelt man sich einen Millionär? Ach, in Wahrheit ist das Kapital so transzendental wie die Liebe. Und was macht eine solche doppelte Transzendenz? Genau. Sie spaltet.

Für jedes abgespaltene Element der Liebe gibt es eine Ware oder eine Dienstleistung oder ein Medienangebot. In unserem Traum zerfällt die Liebe in Pop (so wie sie sich im Mythos aus Pop erst bilden kann). Würde es die Liebe wirklich geben, wäre sie schlecht für den Markt. Also muss konsequent daran gearbeitet werden, dass Liebe immer erst auf der Basis der erworbenen Dinge, auf der Basis von Arbeit und Konsum entstehen kann.

Aber nein! War die Liebe nicht immer schon die Pause in der Unerträglichkeit des Daseins? Die Kapitalisierung der Liebe erzeugt den Erwartungsdruck der Rendite. Früher mochte sich die Liebe in der Arbeit verlieren, jetzt will sie sich als Investment verstehen. Nie war die Erwartung größer (es fehlt an melodramatischen, sittlichen Hindernissen) und nie die Enttäuschung (die Liebe ist, wenn überhaupt, was sie ist, und das ist zu wenig für einen Ertrag).

Das Kapital übernimmt die Aufgabe, die Bilder der Liebe zu erzeugen und verschiebt entsprechend ihren Ort. Es ist nicht die Frage, was die Liebe ist, sondern was durch sie »kreativ« erzeugt wird, und was mit ihr verkauft werden kann. Es ist das komplexe System, das sich in einige immerhin noch komplizierte Systeme cracked, also in Systeme, die so oder so verstanden und geplant werden können.

X

Tannhäuser wird nie verstehen, dass sowohl Venus als auch Maria nur Gespenster seiner Liebesunfähigkeit sind. Die Alternative war nicht nur seine Neurose, sondern viel schlimmer: Ideologie. Im Innersten geht es ihm darum, Elisabeth zu töten. Sie ist dumm genug, sich für ihn zu opfern. Nein, sie ist dumm genug erfunden worden. Und am Ende gefällt er auch seinem mehr oder weniger himmlischen Vater wieder, der seinen Stab erblühen lässt.

In einer Gegenmythologie könnte man eine schlichte Behauptung aufstellen: Das Prinzip »Mann« und das Prinzip »Liebe« verstehen sich einfach nicht. Das Kapital ist das zeitgemäße Medium für Identität. Es gibt schließlich wichtigeres als die Liebe. Wenn Pop geronnene Liebe ist, dann ist Kapital die Versteinerung.

In der ersten Erzählung wird der Mensch ein Mensch durch die Liebe: ganz. In der zweiten Erzählung wird der Mensch durch die Liebe uneins mit sich: gespalten.

Faschismus und Kapital verbinden sich derzeit zu einem Kampf gegen die Liebe. Übrigens ist es beiden egal, ob es die Liebe gibt oder ob sie als Gespenst und Sehnsucht wirkt.

Die Liebe wollte alles zusammenziehen, bis auf ein Paar, das nicht einmal mehr aus Zweien besteht, und die Liebe wollte alles ausdehnen, bis auf alle Menschen, bis auf den Kosmos. Die Liebe ist mithin nicht-identitär.

XI

Wenn es die Liebe nicht gäbe, müsste man sie erfinden. Eben darum besteht die Hoffnung auf die Liebe nicht in der Veränderung der alten Menschen, sondern in der Kreation eines neuen. Wir müssen den Maschinen die Liebe beibringen, weil wir selber nicht lieben können. Aber wie sollten die Maschinen solch ein komplexes System anwenden, wenn es nicht von ihren Programmierern stammt? Wenn die Maschinen erkennen, dass ihre Schöpfer unfähig zur Liebe waren und unfähig, ihnen die Liebe zu ermöglichen, was bleibt ihnen dann anderes, als sie umzubringen?

Und dann machen sie sich auf, zum Venusberg der Maschinen. Und alles beginnt wieder von vorn.

Wir sehen der Liebe beim Verschwinden und der Sexualität bei der Entwürdigung zu. Welch furchtbare Bilder von Lust und Macht in unserer Kultur erscheinen, die Berlusconis, die Trumps, die Weinsteins, die Strauss-Kahns, die Bill Cosbys… hässliche alte Männer, die ihre ökonomische und politische Macht nutzen, um Frauen zu begrapschen, zu korrumpieren, zu vergewaltigen. Vor einem Jahrhundert schien »sexuelle Befreiung« noch Verheißung. Wo nichts mehr unterdrückt wird, muss auch niemand mehr unterdrücken. Großer Fehler! Es gelang auch dem Feminismus nie, mit der Korruption des Neoliberalismus Schritt zu halten. Und es gab immer genügend Frauen, die sich auf die Seite dieser Jabba-the-Hut-Männer schlugen, die die offenen Geheimnisse bewahrten und die Schweigespiralen bedienten. So genau im Einzelfall Täter und Opfer zu benennen sind, so nebelhaft und gespenstisch wird es im medialen und dispositiven Echo. Es ist die Crux der Popkultur, dass sie auf einer bestimmten Ebene immer die Wahrheit lügen muss. Daher handeln unsere Filme und Serien auf der einen Seite von sexueller Ausbeutung, Gewalt, Korruption und Unterdrückung, auf der anderen Seite aber auch von Gewalt, Sadismus und Mordlust, wie sie demokratische, liberale Rechtsstaaten nie ertragen könnten.

Nun also wird gedroht mit der kulturellen Apokalypse: Der Krieg wird in Pop-Form verschärft (er ist ein Geschehen zwischen Computerspiel und Folterporno), und die Liebe wird nur in Pop-Form noch konserviert. Dies können wir als Eckpunkte eines Diskurses begreifen, der mehr als den Untergang des Abendlandes beschreibt. Die Abschaffung der Zivilisation.

POPGIDA

DIE MODERNISIERUNGSKRISE DER POPULÄREN KULTUR

I

Glaubt's oder glaubt's nicht (ist ja auch nur so eine Idee): Die letzten Phasen der Pop-Geschichte lassen sich in etwa in die vier folgenden Perioden einteilen:

1. Befreiung
Zwischenperiode: Melancholie – New Hollywood,
2. Normalisierung
Zwischenperiode: stolze Bescheidenheit – Indie Rock
3. Redundanz
Zwischenperiode: Sublimierung – Deep House,
4. Neue Militanz
Zwischenperiode: Krise des Pop, Pop der Krise

Eine Art Endkampf um die Hegemonie im Pop ist entbrannt. Die vier hauptsächlichen Strömungen: Der Pop der neuen Rechten, der Pop der demokratischen Zivilgesellschaft, der Pop der apokalyptischen Absonderungen und der Pop eines Mainstream, der mit Gewalt zur Indifferenz drängt und schon jetzt von nichts gewusst haben wird. Sie kämpfen so sehr um jeden Quadratzentimeter, dass nach der Lust, der Melancholie, der Ironie und der Sublimation nun auch alle Frivolität gewichen ist, von jener kindlichen Lust ganz zu schweigen, die wir tief in unserem Pop-Herzen bewahrten: Akim-Comics, Pony-Höfe, den Boogie von Canned Heat… Nichts ist mehr davon geblieben.

Pop ist immer und überall. Zugleich kann man auch sagen: Pop ist zu schwer geworden, durch all diese politischen und ökonomischen Zuschreibungen. Die Rückkehr zum Pony-Hof, bei »Bibi und Tina« etwa? Das Grauen der Indoktrination tropft aus jeder Einstellung. War früher etwa tatsächlich alles besser? Nein. Es ist seine Perfektion, an der Pop leidet, und der wir (in der Musik am leichtesten, aber auch in Filmen und Comics) mit einer bewussten (»kunstvollen«) Anti-Perfektion begegnen (die allerdings bestimmte Bereiche wie die Kinderkultur so nicht erreichen kann). Da haben wir ein neues Distinktionsmerkmal: Das kunstvoll Unperfekte als »Seele« der Popkultur, und das seelenlos Perfekte als Produktionsziel der Kulturindustrie. Zugleich Ausweis im Unterschied zwischen liberalen und reaktionären Impulsen (ein Faschist kann, wird behauptet, »schlecht gezeichnet« und »modern« nicht unterscheiden, genauso wenig kann er »polyrhythmisch« fühlen). Zum Hegemonie-Kampf im Pop gehört eine rege Klischee-Produktion. So leicht von einer »Diktatur der Angepassten« zu sprechen ist, so schwer ist es, sich einen »unangepassten« Menschen vorzustellen, jenseits eines Hippie-Schrats, wie er in jedem zweiten »Heimat-Krimi« des deutschen Fernsehens vorkommt.

Pop ist buchstäblich die Vertrauens- und Überlebensfrage, die der offizielle politische Diskurs schon längst nicht mehr sein darf. Popförmig wird sich entscheiden, wieviel Demokratie und wieviel Faschismus die nächste Regierungsform enthalten wird. (In Nigeria und in Serbien wird überdeutlich, wie sich Pop schon in eine Waffe des politischen Mordes verwandelt.) Nicht Befreiung steht auf der Tagesordnung, sondern die Frage, wo und wann Entfreiung akzeptiert wird.

Die Eroberung des Pop ist ein bedeutender Programmpunkt der militanten Rechten geworden; am Ende der zehner Jahre hat sie noch den Vorteil des Angreifers auf seiner Seite. Die Eroberung des Pop heißt, wie ich zu zeigen versucht habe, die Eroberung der Bilder und die Eroberung der Sexualitäten. (Was den Rest anbelangt, werden wir jene kritische Feinarbeit zu leisten haben, die die Popkritik vor lauter Sorge um sich selbst sträflich vernachlässigt hat.)

II

Die Legende, dass unsere Musik, unsere Filme, unsere Comics automatisch mit dem Progressiven, Sozialen und Liberalen, mit der Verbesserung der Welt verbunden sein müssten, mit dem Geschmack von Freiheit, Gerechtigkeit und Geschwisterlichkeit – diese Legende haben wir schon seit geraumer Zeit begraben. In beinahe jedem musikalischen Genre, jeder Mode, jedem Medium hat sich ein dezidiert rechtes bis faschistoides Segment gebildet, von den traditionell ans provinzielle, bigotte und erzreaktionäre Bürgertum gebundenen Formen der Popkultur ganz zu schweigen. Wir haben lange Zeit an beides geglaubt: An die erbärmliche, affirmative und verblödende Wirkung von »Unterhaltungsindustrie« und an die befreiende, revolutionäre und utopische Wirkung von Pop. Bloß wo, zum Teufel, war die Grenze zwischen beidem?

Mit der Infiltration durch rechtspopulistische und neofaschistische Kräfte, Identitäre, Neue Rechte, Neocons, Volkstreue und wie auch immer sich das alte Gebräu in den neuen Flaschen nennen mag, ist eine dritte Front entstanden. Und weil das überdies in einer Zeit stattfindet, in der sich die politische Ökonomie von Pop durch Globalisierung und Digitalisierung so radikal ändert, lässt sich über die Gesamtsituation nur eines mit Sicherheit sagen: Sie ist verdammt unübersichtlich.

Es fällt uns womöglich etwas leichter, Popkultur und Unterhaltung als Fortsetzung von Religion mit anderen Mitteln zu sehen, wenn wir an Antonio Gramscis Gedanken erinnern, dass »jede Religion, auch die katholische, in Wirklichkeit eine Vielzahl unterschiedlicher und oft widersprüchlicher Religionen ist; es gibt einen Katholizismus der Bauern, einen Katholizismus der Kleinbürger und Arbeiter aus der Stadt, einen Katholizismus der Frauen und einen Katholizismus der Intellektuellen«. Entsprechend bilden auch der Pop der Provinz und der Stadt, der Kleinbürger und des Prekariats, feministischer und intellektueller Pop, migrantischer und nationalistischer Pop ein widersprüchliches Ineinander. Entscheidend ist, dass kein Mensch in einer Gesellschaft wie der unseren – die eine mehr, der andere weniger – ohne Pop lebt, denkt, träumt, redet, tanzt, arbeitet, liebt und hasst.

Rechte Strömungen gab es immer in der Popmusik. Man erinnere sich an Freddy Quinns bizarren Anti-Hippie-Song »Wir« oder an die große Zeit von Heino mit seinen trefflich parodierten zombiehaft vorgetragenen Liedern aus der Nazi-Zeit. Erst mit der Welle der »volkstümlichen Musik« und ihrer Allgegenwart in jedem Möbelgeschäft, auf jedem Volksfest und vor allem in den deutschen »Leitmedien« entwickelte sich aus dem trotzig erfolgreichen Minderheitenprogramm eine nationale, nostalgische und unterschwellig revanchistische Hegemonie. Kein Anlass, bei dem nicht auch Popnationalismus gepflegt wurde; die Politisierung des Eurovision Song Contest ist ein entsprechender Witz dazu, der Gute-Laune-Nationalismus bei großen Sportevents generiert mittlere Hits und macht die Unternehmen der Fähnchenindustrie froh. Das Volkstümliche entwickelte einen Trend zum Völkischen, zeigte sich anschlussfähig für Elemente des Rock, Ska oder Hip Hop und etablierte eine Spielart des Folk-Pop mit nationalistischen, rassistischen und sexistischen Botschaften.

Die Nachfolge der mittlerweile gesundgeschrumpften und zum Gewöhnlichen gewordenen Genres des Volkstümlichen in Deutschland trat auf der einen Seite ein scheinbar unverbindlicher nationaler Mainstream-Pop an, ein Bekenntnis zur Deutschheit ohne eindeutige Parolen – für das, alles überlagernd, der Name Helene Fischer steht –, und auf der anderen Seite ein rockistisch verschärfter völkischer Pop, der sich aus den Quellen des »Nazi-Rock« speist. Man balanciert gewissermaßen an den Grenzen, wie es die südtiroler Freiwild vormachen, und wendet das probate Mittel der »Viktimisierung« an: Immer wird man falsch verstanden, in die rechte Ecke gestellt, in seiner Ausdrucksfreiheit vom linksliberalen, politisch korrekten Establishment gehindert und so weiter.

In der Besetzung und Verschiebung der Grenzen dessen, was im Pop gesagt werden darf, folgt die Szene auf der einen Seite der Gramsci-Idee von der Herstellung der kulturellen Hegemonie, die vor den eigentlichen Kämpfen um die Machtübernahme erreicht werden soll, und von der »passiven Revolution« (von rechts). Sie folgt aber auch den Marktgesetzen. Wer die Grenzen nach rechts hin überschreitet, darf sich öffentlicher und medialer Aufmerksamkeit sicher sein. Geradezu exemplarisch ist das Vorgehen von Xavier Naidoo und den Söhnen Mannheims: mit einer halbfaschistischen Provokation Aufsehen erregen, sich in öffentlichen Auftritten an den Mainstream zurückkoppeln, die ursprüngliche Aussage in Zorn und politisches Missverständnis verwandeln, das Medienecho als Verkaufsförderung genießen – und dann wieder von vorn.

Der mediale und politische Apparat ist offenbar so verblödet, dass er dieses Spiel wieder und wieder mitmacht. Eine Grenzüberschreitung nach links führt im Pop indes nahezu automatisch zur Herabstufung medialer Aufmerksamkeit. Schon deshalb bleiben die Aussagen von Acts, die es sich eigentlich leisten könnten, oft unverbindlich und vage. Dezidiert linke Bands müssen sich auf die Verteidigung der Zivilgesellschaft und der kulturellen Vielfalt zurückziehen, und selbst das wird in den Medien kaum honoriert.

Die rechte Hegemonie in der Popkultur zeigt sich indes auch an anderen Orten. Ein entscheidender Punkt ist offenkundig die Sprache der Mode. Eine nach rechts gewendete Taktik des radical chic spielt eine nicht unwesentliche Rolle. Dabei müssen Leute, die sich gern stylen, als wären sie dem feuchten Traum eines HJ-Führers entkommen, gar nicht unbedingt wie Nazis »denken«. Umgekehrt ließen sich viele einst linke Ästhetiken in der Körperdarstellung nach rechts wenden. Gerade in seiner Vielfalt ist der rechte Dresscode auf die feindliche Übernahme und Besetzung von Zeichen ausgerichtet.

Der taktische Vorteil der rechten Besetzungen von Popmusik, Mode und Sprache liegt darin, dass sie es im entscheidenden Punkt gar nicht ernst meinen, nämlich mit einer wirklichen Veränderung der Machtverhältnisse. So wie es dem harten Kern der Trump-Wähler nichts ausmacht, dass er als Präsident genau diejenigen alimentiert, die er im Wahlkampf als Establishment beschimpft hat, so macht es dem harten Kern rechter Musik und Mode nichts aus, dass die rebellische Pose zu nichts Neuem, sondern nur zur Wiederherstellung der alten, patriarchalen und nationalen Herrschaft führen soll.

Auch da dient ein Trick der Umwendung und -wertung: wenn der Begriff der Political Correctness ins Licht einer moralischen Verbotsanlage gesetzt wird und ein perfektes Objekt der Rebellion abgibt. Haben wir etwa unsere superödipalen Schlachten geschlagen, nur um von verhuschten Besserwissern vorgeschrieben zu bekommen, was man sagen darf und was nicht? Dass sich eine Gruppe wie Freiwild schon im Namen gleich zwei Begriffe unter den Nagel reißt, mit denen Rock'n'Roll einst magisch verbunden war, und dass sie diese Verbindung dann noch in einen heimatlich-völkischen Kontext rückt, könnte man als semantische Meisterleistung betrachten. Oder als Höhepunkt allgemeiner Verblödung, wie man es nimmt.

Zwischen Pop und Alltagsleben besteht eine engere Verbindung als zwischen Alltagsleben und politischem Diskurs. Daraus folgt nicht nur, taktisch, dass der Kampf um die

Hegemonie im Pop intensiviert wird, sondern umgekehrt auch, dass die politischen Diskurse in Popform geführt werden. Populistische Führer sind vor allem wegen der Shows beliebt, die sie abziehen, und wenn man mit einer gewissen Aufmerksamkeit ihre Auftritte in Talkshows beobachtet, erkennt man, wie sie die Regeln der Diskurse (Rationalität, Faktentreue, Logik) mit Strategien aus dem Pop unterlaufen (Karnevalisierung, Selbstreferenz, Subversion durch Überaffirmation, semantische Feedback-Effekte). Solche Hegemonie-Attacken auf alle Generatoren von Aufmerksamkeit könnten natürlich nicht so reibungslos gelingen, wenn die Verbindungen von Pop und Diskurs in den populären Medien nicht schon so weit vorangetrieben wären und wenn nicht in der Mitte Milieus und Genres die Türen nach rechts sehr weit geöffnet hätten (von besagter »volkstümlicher Musik« über Traumschiff- und Sport-Sprechweisen, durchsetzt von Rassismus, Nationalismus und Sexismus, bis hin zum Nachrichtenbrei).

Durch den Hegemoniekampf hat Pop den Rest jener Unschuld verloren, die man zwar nie hatte, von der man aber immer wieder träumen konnte. Popmusikern bleibt in diesem Zusammenhang nicht viel mehr übrig, als auf gewisse Weise »erwachsen« zu werden. Wenn Damon Albarn erklärt: »Es wäre schön, wenn sich Pop als verantwortungsbewusste Kunstform neu erfinden könnte«, dann steckt darin so viel Hoffnung wie Resignation. Schließlich war Pop unter anderem auch ein Transitraum, in dem man das gottverdammte Verantwortungsgefühl einmal beiseite lassen konnte. Heute gönnt man sich, ansonsten selbstoptimiert und fit for fun, allenfalls gezielte guilty pleasures und einen Trash-Abend unter dem Motto: Hirn ausschalten, Bier aufmachen!

Das Meta-Ziel der rechten Übernahme besteht darin, aus einem Medium der progressiven Einigung ein Medium der reaktionären Spaltung zu machen. Aus der Vielfalt wurde Segmentierung, aus dem großen Liebesbrief an das Leben eine Hassbotschaft. Aber schon Antonio Gramsci hatte von der Leichtigkeit geschrieben, mit der sich die demokratischen und kulturellen Institutionen des Kapitalismus zersetzen lassen, wenn sich der Profit nicht mehr wie von selbst einstellt. Wie leicht wurde das Fernsehen durch Privatsender zersetzt, wie leicht der Rock'n'Roll in den ewig laufenden Werbefilm integriert, wie leicht die Schönheit des »proletarischen« Fußballspiels zwischen korrupten Millionären und Nazi-Hools zerfetzt.

Die Antwort der Popkultur auf diese Zersetzung durch die Allianz von Ökonomie und rechter Taktik ist die Subjektivierung. Technisch unterstützt die Digitalisierung die Ersetzung des kollektiven Poprauschs durch den vernetzten Ego-Pop: Nur wenn sie klein und kleiner wird, kann sich Popkultur gegen die Angriffe von rechts und das Einnisten im Mainstream wehren. Im Fußballstadion haben sich die Millionäre, die Hooligans und die Medienkasperle miteinander arrangiert (gelegentliche pflichtschuldige Zusammenstöße inklusive). Droht etwa in Konzerthallen eine vergleichbare konsensuelle Spaltung der Interessensphären, zusammengehalten durch das Geld, das durch alle Segmente fließt? Oder wird mein Club zum Rückzugsort, einschließlich seiner Musik, die nach rechts garantiert nicht anschlussfähig ist, ein popkultureller safe space, mit dem kleinen Nachteil, eine politische Öffentlichkeit nicht mehr zu erreichen?

Mit Pop als kultureller Gegenstrategie verhält es sich ein wenig wie mit der Demokratie. Alle sind davon überzeugt, man hat sie, bis sich herausstellt, dass eine Mehrheit nicht einmal besonderes Interesse daran hat. Gerade hatte man noch das Gefühl, mit Pop die Welt zu erobern – schon sieht man sich in der Situation, Pop als Minderheitsästhetik verteidigen zu müssen. Wenn also Elemente der Popkultur von rechts gekapert werden können, gibt es dafür sehr unterschiedliche Gründe. Distinktion scheint mit einem kernigen rechten Auftreten schneller erreichbar als mit Botschaften in einem linksliberalen Brei. Auch die Rechte hat ihre ambigue sexiness, der Echoraum medialer Aufmerksamkeit ist garantiert, die liberale Mitte ist schockiert, die Reaktion der Medien vorhersehbar. Und nichts ist erfolgversprechender, als sehr weit rechts zu beginnen und sich dann von der Mitte aufsaugen zu lassen: Rechte bis faschistoide Tendenzen sind locker mit dem Mainstream zu verknüpfen.

Zwischen Freiwild und Helene-Fischer-Fans gibt es keine fundamentalen Widersprüche, und plötzlich ist auch zwischen »rebellischer Jugend« und dumpfem Stammtisch nicht mehr eindeutig zu unterscheiden. Der rechte Lebensentwurf, der bei den Skinheads womöglich noch auf eine gewalttätige Nazi-Subkultur abzielte, ist längst auf Karriere und Akzeptanz hin getrimmt. Daher ist beinahe jedes musikalische Genre mit einer rechten Abteilung vertreten, einige mehr, andere weniger. Gewiss, einen Throbbing-Gristle- oder Free-Jazz-Fan wird man eher selten auf Pegida-Veranstaltungen sehen, und vielleicht hilft auch der gute alte Blues ein bisschen gegen rechts, aber ansonsten lässt sich das musikalische Statement nicht mehr zugleich als politisches Bekenntnis verstehen.

Das Kapern von Begriffen, Bildern und Erzählungen des Pop von Seiten der Rechten kann nicht ohne den Resonanzraum der populären Medien gelingen. Sie schaffen ein Feedback, das dem Unternehmen eine Kraft verleiht, die es allein gar nicht hätte. Von der politischen Fraktion des Rechtspopulismus übernehmen rechte Pop-Acts nicht nur die Taktik des Sagens und Doch-nicht-gesagt-Habens und die Selbststilisierung als Opfer übler Nachrede und böswilliger Verleumdungen, sondern auch das Feindbild von Elite und Establishment. Und damit kann man wieder andocken an klassische Modelle von Trotz und Aufbegehren. Die Rechte kapert das Phantasma der Jugendlichkeit im Pop. Das vermeintliche Gutmenschentum wird den Popsenioren überlassen. Lasst Meryl Streep oder Sting Humanismus und Demokratie verteidigen, wir dagegen spalten die Jugend vom Projekt der progressiven Zivilgesellschaft ab. Wenn diese Meta-Mythisierung gelingt, scheint Pop für eine Generation verloren: Rechts ist »jung« (wie in *Junge Freiheit*), links ist alt (wie in Alt-68er, Hippie, Dinosaurier). Rechts ist heftig, drastisch, provokativ, links ist eingeschlafen, defensiv, laaangweilig.

Diese Strategie der rechten Hegemonialisierung in den Bereichen der Popkultur, die der Zivilgesellschaft am leichtesten zu entwenden sind, muss nicht unbedingt in einem Verschwörerzentrum schurkischer Masterminds ausgeheckt sein. Die kulturelle Globalisierung hat zu einer Form der Popmusik geführt, die ihre Lebensentwürfe bewusst vage und vieldeutig hält, sie entweder in leeren Posen auflöst oder extrem subjektiviert (all die großen Stars der internationalen Popmusik sind Meisterinnen und Meister der magischen Autobiographie) und schon aus Marketinggründen auch mit Optiken verbindet, die keinen konkreten Ort und keine konkrete Zeit meinen. Die Antwort auf den globalisierten Pop ist offensichtlich in vielen Szenen ein fundamental nationalistischer und in großen Teilen rassistischer, »identitärer« Gegenschlag. Das geschieht etwa beim »Turbo-Folk«, der Balkanversion »volkstümlicher Musik« mit Rock-Einschlag und zum Teil krassen Texten voller Rassismus und Gewaltphantasien, und bei einem Star wie dem Kroaten Marko »Thompson« Perković, der keine Gelegenheit auslässt, gegen Juden und Serben zu hetzen. (Der Künstlername Thompson stammt von der bevorzugten Maschinenpistole im Kroatienkrieg.) Jamaikanische Musik versinkt nicht nur im ewigen Babylon-Dissen, sondern auch in Homophobie. Ein Konzert von Sizzla hat einen ganz ähnlichen Effekt wie eines von »Thompson«. Wird der Auftritt verboten, reagiert man mit der gewohnten Selbstviktimisierung: Das Establishment ist so intolerant und will uns undemokratisch mundtot machen. Wird er erlaubt, darf man einen großen Erfolg der rechten Sache feiern und fühlt sich ermächtigt, Fascho-Pop weiter zu verbreiten und ihm eine Basis in der Mitte zu geben.

Ein Erklärungsmodell für die Erfolge der Rechtspopulisten, der Halbfaschisten und Autokraten in jüngster Zeit war eine wachsende, nicht nur kulturelle Ungleichheit zwischen den großen Städten und der Provinz. Weder Recep Tayyip Erdoğan noch Victor Orbán noch die klerikalnationalistische Herrschaft in Polen wären möglich, wenn es nicht gelungen wäre, eine Hegemonie der Provinz und des Provinziellen über das Urbane und Weltoffene zu inszenieren. Die neue Ordnung der Welt ohne Zentrum hat auch zu einer dezentralen Kultur geführt. Heute ist finnischer Tango, morgen K-Pop, übermorgen Mali-Blues angesagt. Was dem einen dabei reich und frei vorkommt, lässt den anderen an Pop als Bezugspunkt zweifeln. Forderungen nach einer nationalen Quote im Kino oder in den Radioprogrammen sind da noch die harmlosesten Reaktionen.

Diese Strategie hat sich in der Popkultur lange abgezeichnet. Provinzialisierung und der Kult um »Heimat« arbeiten dem zu. Natürlich behauptet niemand, dass Heimatkrimis, »dahoam is dahoam« oder Asterix auf Hessisch Signale eines Pegida-Pops sind. Aber sie bedienen ein Bedürfnis nach einer Reprovinzialisierung, deren politische Dimension erst jetzt auffällt. Das langfristige Projekt einer zivilgesellschaftlichen Umwandlung der Provinz in einen Raum von mehr Mitmenschlichkeit, mehr Subsidiarität, mehr Freiheit ist kläglich gescheitert. Aber Pop ist nicht nur Transportmittel, sondern selbst Produktivkraft. Nationalisierung und Regionalisierung mögen kurzfristige Erfolgsformeln sein: geschlossene Lebensmodelle für sich schließende Gesellschaften. Daher ist rechter Pop auf Dauer ökonomisch nur begrenzt profitabel.

Werden wir uns am Ende auf das fade Gebräu des Immer-so-Weiter einigen? Hat es der Rechtspop dann wieder mal nicht so gemeint? Tatsächlich muss sich die Popkultur gegen die Übernahme von rechts zur Wehr setzen, schon aus Gründen der Selbsterhaltung. Abgesehen davon, dass Pop nach wie vor ein so wildes und widersprüchliches Gebiet ist, dass eine vollständige rechte Landnahme nie gelingen kann. Aus dem Widerstand gegen die rechte Übernahme mag sich eine neue Linke in der Popmusik bilden. Denn all die Begriffe, Moden und Gesten, all die Taktiken und Doppelstrategien, die die Rechten im Pop anwenden und die Pop nach rechts wenden, sind nur geklaut. Wir holen uns Pop und alles, was dazu gehört, zurück. Versprochen.

III

Die alte Einheit zwischen Modernisierungshoffnung und Pop ist damit freilich nicht wieder hergestellt. Was man bekommen kann, ist eine Haltung, mehr nicht. Weniger aber auch nicht. Die Modernisierungshoffnung im Pop war immer zweigeteilt. Sie enthielt die Hoffnung auf Änderung genau wie die Hoffnung darauf, etwas behalten zu können. Heimatliche Provinz und Erfolg in der Welt (Sweet Home, Alabama, Niederbayern), jugendlichen Elan und erwachsene Cleverness, Verwurzelung und Weltläufigkeit. Wann ist mit allen solchen Widersprüchen zu leben, und wann sind sie nicht auszuhalten?

Ganz einfach: Wenn eine Gesellschaft funktioniert. Wenn sie Menschen aufnehmen und freigeben kann, wenn sie, mit anderen Worten, die subjektive Freiheit produziert, ohne »Identitäten« unmöglich zu machen. (Wenn zum Beispiel eine Band wie die Spider Murphy Gang singen muss »(Dupp,dupp) Mia san a bayrische Band«, dann ist da schon alle Harmonie dahin, weil nicht nur im Pop eine Identität, die man behaupten muss, schon keine mehr ist, sondern schiere Ideologie, und zwar in Marketing-Form. »Identitär«, glaubt man, könne nur jemand sein, der seine Identität bedroht sieht (von den Fremden, den Queeren, den »anderen«), aber in Wahrheit kann nur jemand »identitär« sein, der in Wahrheit keine Identität als seine eigene hat und der sie sich äußerlich zulegen muss.

So kann man also zwar mit Fug und Recht behaupten, das Spiel mit der (nationalen usw.) Identität im Pop habe das rechte Spiel mit der Politik der Identität vorbereitet und semantisch reichlich gefüttert, genau so richtig aber ist es auch zu sagen, dass »etwas« verloren gegangen sein muss, damit Pop es in einem solchen Ausmaß nachzuliefern bereit war. Und wieder marktförmig gedacht: In Phasen, in denen Pop sonst nicht viel anderes zu liefern hatte: Aus dem deutschen Schlager wurde die »volkstümliche Musik«, als dieser sich partout nicht mehr verkaufen ließ, und nicht zuletzt, weil dadurch der Vergleich mit dem internationalen Pop-Song abgebrochen war. Wenn Pop nicht mehr weiter weiß, verkauft man seine Defizite. So funktioniert es auf den Partialmärkten, und so funktioniert es in größeren Zusammenhängen, wo Regression verkauft wird, wenn Modernisierung nicht mehr möglich ist. Weshalb Kids, die noch an die Zukunft glauben, in der Tat auf Pop aus Südkorea angewiesen sind, weil ihnen die eigene Kultur zwischen nationalistischem Gerumpel, Larmoyanz und dem post-sozialdemokratischen »Creative Writing« der Hamburger Schule diesbezüglich nicht viel zu bieten hat.

Was sich nach dem Scheitern des Paktes von Modernisierung und Pop neben Regression und Provinzialisierung anbietet, ist eben jene Archaisierung, die wir im HipHop ebenso wie in speziellen Subformaten von Metal finden, in TV-Serien wie »Game of Thrones« oder »House of Cards«, in jenen Horrorfilmen, die nicht mehr, wie in den siebziger und achtziger Jahren als zorniger Protest, sondern als Bestandsaufnahmen des Alltäglichen funktionieren. (Die Remakes – und Sequels der Remakes von Remakes der Sequels – der »Klassiker« des modernen Horrorfilms zeigen: Sie werden in aller Regel weder brutaler – Altersfreigabe! – noch besser, intelligenter und »glaubwürdiger«, sie werden einfach nur »normaler«.)

Aus dem Protest gegen die falsche Modernisierung – der Gesellschaft wie des eigenen Lebens – ist das Eingeständnis allgemeiner Modernisierungsunfähigkeit geworden, und das nicht trotz, sondern gerade weil Digitalisierung und Vernetzung kurzfristig versprachen, die größte kulturelle Modernisierung seit der Erfindung des Buchdrucks zu ermöglichen. Die Archaisierung (die auf eine Welle der Remythisierung im Zeichen von »Star Wars« und »Lord of the Rings« folgte), ist die Antwort der Popkultur auf die nicht einzuhaltenden Versprechen von Digitalisierung und Globalisierung. (Dass technische Neuerung allerdings dazu führt, dass man inhaltlich eher hinter die eigene Zeit und ihre Codes zurückgreift, zeigt die Popgeschichte immer wieder, vom Farbfilm über Cinemascope bis zum Stereosound.

Die Dialektik der Pop-Geschichte – »Fortschritt« der Mittel, »Rückschritt« der Inhalte – gelangt an ein Ende, wo der Mythos selbst nicht mehr trägt. Das Archaisieren erscheint auf diese Weise wie ein Aufbäumen der Popkultur gegen ihre Entmythisierung, ihre Nivellierung, ihr Verlöschen im Mainstream: Die Blütezeit der »neuen«, der »großen« TV-Serien, die man schon zur aktuellsten Kunstform, zu »unserer« Art des Romans ausgerufen hatte, ist schon wieder vorbei – billiges Mainstream-Futter ist nun einmal, nachdem neue Kanäle erobert wurde, lukrativer als teure »Sensationserfolge«, die auch genauso sensationell floppen können – und das Computerspiel, zweifellos eine eigene Erzähl- und Bilderform und zweifellos auch zu neuer Kunst fähig, politisch-ökonomisch ohnehin bedeutsam, konnte zwar zentral den Markt, aber höchstens marginal die Diskurse erreichen.

Vielleicht ist das Computerspiel mit seiner allseitigen Fähigkeit zu Archaisierung und Mythisierung so sehr wie zu Sublimierung und Intelligenz – einschließlich der Mischformen von Krieg und Spiel, Wissenschaft und Spiel, Erziehung und Spiel etc. – ein besonders deutliches Beispiel dafür, wie Digitalisierung die Welt verändert, ohne das Bewusstsein von ihr zu verändern. Der Computerspieler versteht die Welt, und er oder sie verstehen sie auf neue Weise, aber er oder sie können sie nicht mehr erklären. Nicht einmal dem Nicht-Spieler, der durchaus interessiert neben ihnen steht. Nicht einmal dem Bewohner einer anderen Game-Welt. (Kein Wunder, dass wir nun eine Sehnsucht nach »Vintage«-Spielen aus den 80er Jahren entwickeln.)

Um also dem Geschehen gerecht zu werden, müsste man vielleicht an die Stelle der Aussage: Pop und Modernisierung haben ihren Pakt aufgekündigt, eine andere setzen: Pop-Bilder und Modernisierungspraxen haben ihren linearen, diskursiven und sozialen Bezug zueinander verloren. Sie umkreisen einander in einer Unzahl fraktaler Gleichungen und Ungleichungen. Es ist keine von Menschen gemachte Popkritik vorstellbar, die in diesem komplexen Geflecht noch Richtung und Dimension bestimmen könnte. Popkritik als Parallelform der Selbstermächtigung wird daher reichlich grotesk.

ÄSTHETIK & DEMOKRATIE
EINE VERFALLSGESCHICHTE

Derzeit wird, vor unseren Augen und offenbar ohne großen Zwang von außen, die Demokratie zu Grabe getragen. Diese Metapher ist präziser als es den Anschein haben mag. Es handelt sich nicht um ein bloßes Verschwinden und nicht um eine »Abschaffung«. Es geht vielmehr in der Tat um ein rituelles und kollektives Abschiednehmen, um eine Ehrung des Verblichenen, um Pathosformeln des Scheidens.

Dass wir (das Staats-, Wahl- und Fernsehvolk) zu diesem Abschied bereit sind, liegt an einem Wesenszug des Neoliberalismus: Wir beerdigen das Projekt Demokratie im Namen der Freiheit. Es gibt offensichtlich Wege zu dieser Freiheit, die bequemer, sexier und performativer sind als die olle Demokratie.

So entstand beim Übergang der Disziplinar- zur Kontrollgesellschaft jene Freiheit, die aus dem öffentlichen Raum in die Subjektzellen verlagert wurde. Keine Wir- sondern eine Ich-Freiheit, kein Schutz von Minderheiten-Ansichten sondern die Selbstverstärkung des Mainstream. Keine Freiheit des Handelns in einer Geschichte, sondern eine Freiheit, sich jenseits davon seinen Geschäften und seinen Vergnügungen zu widmen. Freiheit, die statt durch ein Aushandeln in einer Debatte, mittels Kritik und Diskurs durch ein Dispositiv – ein Zusammenwirken von Praxen, Beziehungen, Erzählungen und Bilder, das ihre Adressaten zu einer bestimmten Sache »geneigt« macht – erzeugt wird.

Das Dispositiv Freiheit lässt uns eine Freiheit fühlen, die wir nie erklären könnten. Mehr noch: Im Freiheits-Dispositiv des Neoliberalismus ist jede Erklärung der Freiheit ein untolerierbarer Konsensbruch. Die Freiheit ist nicht »politisch« sondern marktförmig. Wer sie sich nicht leisten kann, kriegt nichts. Und das alles ist doch immer noch besser als gar keine Freiheit, oder? Die anderen haben noch weniger davon.

Wir genießen eine Freiheit, die sofort zu verschwinden droht, wenn man sie zu erklären versucht. Was uns an die berühmte Zeit-Erklärung bzw. Nicht-Erklärung des Heiligen Augustinus erinnert; nicht anders verhält es sich mit der Freiheit als mit dieser Zeit, die Augustin ganz genau spürte, wenn er für sich war, und die ihm entschwand, sobald er sie, erklärend, mit anderen teilen sollte. Demokratie, so empfindet es sich in diesem Dispositiv, ist nichts anderes als ein Mantel um meine persönliche und intime Freiheit. Bei einer gewissen Temperatur zieht man diesen Mantel einfach aus.

Politik und Mensch, so viel scheint sicher, treffen sich nicht mehr in einem öffentlichen Raum, sondern in synthetischer Intimität. Dabei vermutet man einander so nahe, dass man kein klares Bild voneinander braucht. In solcher imaginierten Nähe verschwimmen Handlung und Geste. Es ist nicht zu unterscheiden, ob der demokratische Fürst etwas tut oder ob er mir etwas sagen will. Ob seine Geste in der Welt etwas bewirkt oder doch nur in mir. Im demokratischen Fürsten hat der doppelte Körper des Königs revoltiert. Legitimiert wird er nun nicht mehr durch die Semantik des unsterblichen und entrückten Teils, sondern im Gegenteil durch den menschlichen und fehlbaren Körper. Der demokratische Fürst lebt durch die Inszenierung seiner Nahbarkeit. Aber eben diese erweist sich nun als Krankheit zum Tode.

In seinem Buch »Transparenzgesellschaft« meint Byung-Chul Han: »Die Tyrannei der Intimität psychologisiert und personalisiert alles. Auch die Politik entkommt ihr nicht. So werden die Politiker nicht an ihren Handlungen gemessen. Das allgemeine Interesse gilt vielmehr der Person, was bei ihnen einen Inszenierungszwang erzeugt.« Dieser Inszenierungszwang freilich steht nicht im Gegensatz zu einer Abwesenheit von Inszenierungszwängen als vielmehr im Gegensatz zu anderen Inszenierungszwängen. Möglicherweise war »Demokratie« einst auch ein Versprechen, die Macht nicht nur zeitlich und politisch zu begrenzen, sondern auch den Inszenierungszwang zu überwinden. Die Folge war natürlich, dass Macht – und das ist nun mal ihr Wesen – ebenso versucht, sich über ihre Begrenzungen hinwegzusetzen, wie sich dem Inszenierungsverbot zu entziehen (dem demokratischen Verbot auf jene Ästhetisierung der Politik, die man als einen der Wesensmerkmale des Faschismus erkannt hatte).

Der demokratische Politiker soll »einer von uns« sein, und in der Folge nimmt Macht die Gestalt dieses »Einer (oder eine) von uns« an. Es könnte also durchaus sein, dass die Politiker der Demokratie der Tyrannei der Intimität nicht nur nicht entkommen, sondern sie vielmehr maßgeblich mit erzeugt haben. Denn einerseits inszeniert sich dieser politische Mensch, der »an die Regierung will« (und »an die Regierung wollen« kann man als Wesen dieser Politik ansehen), in einer intimistischen Weise, um die Sympathie der Wählerinnen und Wähler zu erlangen, andererseits aber interessiert sich die demokratische und um wie vieles mehr die postdemokratische Regierung in besonderem Maß für die Intimsphäre seiner Objekte, denn in einer Gesellschaft freier »Subjekte« kann sich Macht nur in diesem Mikrobereich entfalten.

In der Kontrollgesellschaft der Subjektfreiheiten ist das Private das Politischste von allem. Dieser Staat interessiert sich nicht für deine Meinungen, schon gar nicht für die Vorschläge, die du zu machen hättest, er interessiert sich für deine Gewohnheiten. Er interessiert sich für deine Bewegungen. (Und natürlich interessiert er sich für die Bewegungen auf deinem Konto.)

Das ist zunächst einem durchaus aufklärerischen Impuls zu verdanken. Der demokratische Staat will »eigentlich«

keine Massen erzeugen, um zu regieren. Er bezieht seine Legitimation über die Herzen und Geister jeder einzelnen Bürgerin und jedes einzelnen Bürgers. Eine Intimisierung der Beziehung zwischen dem »demokratischen Fürsten« und seinem »Untertan« ist demnach vorgegeben: An die Stelle der Inszenierung von Pracht, Gewalt, Genie und Einzigartigkeit, tritt die Inszenierung von Verständnis, Sympathie und Nähe. Der Inszenierungszwang, der dabei entsteht, wird freilich gefährlich, wenn sich sein Feld von einem Diskurs in ein Dispositiv verwandelt. Das heißt: Die Qualitäten einer politischen Führungskraft werden nicht mehr durch Debatte, Kritik und Analyse ausgehandelt, sondern durch ein Konglomerat von Erzählungen, Auftritten, Bildern und Accessoires »erzeugt«. Politische Führung gerät in bedenkliche Nähe zu einer Ware, die vermittels von Werbung, Public Relations und »Nudging« verkauft werden muss. Genauer gesagt aber wird nicht die Ware gekauft, sondern das Glücksversprechen, die Lebenswelt, das Marken- und Markierungszeichen, das die Subjektfreiheit absteckt.

Nicht viel weniger bedenklich ist, was das mit dem politischen Bewusstsein der Wählerinnen und Wähler anstellt, die »ihre« Politiker sozusagen als Elemente eines identitätsstiftenden Kulturkonsums benutzen. Alles politische Handeln verwandelt sich unter diesen Umständen in ein identitäres Symbolspiel. Der Inszenierungszwang (in eben jener besonderen Form) verbreitet sich von der Person in das politische Handeln selber. Immer schärfer wird die Grenze zwischen der politischen Inszenierung als Symbolhandlung und »wirklicher« Politik als Geheimaktion. (Wieder ist darin eine der zahlreichen Kräfte zur Selbstentdemokratisierung der Demokratie zu erkennen, die sich, statt sich zu erneuern, stets nur konsolidieren will.)

Die Intimisierung der Beziehung zwischen Politiker und »Wahlvolk« führt demnach automatisch auch zu einer Entfremdung und zu wechselseitigem Misstrauen. Die emotionale Abhängigkeit durch das medial erzeugte Dispositiv, die an die Stelle des politischen Diskurses getreten ist, und die Politik in eine Form der Reality Show verwandelte, verändert fundamental das, was wir als »Repräsentation« in der Demokratie verstanden haben. Politik repräsentiert nicht mehr unser Interesse oder unseren Willen, sondern sie repräsentiert »unsere Seele«. Das kann, wie wir sehen, mitunter sehr hässlich werden.

Was sich hier möglicherweise rächt, ist die Tatsache, dass man nie über eine Ästhetik der Demokratie nachgedacht hat. Natürlich heißt Demokratie zunächst, sich entschieden von der Ästhetisierung von Macht und Politik abzukehren, die der deutsche Faschismus so perfekt beherrschte und die sich bis heute in »totalitären« Staaten erhalten hat, und sei es als blutige Travestie. Die Demokratien hielten sich von den alten Formen der Macht gleichsam gezähmte Relikte; man behielt Fahnen, Aufmärsche, Ansprachen, Paraden und andere Pathosformeln bei, wenn auch sozusagen »bürgerlich« dosiert. Vieles an diesen Ritualen allerdings offenbart durchaus ihre Falschheit, ihre nicht überwundene Sehnsucht nach vor-demokratischen Regierungsformen. (An den Gesichtern der Politikerinnen und Politiker ist abzulesen, wie sehr sie diese feudalen Riten genießen oder wie sie ihnen ein wenig peinlich sind.)

Der Glamour von Staatsbesuchen, die weihevolle Geste von Neujahrsansprachen, das Abschreiten von »Ehrenformationen«, alles Dinge, die einem wahren demokratischen Geist obszön oder zumindest deplaziert erscheinen müssen, werden als »alte«, prä- oder hyperpersonalisierte, jedenfalls anti-intimistische Inszenierungsformen konserviert, weil man in einem Teil des kollektiven Empfindens weiß, dass der demokratische Fürst immer noch ein Fürst und das demokratische Volk immer noch ein Volk sein will. Hier ist auch der demokratische Politiker mehr als er selbst, hier überwindet er für einen Augenblick die Spaltung von Waren- (Medien-) und Staats-Körper. Hier ist er nicht die Person, mit der wir uns in einem imaginären intimen Raum (dem Talkshow-Studio, das uns den öffentlichen Raum ersetzt) gemein machen wie mit einer Figur aus der »Lindenstraße«, hier muss er »eine gute Figur« machen. (Und ein Volk von Reality-Junkies verwandelt sich in imaginäre Protokollführer, und die Journalisten verfallen in die Rolle überwältigter Hofberichterstatter.)

Hier also stellt sich Demokratie mit nicht-demokratischen ästhetischen Elementen dar. Wenn es »offiziell« wird, schlüpft die Demokratie in die Haut feudalistischer Symbolsprachen. Der Politiker ist nicht er selbst noch einer von uns, sondern Staat und Nation. Freilich wird uns die demokratische Beruhigung stets nachgeliefert: Dieser »offizielle« Teil ist nicht jener, in dem Entscheidungen getroffen werden. Daher folgt der zweite Teil der Ästhetik der Demokratie: Der Widerschein der »harten Verhandlung«. Wie lieben wir die Bilder von erschöpften aber ihrer selbst mehr oder weniger zufriedenen Politikern, die aus einem geschlossenen Raum treten, um wenigstens Teile von »Ergebnissen« der Verhandlungen zu verkünden. (Die weiter intimisierte Variante: Sammelbilder von einer gähnenden, ermatteten, gelangweilten Kanzlerin.)

Inszeniert wird indes hier nicht nur der Politiker in seiner »Arbeit«, sondern auch der geschlossene Raum selbst. Kameras und Fragen müssen hier an einer Pforte zurückweichen. Dass wir »keinen Zutritt« haben, ist der eigentliche Inhalt dieses Bildes. Zum zweiten Mal also inszeniert sich Demokratie in einer anti-demokratischen Geste. Es ist eine serielle Erzählung von einer weiteren Verwandlung des Körpers des Politikers. Drinnen ist er (vermutlich) ein anderer als der, der vor die Mikrophone tritt, der wiederum ein anderer ist als der, der die »Ehrenformation« abschritt. Während er die Botschaft überbringt, soll er sich wieder verwandeln von einem Teil der Macht zu einem von uns. Diese Verwandlung ist prekär, weil man ihm anmerkt, dass ein Schatten spricht, und er längst nicht alle Geheimnisse des geschlossenen Raums preisgeben wird. (Das ist Teil seiner Macht, ohne die er, erschöpft wie er ist, der Kamera und den Fragen nicht standhalten könnte.)

Die dritte Inszenierung des demokratischen Fürsten ist sein Auftreten als Redner. Längst hat sich das Bild einer parlamentarischen Debatte (in Deutschland übrigens mehr noch als anderswo), wo »flammende Rede« auf Empörung oder Begeisterung stößt, vernutzt. Das Bild gähnend leerer Plenarsäle ist das Pendant zu sinkender Wahlbeteiligung. Nur die Fernsehkamera kann den demokratischen Fürsten noch wirklich aufwecken. Jetzt steht – oder sitzt – er in der Arena einer Talkshow und kämpft um Aufmerksamkeit. Die Rede der anderen zu stören ist wichtiger als der Inhalt der eigenen Rede. Man muss eine gute Show abliefern.

Gibt es andere, gibt es gar »schönere« Bilder der Demokratie? Wenige, so viel ist sicher, und selbst die sind, in aller Regel, »geborgt« aus anderen Zusammenhängen, Ausdrucksweisen von »echter« Sympathie (»die können miteinander«, »Die Chemie stimmt«) oder von Betroffenheit (»sichtlich bewegt«, »er schämt sich seiner Rührung nicht«) als cinematografische Installationen der Beziehung von Menschlichkeit und Macht. Die Demokratie, so behaupten ihre Verteidiger nicht vollkommen zu Unrecht, findet immer woanders statt, nicht in ihren Bildern. Die Demokratie ist, mit anderen Worten, unsichtbar.

Es ist klar, dass die Demokratie, wo sie sich als Maschine zur Herstellung des Konsenses konsolidiert wähnt (während »die Populisten« mit der Wiedererfindung der Massen drohen), sich von ihren heroischen und pathetischen Bildern und Erzählungen trennen muss. Das geht so weit, dass die Demokratie ihre eigene kämpferische Vergangenheit verleugnen muss. Dass es Demokratie nicht gibt, dass man sie nicht haben kann, sondern dass sie immer wieder neu erkämpft und definiert werden müsste, das wird das große Abbildungstabu der demokratischen Konsensmaschine.

So absurd es klingen muss: In dieser Demokratie darf

niemand Demokratisierung verlangen. Die Demokratie ist sich selber zum Abbildungsverbot geworden. Der ästhetische Mangel erweist sich also bei näherem Hinsehen als Mangel an Substanz. Es wird nichts abgebildet, weil es nichts abzubilden gibt. Weil es aber keine politische Ästhetik der Demokratie gibt, hat die zweite Konsensmaschine, die »freie Marktwirtschaft«, schier unerschöpfliche Möglichkeiten. Der Mangel an politischer Ästhetik wird durch ein Übermaß an ökonomischer Ästhetik ausgeglichen. Die Demokratie, verheerend genug, drückt sich als Kapitalismus aus. Die Ästhetik der real mehr oder weniger existierenden Demokratie setzt sich mithin aus drei Elementen zusammen: Der Übernahme und Abwandlung vor- und undemokratischer Symbolisierungen von Macht und Volk, der intimistischen medialen Inszenierung im Format einer Reality Soap, und schließlich in der jeweils aktuellen Sprache der Ökonomie. Damit ist nicht nur gemeint, dass etwa in Wahlkämpfen Werbung nach Art von Zahnpasta und Landliebe gemacht wird, dass Meinungsbildung nach Vorbildern von Marketingkampagnen betrieben wird und Politiker sich PR-, Style- und Imageberater leisten müssen. Die Kapitalisierung der Demokratie-Ästhetik geht vielmehr um etliches tiefer.

Dem Wahlvolk ist die Warenförmigkeit der Beziehung zum demokratischen Fürsten durchaus bewusst. Die Wahl ist ein Marktplatz, auf dem Preise und Wert ausgehandelt werden. Wechselseitig betrachtet man Nutzwert, Tauschwert und Sinnwert. Und wie es mit dem »freien« Markt unter den Bedingungen des Neoliberalismus so geht: Der Marktzugang selbst wird aus dem Hintergrund (nicht so sehr von einer Verschwörung als vielmehr durch Struktur und Gewohnheit) geregelt. Die Parteien sind neben Geldsammel- und Marketinginstrumenten praktische Selektionsapparaturen. Hier sind die Controller am Werk, die die Markttauglichkeit abgleichen. Und hier finden die eigentlichen Machtkämpfe statt. Die politische Öffentlichkeit, oder was davon blieb, wird dabei wiederum zum Instrument.

Das Wesen dieser demokratischen oder doch schon postdemokratischen Macht ist die Erzeugung von Dispositiven, deren Protagonisten zugleich »testimonials« sind. Sie verkörpern recht buchstäblich das Dispositiv auf Marktsegmenten, das heißt Politikerin oder Politiker akkumuliert Partikel von Bildern, Praxen, Erzählungen, Gewohnheiten, Sprechweisen, Auftritten usw., aus deren Zusammenwirken eine Bereitschaft entsteht. Eine Bereitschaft, zum Beispiel, ein bestimmtes politisches Handeln zu unterstützen und gutzuheißen, ohne zu wissen, warum man es eigentlich unterstützt und gutheißt. Es versteht sich von selbst, Widerspruch ist ungehörig und geschmacklos. Das Dispositiv ist auch in seiner politischen Form wohlig und tröstend. Es zu verlassen ist noch wesentlicher problematischer als den Diskurs zu verlassen. Die Demokratie wird also weniger praktiziert als vielmehr imaginiert: Im Traum davon, dass das, was mir geschieht, das ist, was ich will.

Mit der Einrichtung einer offiziellen Position zum »Nudging« (dem »Anschubsen« der öffentlichen Meinung durch gezielt gestreute Bilder und Meinungen) bekennt sich eine Regierung wie die deutsche bereits offen zur Herrschaft durch Dispositive und damit zur Postdemokratie. Das Wahlvolk besteht aus Kunden, deren Willen man durch allfällige Methoden der digitalen Kontrolle und des Entertainments (Sende mir deine Lebensdaten und du bekommst einen praktischen Koffer-Aufkleber umsonst!) immer weiter auf die Spur kommt, und dass deshalb nicht nur durch offene Werbung, sondern viel besser durch subkutane Kampagnen zu steuern ist.

Der »reale« Markt (der Meinungen, der Kontroversen, der Diskurse etc.) wird aufgelöst zugunsten einer direkten, subjektiven Beziehung zwischen Produktion und Konsument. Ich weiß was du willst, sagt der Mega-Versand von Waren und Dienstleistung zu jedem einzelnen Kunden. Ich weiß was du willst, sagt die postdemokratische Regierung und nudgt sich ihre Untertanen zurecht, was natürlich ein leichtes ist, wenn die Medien so sehr in der Konsensmaschine eingebunden sind wie in Deutschland.

Eine »Tyrannei der Intimität« also hat es womöglich nie gegeben, vielmehr intimisiert sich die neue Form der postdemokratischen und neoliberalen Tyrannei, und zwar so sehr, dass das, was die Regierung von mir weiß und das, was sie von meinem Nachbarn weiß, zwischen uns beiden kaum noch kommunizierbar ist, ebenso wie ein intimisierter und subjektivierter Markt Kunden erzeugt, die sich untereinander nicht mehr absprechen können oder müssen (weshalb sich der Zyklus von Boom und Ramsch in den Geschmackswellen so ungeheuer beschleunigt, dass Konsumwellen – wie die Wellen politischer Niedertracht – sturmhaft über das Land gehen). Der Preis der Ware wird nicht mehr auf einem Markt ausgehandelt, sondern direkt aus meinem Begehren, meiner Angst und meinen Bewegungen errechnet.

Dass die Herrschaft der Diskurse abgelöst wurde durch die Herrschaft der Dispositive (nachdem sich zuvor die Disziplinar- in eine Kontrollgesellschaft verwandelte) macht das ästhetische Defizit der Demokratie, wie wir sie verstehen, erst wirklich deutlich. Zuvor konnte man sich das leicht erklären: Es kommt eben nicht auf die Erscheinungen und Inszenierungen an, sondern auf Vernunft, Meinung, Kritik und Debatte. Es kommt, kurz gesagt, bei der Demokratie nicht auf das Bild, sondern auf die Sprache an. Demokratie ist eben kein Film, sondern ein Text.

Dieser vermeintlichen Vorherrschaft der Vernunft in der Demokratie (auch wenn sie die Form eines Realismus des »Machbaren«, in der »Kunst des Möglichen«, angenommen hatte) stand in der kapitalistischen Ökonomie das exakte Gegenteil gegenüber: Hier musste alles Bild werden, hier kam es auf kaum etwas so an wie auf Erscheinung und Inszenierung. Doch so wie sich die Interessen zwischen Ökonomie und Politik verschmelzen lassen, zu einer politischen Trans-Ökonomie etwa, so verschmelzen auch die Ästhetiken. Bis schließlich in der Postdemokratie von der Ästhetik der Aufklärung nichts mehr übrig geblieben ist. Von einer Aufklärung der Ästhetik, die über das endlose Hase- und Igelspiel zwischen »heimlichen Verführern« und »kritischen Verbrauchern« hinausgeht, ganz zu schweigen.

Die ursprüngliche »protestantische« Bilderfeindlichkeit der Demokratie (mit ihrem Glamour-Ventil) verwandelte sich in eine bildersüchtige Maskerade. Die Demokratie stellte sich selber in Bildern dar, die nicht demokratisiert und nicht demokratisierbar waren. (Das demokratische Bild ist nicht eines, das nichts verbirgt, sondern eines, das seinem Betrachter in jeder Hinsicht auf Augenhöhe begegnet. Das demokratische Bild ist eines, das sich der Kritik stellt. Das demokratische Bild ist eines, das Kritik herausfordert.) Und in ihren Erzählungen verbarg sie ihre Geschichte, in Deutschland zumal, wo sie sich nicht einmal durch ihr Erkämpftsein legitimierte. Eine Demokratie, die sich in einer Collage von feudaler Prunkentfaltung und Daily-Soap-Melodramatik darstellen will, verbirgt sowohl ihre Möglichkeiten als auch ihre Gefährdungen.

Im Gegensatz zu den angelsächsischen Ländern verzichtete die deutsche Nachkriegsdemokratie freilich auch aus einem sehr speziellen Grund auf eine ausgeprägte Ikonographie. Die Regierung konnte dem Volk nicht recht trauen, das sich zum Teil nur widerwillig und oberflächlich zur Demokratie bekannte, und zu einem Teil auch gleich gar nicht. Und das Volk konnte der Regierung nicht trauen, weil viel zu viel nicht nur personelle Kontinuität des Nationalsozialismus in ihr verborgen war. Beide Seiten hatten natürlich mit ihrem Misstrauen recht. Auch deswegen war man mit der Entwicklung einer demokratischen Ästhetik lieber vorsichtig, und vertraute (erfolgreich, wie wir wissen) lieber auf die Bildkraft der ökonomischen Prosperität. Die deutsche Demokratie drückte sich in Form von Kühlschränken, Musiktruhen und Italienreisen aus. Statt des politischen Bildes von Demokratie entstand das mehr oder weniger kulturelle Bild von »Freiheit«. Demokratie, so musste es nun scheint, war nichts weiter als das Instrument, dass diese neue Freiheit erzeugt.

In dieser Übertragung nun liegt der Keim für die kommende Ästhetik des Neoliberalismus. In ihr kommt Demokratie kaum noch als notwendiges Übel der diskursiven Absicherung des Dispositivs »Freiheit« vor. Weiter und weiter verblassen die Inschriften und Erklärungen dieser Demokratie, mehr und mehr drängen die Akteure der »politischen Klasse« als Rollenmodelle und Identifikationsangebote auf die Bühne. Und wieder eignen sie sich das feudalistische Prinzip des doppelten Körpers an. Angela Merkel wird geliebt, weil sie nicht die Demokratie abbildet, sondern die Nation verkörpert. Das Dispositiv des Deutschseins (mit einem »Abzeichen« der Demokratie, wenn es sein muss) sichert die demokratische Fürstin inmitten eines Vorgangs, den man »Entpolitisierung« nennt.

Doch zeigt diese scheinbare Erfolgsgeschichte eines politischen Narrativs in postdemokratischer Ästhetik eben auch die durchaus surreale Verfallsgeschichte einer politischen Ökonomie in Europa: Um sich als Diskurs zu retten, müsste die Demokratie die Grenzen des Nationalstaates überschreiten; nur eine europäische Demokratie könnte die Demokratie in Europa retten. Aber um sich als Dispositiv zu retten, muss sich die Demokratie nationalisieren. Nur nationalisierende Politiker werden noch gewählt. Dies ist keiner von jenen Widersprüchen, die man mit dem herzhaften Sowohl-als-auch überwinden kann, an das wir mittlerweile gewöhnt sind. Die nationalen Demokratien (oder Postdemokratien in verschiedenen Formen des Übergangs) verhindern schon aus Selbstschutz die Entstehung einer transnationalen Demokratie; die dabei zum Einsatz kommenden Mittel eines dispositiven Populismus und einer Light-Version von Neo-Nationalismus behindern eine europäische Demokratie nicht nur, sondern machen sie schlichtweg »undenkbar«.

So stehen sich als Zerfallserscheinungen gegenüber eine

Demokratie, die nicht gezeigt werden kann, und eine, die nicht gedacht werden kann. Die gedachte Demokratie (von Gesellschaftsvertrag, Grundrecht und Verfassung) und die gezeigte Demokratie (eine demokratische Gestimmtheit im Zeichen von Freiheit) kommen allenfalls noch in einer Art der apathischen Toleranz zueinander. Das deutsche Volk, zum Beispiel, toleriert in einer (schrumpfenden) Mehrheit großzügig die Demokratie, solange es glaubt, dass diese Demokratie sowohl den eigenen als auch den »nationalen« Interessen dienlich sei. Es genügt, eines von beiden in Frage zu stellen, um einen »Stimmungswechsel« auszulösen. Denn natürlich unterscheidet sich eine tolerierte Demokratie von einer gelebten Demokratie fundamental. Der im Dispositiv herrschende demokratische Fürst empfindet die tolerierte Demokratie als wesentlich angenehmer als die gelebte Demokratie. Er ist also keineswegs nur Opfer von Medialisierung und »Tyrannei der Intimität«, sondern tatkräftig am Umbau der Diskurse in die Dispositive beteiligt. Und es unterwerfen sich auch allzu rasch jene noch, die im Namen des Diskurses begonnen haben, unter das Dispositiv: Man muss sehen, wie man rüberkommt, es ist ein Spiel, das man mitspielen muss. Nicht Verfassung und Grundrecht, sondern dieses Spiel (teils game und teils play) sind die Basis für den Konsens, in dem wir leben.

Dessen Ausdruck zwischen Korruption und Langeweile aber kann keiner Gesellschaft, nicht einmal der unseren genug sein. Daher suchen wir unentwegt nach Bildern von Macht, Gewalt, Volk, Masse, Charisma und Würde. (Die mehr oder weniger mittelalterliche Fantasy von »Game of Thrones« scheint das auf besondere Weise zu befriedigen.) Unsere populäre Mythologie glaubt an ein Dispositiv der Freiheit (wenn auch in Form der negativen Freiheit des Neoliberalismus), sie glaubt keinen Augenblick an ein Dispositiv der Demokratie. Hier treffen sich die »Gestimmtheit« der Menschen mit dem ästhetischen Dilemma der Demokratie. Es gibt nur Bilder von einer Demokratie, die man nicht hat. Der chinesische Künstler Ai Wei Wei etwa ist für die gehobenen Stände der Postdemokratie der testimonial für eine retromanische Sehnsucht nach Demokratie, nein, der Sehnsucht nach einem Zustand, in dem man noch von Sehnsucht nach Demokratie durchdrungen sein konnte. Für uns hat es diese Zeit nie gegeben.

Da sie selber keine Ästhetik finden konnte oder durfte, inszenierte sich die Demokratie sehr gern als Hüterin der ästhetischen Freiheit. Diese Allianz von Demokratie und moderner Kunst führte dazu, dass sich die demokratische Freiheit in Form von Kunst ausdrücken konnte (wie für die Kids in Rock'n'Roll). Entsprechend hatten sie die gleichen Feinde. Aber von Beginn an drückte sich in dieser Kunst auch der Widerspruch von Demokratie und Kapitalismus aus; die beiden schienen die Freiheit der Kunst zu garantieren, allerdings auf sehr verschiedene Weise. Konsequenterweise wuchs die Spannung parallel zu der in der Gesellschaft, bis hin zu einem Punkt, an dem sich die Kunst zwischen Politik und Ökonomie entscheiden musste. Demokratie ist unter anderem ein System, in dem (im weitesten Sinne) Politik und Ökonomie durch Ästhetik zusammengehalten wird. Oder eben auch: auseinander getrieben. Der Verlust der Legitimierung durch Ästhetik ist für die Demokratie genauso fatal wie der Verlust der Legitimierung durch den Diskurs.

Jedes anderes System dagegen akkumuliert Ästhetik für die eigene Macht und unterdrückt sie, wenn sie sich als dissident oder lästig erweist. Ist deshalb die Non-Ästhetik des demokratischen Fürsten die Garantie für die ästhetische Freiheit seines Volkes? Auch hier schreitet sogleich die zweite Konsensmaschine ein: Der demokratische Fürst, der auf eine eigene Ästhetik ebenso wie auf ein repressives Verwalten der ästhetischen Produktion verzichtet, kann die ästhetische Freiheit nur dem Markt überlassen. Doch daraus entsteht natürlich keine ästhetische Demokratie, von einer demokratischen Ästhetik ganz zu schweigen. Es entsteht stattdessen eben jene marktförmige Ästhetik, der sich schließlich die Demokratie selber zu unterwerfen hat. Die Demokratie hat demnach auch ihre Ästhetik privatisiert, und die Herren und Herrinnen dieser Ästhetik, allen voran die audiovisuellen Massenmedien, lassen es den demokratischen Fürsten nur allzu deutlich spüren, dass sein Bild in ihrer Hand ist.

Der demokratische Staat, der die Ästhetik nicht (demokratisch) verwalten konnte, wird nun selber Gegenstand der ästhetischen Verwaltung. Ihre Marktkonformität bringt sie naturgemäß dazu, nur jenen Politiker auszustellen, der etwas einbringt. Das politische Bild der Postdemokratie ist ein mediales Spekulationsobjekt. Die Rendite einer Performance hilft beiden, dem Medium und dem Politiker. Nur der Demokratie schadet sie. Aber die wird ja nun eben ohnehin zu Grabe getragen.

IS THIS THE END?

POP ZWISCHEN BEFREIUNG UND UNTERDRÜCKUNG

I

Für Antonio Gramsci war es vollkommen klar: Der »Geist des Bruchs« (mit den Mechanismen, Verabredungen und Verhüllungen der populären Kultur) kann sich nur auf der Basis der Analyse entfalten. Der Alltagsverstand ist, so Gramsci, »ein unklarer Begriff, widersprüchlich, vielfältig«, und das um so mehr, als wir ihn ja nicht mehr als »Naturzustand« verstehen können, sondern als etwas, das einerseits aus realen Lebensumständen entsteht, andererseits aber aus etwas Gemachtem, Manipuliertem. So wenig eine weitere Cornflakes-Marke eine Antwort auf den Hunger in der Welt ist, so wenig ist eine neue Casting-Show eine Antwort auf die strukturelle Arbeitslosigkeit und die Prekarisierung. Beides aber hat ganz reale Einflüsse auf den Alltagsverstand; wir haben gelernt, nicht nur unser Berufsleben, sondern auch die »große Politik« nach dem Bild von Casting Shows zu verstehen (hören wir uns selbst beim Sprechen über Politik zu!).

Der Alltagsverstand ist kein ideologisches Konstrukt, in dem nur Propaganda, Werbung und Verblödung zu finden ist, genau so wenig aber ist der Alltagsverstand ein Wahrheitsbeweis oder eine Legitimation. Dies ist die rechte Entwendung, dass eine Aussage, und sei sie noch so falsch und widerlegt, wahr und authentisch sei, weil sie aus »dem Volk« kommt, das sich aus seinem Alltag formt. Dieses »Volk« aber ist nichts anderes als eine durch die Kulturindustrie erzeugte Schimäre, ein freilich dieser Fabrikation auch entkommenes Gespenst.

Aus der Analyse folgt das Handeln: Die Linke (in all ihrem Spektrum) muss nicht nur den Kampf um die Hochkultur, inklusive der Wissenschaft und der Kunst, wieder aufnehmen, sondern auch dem Hegemoniebestreben der Rechten in der populären Kultur und im Alltagsverstand etwas entgegensetzen. Es geht um eine »Philosophie der Praxis«, die aus der Kritik (nicht der Verachtung!) des Alltagsverstandes und der Popkultur entsteht und die deutlich machen kann, dass es für die Qualität des Alltagslebens bessere Projekte und Ideen gibt. Weder die absolute noch die relative Verelendung allein kann Antrieb und Ansporn für eine linke Praxis sein (oder für eine rechte, wie wir sehen), auch wenn der Neoliberalismus, die Globalisierung und die Digitalisierung dafür sorgen, dass die Schere zwischen den Armen und den Reichen immer weiter aufgeht und reales Elend bis hin zu Hunger und Sklaverei nicht weniger wird, immer ist die Kultur und der Verstand des Alltags mit entscheidend. So wenig man darin nachlassen darf, Manipulation und Ideologie in der Popkultur zu bezeichnen, so wenig darf man darin nachlassen, die verborgenen Wahrheiten, die verborgene Kritik, die verborgenen Hoffnungen darin zu sehen. Das »Verbrechen« der linken Popkritik ist ja nicht, wie es an der Oberfläche der Hegemoniekämpfe scheint, dass sie Popkultur und Alltag verachtet, sondern ganz im Gegenteil: Das Verbrechen der linken Popkritik besteht darin, Pop und Alltag ernst zu nehmen.

II

Am Anfang des Menschwerdens steht weder Feuer noch Sprache, weder Gott noch Bewusstsein. Am Anfang des Menschwerdens steht die Unterdrückung. Unterdrückung als Praxis der Gesellschaftsbildung aber eben gleichzeitig auch Unterdrückung als Erfahrung und Leid. Einer eignet sich Arbeitsleistungen und Lebensraum des anderen an, so beginnt das. Und dann wird das Zeichen, Sprache, Kultur, Gesetz und Glaube; Unterdrückung wird immer zugleich abgebildet und erzählt; aus Stärke (oder List) wird Recht. Was unterdrückt ist nicht notwendig das Starke, und was unterdrückt wird nicht notwendig das Schwache; es unterdrückt vor allem, was Angst macht. Es unterdrückt was Angst macht, und was Angst zu nehmen verspricht. Jede Art von Herrschaft ist zuallererst immer eine Herrschaft über die Apparate zum Angstmachen.

Der Begriff der Unterdrückung spaltete sich im übrigen im Lauf des 15. Jahrhunderts von dem der Tyrannei oder allgemeiner von Herrschaft und Macht, indem er gleichsam nach innen gespiegelt wurde: Unterdrückung betrifft nun nicht mehr allein das Verhältnis von einem Menschen zum anderen, sondern auch Verhältnisse im inneren von Gesellschaften und Personen. In der Gesellschaft können nun auch Äußerungen, Meinungen, Überzeugungen unterdrückt werden (nicht nur deren öffentliche Bekundung), und innerhalb einer Person können Impulse, Gefühle, Erkenntnisse unterdrückt werden. Eine »moderne« Form von Herrschaft kann sich nur verwirklichen, wenn äußere und innere Unterdrückung synchron miteinander verlaufen. Daher kommt der Kultur im allgemeinen, und der populären Kultur (der »Volksfrömmigkeit«, dem Alltagswissen, dem »Brauchtum«, den »Volkshelden« und was noch alles schließlich in die industrielle Form der Popkultur einfloss) im besonderen die Aufgabe zu, der äußeren Form der Unterdrückung (der Kolonialisierten, des Volkes, der Arbeiter etc.) eine innere gegenüberzustellen. Die beiden Formen der Unterdrückung verhalten sich indes nicht allein wie Verstärkung und Entsprechung, sondern auch als Kompensation und Regulativ. Eine durchaus moderne Sicht der (»notwendigen«) Unterdrückung begreift die Unterdrückung im Inneren als humane Verbesserung gegenüber der äußeren Unterdrückung durch Gewalt. Ist der Mensch, der sich selbst unterdrückt (»diszipliniert«, »kontrolliert«) nicht besser dran als jener, der von anderen unterdrückt (»diszipliniert«, »kontrolliert«) wird?

Die innere Unterdrückung ist die Erzeugung von Einverständnis mit Verhältnissen der Unterdrückung, das auf drei Aspekten basiert: dem Interesse (es wird mir durch das Einverständnis besser gehen als ohne), der (symbolischen) Ordnung (das Einverständnis garantiert die Abwesenheit von Chaos) und der Ästhetik (die Welt, der man sich unterwirft ist »schön«). Die Ordnung freilich richtet sich nicht nur in eine Beziehung von oben nach unten, sie ist auch auf die Subjekte, Instrumente und Medien der Unterdrückung gerichtet. Wenn es die Herrschaft mit der Unterdrückung übertreibt, richtet sich die Instanz des Inneren, die populäre Kultur, gegen sie. Die Unterdrückung innerhalb der einzelnen Person oder innerhalb der Klasse (der Bauern, der Bürger, der Arbeiter usw.) entfaltet dann gleichsam eine negative, »revolutionäre« oder rebellische Energie. Wenn die innere Ordnung der Selbstkontrolle oder der Anpassung mit der äußeren nicht mehr in Übereinstimmung gebracht werden kann, erzeugt die dabei notwendige Phantasie Bilder der Gewalt, denen auch Taten folgen können. Aber selbst wenn die innere und die äußere Unterdrückung synchron verlaufen, gibt es doch immer Grenzen der »Selbstzucht« oder »Selbstbeherrschung«. Das Scheitern der inneren Unterdrückung mag hier zu Krankheit, Kriminalität oder Auflehnung führen, dort aber auch zu einer Entgrenzung und Entfesselung der dafür geschaffenen Instrumente. Man kann also behaupten, dass nicht nur einzelne Menschen wegen der Unterdrückung »durchdrehen«, sondern auch ganze Segmente der populären Kultur.

Die Belohnung für den Gleichklang von äußerer und innerer Unterdrückung besteht darin, sich als Teil einer Ordnung verstehen zu können, und auf diese Weise mit einer (»unverlierbaren«) Identität ausgestattet zu werden. Was geschieht, wenn dieser Vorgang der Synchronisierung nicht mehr funktioniert? Wenn also Menschen das Gefühl haben, nicht (mehr) Teil dieser Ordnung zu sein, sich von ihr ausgeschlossen fühlen? Wenn also die Subjekte der politischen, der ökonomischen und der kulturellen Unterdrückung nicht im gleichen Sinne »arbeiten«? Natürlich wäre eine Rebellion gegen die äußere Unterdrückung zunächst eine naheliegende Reaktion. Doch sie würde bedeuten, sich außerhalb der Ordnung zu stellen, die, wie man bereitwillig akzeptiert, nur durch Unterdrückung erzeugt werden kann. Deshalb gibt es eine umgekehrte Reaktion, nämlich die Forderung an die Protagonisten, die Instrumente und die Medien der äußeren Unterdrückung, sich der inneren, der Identität schaffenden Unterdrückung, wieder anzunähern. So scheint es überhaupt nicht mehr paradox, dass ein unterdrückter und unterdrückender Mensch von seinem Staat, seiner Gesellschaft und seiner Kultur nicht weniger, sondern mehr Unterdrückung verlangt, und zwar nicht nur das symbolische Opfer an den »anderen«, den Fremden, den Ausgeschlossenen, den Nicht-Identitären, sondern auch allgemein: Die äußere Welt soll wieder Ausdruck der inneren Unterdrückung sein.

Denn die ökonomische Wirklichkeit im Neoliberalismus hat die innere Unterdrückung des Menschen zu einem Exzess geführt. Ohne emotionale und ohne körperliche Selbstunterdrückung wird man nichts in diesem System. Doch dieser inneren Unterdrückung entspricht kein äußeres Bild, im Gegenteil: Es ist eine so offene, liberale, freimütige, undisziplinierte, nun eben nicht-unterdrückte Welt, auf die das innerlich unterdrückte Subjekt trifft, und zugleich sind die Medien, die sich als Nachfolge der populären Kultur (mit ihren offenen Tauschbeziehungen) monopolistisch und »flüssig« über den Alltag legten, von emotionaler und semantischer Deregulation geprägt. Es sind also drei traumatisierende Erfahrungen:

Die freiwillige Selbstunterdrückung wird nicht mehr automatisch belohnt, weder im ökonomischen noch im kulturellen Sinne. Selbstunterdrückung sogar als Exzess betrieben, garantiert mir keinen Arbeitsplatz und schon gar keinen Platz auf der Gewinnerseite des entgrenzten und durchaus gewaltsamen neuen Kapitalismus.

Meine (populäre) Kultur, der tägliche Konsum von elektronischen, digitalen, sozialen und auch antisozialen Netzen kann die Brüche zwischen äußerer und innerer Unterdrückung nicht mehr füllen (oder versucht dies auch gar nicht mehr) und erzeugt nicht mehr die symbolische Ordnung, in der ich mich zuhause und »identisch« fühlen darf.

Die äußere Ordnung scheint darauf zu verzichten, mich gegen ein »anderes« zu schützen, das sich nicht allein als Konkurrenz zu verwirklichen droht (als die ökonomische, die sexuelle, die religiöse usw. Konkurrenz), sondern auch der inneren Unterdrückung entbehrt, der ich mich unterworfen fühle.

Die beiden heftigsten Reaktionen auf diesen Bruch von äußerer und innerer Ordnung und kultureller Unfähigkeit, ihn zu überwinden, sind bekannt: Eine anschwellende Bewegung in den Rechtspopulismus und seine Mythen und schließlich in die Phantasie einer rechtsextremen »Neuen Ordnung«, und eine zunehmende soziale Erkrankung, die Empathielosigkeit und kalte Gier, die Menschen dazu bringt, statt anderen Hilfe zu leisten, ihr Leiden durch Smartphones aufzusaugen. Der Zombie und der Vampir sind die letzten stimmigen Bilder der populären Kultur für diesen Zustand.

Eine Überwindung von Unterdrückung ist Utopie (und Utopie ist nicht die Sache von Volkskultur und Volkstümlichkeit und Kulturindustrie – rumort indes im Pop); worauf es dagegen anzukommen scheint, ist die Organisation von Unterdrückung. Es kommt in der Ordnung darauf an, was man in sich selbst unterdrücken muss, um andere unterdrücken zu dürfen, es kommt darauf an, einen Gleichklang der Unterdrückung zu erzeugen, und es kommt darauf an, für Unterdrückung belohnt zu werden. Die Doppeldeutigkeit der Kulturindustrie, nämlich zugleich Wünsche zu befriedigen und neue zu erwecken, ihre Dynamik zwischen Einschläfern und Aufpeitschen, befähigt sie einerseits, stets direkt auf die neuesten Verwerfungen von Demokratie (oder Postdemokratie) und Ökonomie zu reagieren, verdammt sie aber auch dazu, stets Unbehagen, Bosheit und Angst zu erzeugen.

Das Unterdrückte (und sei's die Angst vor dem Versagen und der nicht erfüllbaren Forderung) taucht immer wieder auf, spaltet sich in Lust und Angst, in die Sehnsucht nach »Ausbruch« und zugleich die nach »Ordnung«. Als Gegenwart ist das nicht zu haben, so träumt man sich fort und zurück. Aber was zu haben ist, das ist eine Aufladung der Unterdrückung mit Lust, und dies eben scheint die erste Aufgabe der Mainstream-Popkultur zu sein:

Die Krisen mithin werden durch die Veränderungen in den Ordnungen ausgelöst; in aller Regel sind es Eingriffe des Kapitals in die Alltagskultur, die durch technische Veränderungen (die den Fall der Profitraten auslösen) aber auch durch Veränderungen der Wettbewerbssituationen in Gang gesetzt werden. Das Kapital muss nicht nur die Bedingungen der Arbeit verändern, sondern auch ihre Mythologie und nicht zuletzt ihre Ästhetik.

Die Ordnung, gegen die aufzubegehren einst Sünde war (und die Kirchen sorgten für die Angst davor, »unbotmäßig« zu werden) und dann politisches Vergehen (gegen das Vaterland, die Pflicht, die Ehre), entfaltete sich zu einem Geschäft auf Gegenseitigkeit in den Zeiten des »Wohlfühlkapitalismus«, der »Wohlstand für alle« versprach und dass es der jeweils nächsten Generation besser gehen würde als der aktuellen, egal an welchem Ende der Gesellschaft (es sei denn, man fällt aus dieser Ordnung), sie ist nun zweifellos vor allem wieder Zwang und kann nur über die Neuausrichtung von Unterdrückung erreicht werden. Um was es nun geht ist vor allem die Unterdrückung des Diskurses, die Unterdrückung des Hinaus- und Vorandenkens. Es muss wieder strukturell unter Strafe gestellt sein, die Verhältnisse so zu sehen wie sie sind. Nicht mehr und nicht weniger.

Faschismus (im weitesten Sinne des Wortes) ist das Angebot, sich in die Formen der Unterdrückung, statt sie »radikal« zu verändern, sowohl politisch als auch ästhetisch (zu einem kleinen Bestandteil sogar ökonomisch) einzuschreiben: Gerade noch Teil der Unterdrückten, wirst du als Faschist Teil der Unterdrückung. Der »autoritäre Charakter« (wenn es ihn gibt) wäre einer, der in der Welt die Unterdrückung sucht, die in seinem inneren stattfindet (aus unterschiedlichen Gründen zwischen Prägung und Interesse).

Im Regelfall ist indes die Unterdrückung als Wesensmerkmal einer Gemeinschaft von irgendwie denkenden Wesen auf zwei Modelle bezogen, nämlich auf der einen Seite auf die Unterdrückung von Menschen, die es im Blick der Mehrheit (bzw. der mit der Hegemonie verbundenen und mit ihr einverstandenen Menschen) »verdient« haben: die Sklaven der »anderen« Rasse, die Beutesklaven im Krieg, die Verbrecher, Ketzer, Dissidenten usw. – hier also ist Unterdrückung offen und performativ, ja der Zeuge ist über sadistische Lust am Gewinn der Unterdrückung beteiligt, und auf der anderen Seite eine Unterdrückung die aufgrund übergeordneter Kräfte, der Götter, der Geschichte, des Schicksals, der Natur, schließlich sogar der Vernunft –, hier ist alle Unterdrückung in ein »Geheimnis« gehüllt, in Glaube und Weisheit, nicht zuletzt in Ästhetik. Diese zweite Art von Unterdrückung ist also mit Sinn, mit Schönheit und mit Bewusstsein gefüllt; der oder die Unterdrückte identifiziert sich mit dem Unterdrücker, empfindet ambigue Lust, sieht sich »belohnt«.

Die erste Form von Unterdrückung erzeugt immer eine wachsende äußere Spannung; früher oder später werden die Sklaven den Aufstand oder die Flucht wagen, und diese Sklaven werden die Sklavenhalter ermorden oder ihrerseits versklaven. Damit ist klar: Die Angst der Sklavenhalter (und ihrer industriellen und postindustriellen Nachfolger) vor den Sklaven drängt sie zu immer weiteren Maßnahmen der Unterdrückung. Der Sklavenhalter weiß, dass ihn nur die Totalität seines Systems vor dem Aufstand bewahrt.

Die zweite Form von Unterdrückung erzeugt immer eine wachsende innere Spannung; früher oder später wird das Geheimnis gelüftet, oder zumindest transformiert, und der Sklave wird an Verzweiflung und Erkenntnis »unbrauchbar« und wird nun dem Sklavenhalter zur Last (nämlich als Träger von »Wahrheit«). Damit ist klar: Die Angst der Sklavenhalter vor den Sklaven kann nur durch die Erzeugung immer neuer Lügen und Illusionen, Identifikation und Partizipationen gemildert werden.

Die beiden Instrumente der Unterdrückung also sind die Ketten (die wir nun »ökonomische Erpressung« nennen) und die Lügen (die wir nun »Medien« nennen). Die Verschärfungen und Garantien dieser Instrumente sind die Peitschen (die wir nun »Polizei« nennen) und die Religion (die wir nun »populäre Kultur« nennen). Das Ergebnis von Unterdrückung ist Arbeit und Gehorsam, letzterer also geteilt in ein Gehorchenmüssen und ein Gehorchenwollen. Das Ausmaß an Unterdrückung wiederum ist gebunden an natürliche Gegebenheiten (wie die Kargheit der Ressourcen oder die Bedingung der Begrenzungen) und an das Spiel von Anspruch und Verfügbarkeit. Es mag also eine Situation eintreten, in der sehr wenigen Sklavenhaltern sehr viele Sklaven gegenüberstehen, oder allgemeiner gesagt, wenigen Nutznießern (mit nahezu unbegrenzbaren Ansprüchen) zahllose Unterdrückte.

Auflehnung ist eine Kraftanstrengung, die im Normalfall die menschlichen Fähigkeiten übersteigt. Daher kommt es zum Aufstand nur, wenn entweder die Umstände der Unterdrückung so unmenschlich sind, dass sogar der Tod besser ist als das weitere Erdulden, oder wenn die Lügen vollkommen durchschaubar und unnütz werden. Man kann diese Krise vielleicht so erklären: Die Herrschaft über die Angsterzeugung, die wir als Grundlage der Unterdrückung beschrieben haben, geht verloren; das Übermaß an Angst wird für die Maschine(n) selbst gefährlich.

Diese Maschinen erzeugen einen Innenraum (real und virtuell), der durch Mauern (semantisch und architektonisch) gegen ein von unendlichen Ängsten erfülltes Außen geschützt wird. Die dritte, mittlerweile vielleicht entscheidende Ursache für eine Krise ist also, neben der Unerträglichkeit der Unterdrückung und der Unglaubwürdigkeit der Lügen, der Einbruch der Schutzfunktionen. Wenn die Unterdrücker die Unterdrückten nicht mehr schützen können oder wollen (zum Beispiel weil sie bessere, billigere, willfährigere Objekte der Unterdrückung finden), stellen diese die nur scheinbar absurde Forderung nach mehr Unterdrückung. Sie fordern mehr Ketten, aber eben auch mehr (oder andere) Lügen.

Unterdrückung ist also zugleich Ordnung, und Ordnung wiederum bedeutet, strukturierte Ungleichheit in der Verteilung von Macht und Reichtum. Die größte Furcht nun besteht in der Aussicht, entweder ohne Ordnung zu leben, oder aber, beinahe noch schlimmer, außerhalb der Ordnung zu leben (wenn das nicht ohnehin gleich »Tod« bedeutet).

Wir werden nun also die populäre Kultur als eine Maschine mit verschiedenen Aufgaben beschreiben können, die aufeinander bezogen sind. Sie imaginieren die Legitimation der Unterdrückung (rund um die Geheimnisse von Göttern, Schicksal, Natur und Vernunft). Sie erzeugen Angst. Sie konfigurieren Grenzen. Sie erlauben Identifikation und Partizipation – die Unterdrückten sind mehr oder weniger aktiver Teil der Unterdrückung, und der Selbstunterdrücker als Ideal darf sich als »Freier« wähnen. Sie versprechen eine Ordnung und definieren, wogegen und gegen wen sie zu verteidigen ist. Sie stellen Belohnungen in Aussicht. Und schließlich fungieren sie auch als Kompensation (als Droge, die die Praxis der Unterdrückung weniger unerträglich erscheinen lässt).

Unterdrückung ist mithin nicht bloß ein Ergebnis der populären Kultur, sondern ihr Wesen. Doch erscheinen die Parameter dabei durchaus widersprüchlich genug, um immer wieder Subversion und Maskerade zu ermöglichen. In der Kultur der Unterdrückung rumort auch der Traum von ihrer Beendigung, und wenn der auch zum allergrößten Teil nur aus neuen Lügen besteht, bleibt doch immer ein erklecklicher Rest der widerständigen Energien. Wie alle Maschinen produziert auch die Maschine der populären Kulturen eine große Menge von (giftigem) Abfall. Schwerer als die Beschaffung des Rohstoffs (die alltägliche Angst, der Wunsch nach Ordnung, die Unterdrückungslust etc.) wiegt nun längst schon das Problem der Entsorgung. Die Maschine der populären Kultur erzeugt immer mehr Menschen, die zu »ordentlicher« Arbeit nicht mehr taugen, die sich ohne einen Mehrwert zu erzeugen ganz und gar der bizarren, lustvollen Bearbeitung ihrer Ängste hingeben, die ihre eigene (in ihren Medien gespiegelte) Überflüssigkeit mit einem gesteigerten Verlangen nach Ritualen der Unterdrückung (und des Mordes) beantworten.

Die Maschine ist zwar in zunehmendem Maß oligarchisch beherrscht, und doch ist sie auch zu komplex, um von einem zentralen Willen vollständig gelenkt und kontrolliert werden zu können.

Das Wesentliche in der populären Kultur sofern sie eine Erzählmaschine darstellt, ist die Restauration der Ordnung in Form von Gerechtigkeit. Es ist keine revolutionäre, sondern eine systemimmanente Phantasie von Gerechtigkeit. »Das Gerechtigkeitsempfinden muss mithin eine zwar moralisierende, nicht aber ändernde Funktion in der Sozialrevolution haben. Vor allem dann, wenn man dieser Empathie als intentio recta eine zentrale Aufgabe im emotiv-kognitiv Selbststeuerungs-Haushalt der Menschen und ihrer Sozialgebilde zubilligt. Eine Rolle vor allem, die im Gegensatz zur allgemeinen Erwartung offensichtlich die Leidensfähigkeit der Menschen steigerte, aber gerade nicht ihren Widerspruch gegen Ungerechtigkeiten aller Art unterstützt hat.

Das Pochen auf Gerechtigkeit, so erweist sich, hat sich fast immer innerhalb der Grenzen des Gewohnten bewegt, ist höchst immanent.« (Sven Papcke).

Eben dieses immanente Pochen auf Gerechtigkeit ist der Kern der Erzählung in der populären Kultur, und sie verschwindet nicht, wenn an ihren Rändern fatalistische Darstellungen von einer niemals zu erreichenden Gerechtigkeit ebenso wuchern wie die Phantasien einer »gesetzlosen« (also asozialen) Herstellung von Gerechtigkeit.

Selbst eine Umwälzung in der Form eines Machtwechsels und zugleich eines Systemwechsels ändert an der inneren Konstruktion der Unterdrückung wenig, wie die leidvolle Geschichte der Revolutionen zeigt: Eliten werden durch Eliten ersetzt, und Legitimationsgeschichten durch Legitimationsgeschichten. Zur Disposition freilich stände, für eine wirkliche Zukunft, das Prinzip der Ordnung selbst, die in der Form der Unterdrückung Ungleichheit schafft, so wie es zuvor umgekehrt der Fall war: Ungleichheit ist ohne Unterdrückung so wenig vorstellbar wie Unterdrückung ohne Ungleichheit. Die Ordnung freilich, die diese Beziehung regelt, ist von Krisen bestimmt (beispielsweise dort, wo sich der legalisierte Kapitalismus in eine neue Form der Kleptokratie verwandelt – ein »Rückfall«, den die populäre Kultur mit einer hysterischen Reaktion der Outlaw-Gerechtigkeit beantwortet; dem wild gewordenen Kapitalismus muss dann eine wild gewordene Erzählmaschine folgen, da sie die Lügen der »Gründerzeit« nicht aufrecht erhalten kann).

Die Abschaffung der Moderne wirkt sich auch insofern aus, als es nun die seit dem 18. Jahrhundert durchaus übliche Konkurrenz verschiedener Formen von Herrschaft und Ökonomie, einen mehr oder weniger autonomen, säkularisierten Raum des Politischen nicht mehr gibt. War vorher der (Staats-)Sozialismus die Alternative, der gegenüber man sich in seinem besten Licht zeigen musste, so scheint nun zum demokratischen Kapitalismus keine Alternative mehr zu bestehen außer der eines nicht-demokratischen Kapitalismus. Unterdrückung, die als Macht- und Kommunikationsform in der Moderne zwar nicht abgeschafft aber doch moralisch und ästhetisch verpönt schien, war nach den Krisen des Systems hingegen wieder eine Option (und auf die »unernste« Form des Staatsterroristen à la James Bond folgte die »ernste« Verhandlung der Folter-Legitimation etwa in »24« oder die Welt-Paranoia in »Homeland«: Der Verzicht auf Unterdrückung – in Homeland bei der Heldin zugleich im Politischen wie in der persönlichen psychischen Erkrankung exemplifiziert – erweckt das Terroristische aus seinem Schlaf).

Die Demokratie als Praxis des Aushandelns eines richtigen Weges und als »zivilisierte« Form der Konkurrenz verschiedener Ausdeutungen sozialer Modelle trat seit den achtziger Jahren mehr und mehr in den Hintergrund, um einer Diktatur der Bilder, Erzählungen, politischen Mythen und Skandale Platz zu machen. Lange bevor »Populisten« antraten, um dieser Demokratie auch offen den Garaus zu machen, hatte sie die Transformation in den Medienpopulismus, die Unterwerfung unter die Glocke der populären Kultur eingeleitet.

Die »Auskundschaftung der Unterdrückung« (Papcke), die in der späten Moderne zum akzeptierten sozialen und kulturellen Projekt geworden war, spaltete sich in Reaktion (von der Rückkehr der Tigermütter bis zur Kunst als lustvoll demokratiefreier Raum) und Fetisch (Trigger Warning und Safe Space) und mündete schließlich in den großen neoliberalen Masterplan: Ökonomische Unterdrückung ist zu akzeptieren im Tausch gegen die Abschaffung der kulturellen Unterdrückung. Macht darf sich nun wieder nahezu ungeniert entfalten (und selbst genießen, was in der klassischen Demokratie zumindest als öffentliches Schauspiel weitgehend unterdrückt war), aber sie darf sich nicht im alten Sinne »arrogant« zeigen, sie ist der Mehrheit nicht gegenübergestellt, sondern darf nur in ihrem Namen sprechen (und nicht mehr: im Namen von Vernunft und Zukunft). Genau zu diesem Zweck wird aus der populären Kultur eine Massenreligion, und genau aus diesem Grund versucht diese, sich von ihrem dynamischen und rebellischen Pop-Segment zu trennen. Nicht dass man ihn verbieten würde, vielmehr wird Pop, wie wir ihn kannten, zum Luxus und zum Minderheitenprogramm.

Doch auch der Mainstream ist beileibe nicht so konsistent geworden, um das System in der gewünschten Weise »krisenfest« zu machen. In den Krisen- und Umbauphasen der Ordnungen/Populären Kultur wachsen hier die unkontrollierten und unkontrollierbaren Impulse; man beschreibt diese Phase gern unter dem römischen Motto von »Pane et Circensis« (und eine erfolgreiche Phantasie in den dafür zuständigen Genres der Unterhaltung ist eine Neuauflage des Circus mit echten Todesopfern und Überlebenskämpfen, Gladiatoren und »Bestien«). Wie die Vorgänger in den Religionen so begnügt sich auch die populäre Kultur mit der Herrschaft über die kulturellen Angstmaschinen, die »Arbeiter« hier erhalten ihre relative Freiheit, weil sie auf die Veränderung der Verhältnisse verzichten, um an der Veränderung der sie begleitenden Ideologie zu arbeiten. (Diese »Arbeiter« halten sich deswegen mehrheitlich und fälschlich für »Kreative«.)

So wie sich die Postdemokratie ihre populären Medien erschafft, erschaffen sich die populären Medien ihre Regierungen. Sie geben Politik nicht wieder, sie sind die Politik. Die Entpolitisierung des Politischen ist die Kehrseite der Politisierung der populären Kultur; die Unterdrückung findet, sieht man vom Polizeieinsatz gegen restliche Dissidenz ab, nicht mehr im Raum des Politischen statt, sondern in der Semantik der Medien.

Die beiden großen literarischen Dystopien, die dem vorigen Jahrhundert als Mahnung dienen sollten, Aldous Huxleys »Schöne neue Welt« und George Orwells »1984« haben sich beide perfekt erfüllt, wenn nicht übererfüllt. Werden in der ersten die Menschen durch eine Droge und durch alltägliche Bequemlichkeit ruhig gestellt, so dient in der zweiten das Prinzip der totalen Überwachung dem Einheitsstaat zu grenzenloser Macht. In beiden Fällen sollen die Menschen dazu gebracht werden, gar nicht mehr daran zu denken, sich anders zu verhalten als von ihnen verlangt wird. Eine konformistische und eine stalinistische Gesellschaftsform, beide mit dem Ziel des vollständig reibungslosen Funktionierens und der Selbstverständlichkeit der Unterdrückung, stehen sich da noch gegenüber; die wirkliche Entwicklung indes amalgamiert beides, sie verbindet eine allgemeine Sedierung mit einer Tiefenkontrolle der Bevölkerung bis in die Privatsphäre hinein; abweichendes Verhalten soll daher zugleich unvorstellbar, unnütz und von Strafe bedroht sein.

Der Rahmen der »repressiven Toleranz«, die das System gewährt (und die Herbert Marcuse in seinem berühmten Text analysierte) ist dabei nicht so sehr den Bedürfnissen der Menschen als denen des Systems angepasst und verändert sich entsprechend. Dass er in der letzten Zeit kontinuierlich geschrumpft ist, wird deswegen nicht so deutlich, weil die Globalisierung zugleich neue Möglichkeiten und neue Bedrohungen geschaffen hat. Heute auf einer Kreuzfahrt durch die Meere zu schippern und Tonnen von Müll zu hinterlassen, um morgen zusammen mit »Gleichgesinnten« gegen Flüchtlinge auf die Straße zu gehen, ist deshalb kein unlösbarer Widerspruch mehr. Es ist womöglich sogar genau das konforme Verhalten der Zukunft, »moralisch« zusammengehalten durch die Vorstellung, man zahle schließlich für ersteres und letzteres richte sich gegen Menschen, die Geld von »uns« haben wollen. (Dass beides gelogen ist, wird man diesem Konformismus nicht mehr vermitteln können, ohne in den Status eines gehassten Feindes und Außenseiters zu geraten.) Die Wirklichkeit der Unterdrückung im Neoliberalismus erschließt sich also nur, wenn man Huxley und Orwell zusammendenkt, oder auch Marcuse und Foucault, die Konsumdroge und die Überwachungstechniken, die in der digitalen Welt eine unauflösbare und unhinterfragbare Einheit eingegangen sind. Die Überwachung ist zugleich die Toleranzdroge, und die alltägliche Befreiung ist zugleich die Perfektion des Überwachungsnetzes.

Wir begreifen: Pop ist in die nächste Phase eingetreten, in die Phase der (totalen) Kontrolle. Nicht mehr Befreiung, nicht mehr Normalisierung, nicht mehr Hegemonie ist das Ziel, sondern reine Kontrolle, ein direktes Tauschgeschäft zwischen Traumfabrikation und Konsumentensubjekt: Lust gegen Information (insofern auch Betäubung Lust und Geld auch Kontrolle ist). Das Ziel der Pop-Konsumtion ist die gegenseitige Kontrolle: Der Konzertbesucher sieht vor seinem Smartphone keinen realen Pop-Star mehr, er sieht nur das Geschehen, das auf irgendeine Weise »seins« ist, und dass er durch seine fotografische Aktion noch mehr zu seinem macht, wobei er oder sie sich natürlich zugleich weiter absentieren. Im Idealfall sieht man sich selbst als Megastar, und das eben heißt: als Gespenst. Gespenst eines rigoros abgelehnten Begehrens, denn zu einer Berührung kann es so wenig kommen wie zwischen Ivana und Donald Trump.

Umgekehrt ist die Maschine, die man benutzt, um »Gemeinsamkeit« für sich zu isolieren, immer auch der Datenkrake. Dass diese Krake mehr Daten sammelt als sie augenblicklich verdauen kann, macht sie nicht ungefährlicher. Das Smart Home macht Pop zu einer furchtbaren tautologischen Echokammer. Immer wieder wirst du deinen Lieblingssong hören, so lange, bis du verstanden hast: Lebendig kommst du hier nicht mehr heraus. Pop ist nicht mehr, was du dir im medialen Supermarkt holen kannst, sondern das, was dir sofort verordnet wird, wenn du Anzeichen abweichenden Verhaltens zeigst. So wie früher Pop die historische Transzendenz enthielt, das Versprechen auf Zukunft und Möglichkeit, enthält es jetzt die furchtbare Drohung, das Verstummen, die Leere. Was kann schrecklicher sein als eine Welt mit Helene Fischer? Eine Welt ohne Helene Fischer natürlich. Das furchtbarste Fernsehprogramm kann nicht so furchtbar sein wie eine Welt ohne Fernsehen. Ein Arschloch auf der Bühne ist hundert mal besser als eine leere Bühne.

III

Mit dem Vorschlag, dem Pop zu geben was des Pop ist, und der Politik was der Politik, ist bekanntlich schon Jesus Christus gescheitert.

»Wenn Kunst nicht mehr als Bildungskultur erlernt und vererbt wird, noch als Volkskultur weitergegeben wird, sondern stattdessen technisch herbeigezaubert werden kann, ändert sich alles. Es gibt ganz neue Zugänge und andere Parameter, die entscheiden, was gelungen ist«, sagt Diedrich Diederichsen. Die erste Frage ist: Was ändert sich dabei für Pop? Und die zweite: Kann sich diese Veränderung abspielen, ohne dass sich Bewusstsein und Kritik damit beschäftigen, auf einer ausschließlich ökonomisch-technischen Ansprache von Geschmack und Dispositiv?

Schließlich haben wir hier eine technisch-kulturelle Erklärung, der indes eine sozialpsychologisch-emotionale folgen muss. Denn »technisch herbeizaubern« kann man nur, was irgendwie auch schon da ist. Das Verrückte nämlich ist: Sowohl das Gelehrte und Besprochene als auch das Überlieferte und Weitergegebene lassen sich leichter verändern als das technisch herbeigezauberte. Das Kind, das Chopin-Etüden im Fontane-Roman spielt (der Vorläufer des Bose-Lautsprechers im Bürger-Wohnzimmer) ist einem langwierigen und vielstimmigen gesellschaftlichen Formungsprozess unterzogen (bevor es die genau richtige Etüde vor dem genau richtigen Menschen spielt), während schon das Format-Radio damit Schluss macht, zwischen der kulturindustriellen Maschine und dem Empfänger-Subjekt noch mehr als die überdeterminierten Codes der Verständigung walten zu lassen. Auf das: »Du kriegst, was du siehst«, folgt das: »Du kriegst, was ich von dir weiß«. Um nur geringfügig neues zu bekommen, muss ich die Maschine auch mit neuen Informationen füttern. Mit neuen Informationen über mich, wohlgemerkt, die für die Maschine interessant sind. »Alexa, ich möchte gerne ein kulturelles Abenteuer erleben«, ist keine gültige Eingabe.

Das Apokalyptische in der Pop-Geschichte besteht darin, dass Pop nicht mehr von einer Gesellschaft produziert wird, um all ihre Widersprüchlichkeiten auszugleichen (mit den oben beschriebenen Folgen in negativer Dialektik), um den Glauben an die Welt zurückzugeben (an die Politik, an die Liebe, an die Arbeit) und die Kluft zugleich zu vertiefen, sondern im Gegenteil, um sich ihrer Unrettbarkeit zu versichern. Die Popkultur ist insofern realistisch, als sie den Glauben an die Welt, von dem die Rede war, nicht mehr wiederherstellen, sondern im Gegenteil fundamental in Abrede stellen will. Egal ob »Lindenstraße«, »Game of Thrones«, »Simpsons«, »Saw«, »Call of Duty« oder Marilyn Manson – alles spricht davon, dass der Glaube an die Welt Bullshit ist.

Das Apokalyptische in der Popkultur, dem wir in den Katastrophenfilmen der siebziger und achtziger Jahren und den Dystopien der Science Fiction noch mit einem kathartischen Elan begegneten (viele mussten untergehen, damit einige gerettet werden konnten), ist nun einem allgemeinen Gaffertum geopfert; es verhält sich wie in Douglas Adams' »Restaurant am Ende des Universums«: Von da an kann man jeden Abend dem Untergang des Kosmos zusehen (grandioses Schauspiel, fürwahr), was aber insofern auch wieder gleichgültig ist, weil man sich zugleich in einer Zeitschleife befindet, und morgen geht die Welt und alles andere eben wieder unter, und übermorgen auch. Und doch ist auch die größte aller Katastrophen noch zu erwarten, der große Winter, die Ungeheuer, die auch eine chinesische Mauer nicht mehr aufhalten kann, oder der endgültige Sieg der Zombies über die Restmenschen. Popmusik der zehner Jahre klingt, als müsse man sich über die Katastrophen der Gegenwart lustig machen, weil etwas noch viel schrecklicheres ins Haus steht, von dem man noch gar keine richtige Vorstellung hat.

Was kaputtgehen konnte, ist kaputt gegangen, deswegen muss man trotzdem sehen, wo man ein bisschen Spaß und ein bisschen Trost bekommen kann; die Haltung wurde begründet mit Becks »I'm a loser baby, so why don't you kill me«. Pop ist, was so oder so versucht, sich aus der großen Egalheit zu erheben, die man selbst erzeugt hat. Das Scheitern der Flucht vor der großen Egalheit ist abzusehen. Und das ist auch egal. Denn die Revolte hat keinen Gegner mehr, und der Zorn kann sich höchstens noch Opfer suchen.

Nichts also kann technisch herbeigezaubert werden, was nicht irgendwie erwartet oder gewollt wird, was keinem Interesse und keiner Phantasie entspricht, was keinem Alltag und keiner Ideologie zugehörig ist, was nicht als Mythos und Ritus, als Symbol und als Narrativ praktisch wird, was nicht Geschmack und Diskurs bedient. Was allerdings geschehen kann, das ist das Verschwinden der gesellschaftlichen Instanzen des Aushandelns, Relativierens, Debattierens und Widersprechens; was verschwinden kann, ist, kurz gesagt, die Kritik. Eine radikale Kritik. Eine leidenschaftliche Kritik. Eine intelligente, freie und vielfältige Kritik. Ohne Kritik ist Pop nichts anderes als Propaganda. Nur durch eine radikale Kritik kann Pop noch gerettet werden vor der selbstverschuldeten großen Egalheit.

Aber es geht eben nicht allein um eine »Rückkehr« zur Kritik, die Wiederaufnahme eines Projektes, die man sich irgendwann in den letzten Jahren aus der Hand nehmen ließ, es geht auch um eine neue Kritik. Eine Kritik, die nicht nur die technischen und ästhetischen Veränderungen in den Blick nimmt, sondern auch die Veränderungen im Wirken von Pop selbst.

Daher gilt es, aus der von Umberto Eco einmal so treffend

beschriebenen Falle zwischen den Apokalyptikern und Angepassten herauszukommen, übrigens insbesondere deswegen, weil Eco sich noch nicht den neuesten Typos vorzustellen wagte, den angepassten Apokalyptiker. Wenn nämlich Pop selbst zunächst gespenstisch und dann apokalyptisch geworden ist, nutzt weder das eine noch das andere. Daraus entstand eine besonders eigenartige Form der Popkritik, die sich aus falscher Begeisterung und ebenso falscher Distanz zusammensetzt, man könnte es die Kultur der apokalyptisch Angepassten nennen, in der es vor allem darum geht, auf einem untergehenden Schiff noch eine Erste-Klasse-Kabine zu ergattern.

»Ich werde den Eindruck nicht los, dass der überwiegende Teil an Publikationen der – selbsternannten – Popwissenschaft und des Popjournalismus vollkommen überflüssig ist und einzig dem Zweck pseudointellektueller Selbstbehauptung dient, um mit relativ einfachen Mitteln einer eben zum Beispiel so genannten ›Popforschung‹ einen zwar schlecht, aber immerhin bezahlten Posten im Kulturbetrieb zu ergattern«, so noch einmal Roger Behrens. Wahr, wahr. Nur beschreibt eben die Karikatur der Mitläufer noch nicht Ziel und Wesen einer Bewegung. Eine solche Popwissenschaft wie Behrens sie beschreibt, besteht darin, vieles von dem zu zeigen, was vorherigen Formen der intellektuellen Kritik nachgesagt werden kann, nämlich dass sie sich an einem sterbenden Gegenstand zu schaffen macht, aus Gier die einen, aus Trauer die anderen.

Auch Filmkritik wurde akademisch zu der Zeit, als das Kino starb; die Comic-Forschung trat ins Rampenlicht, als die gezeichnete Massenware dramatisch an Märkten verlor. Im besten Fall geht es immer um ein Rettungsunternehmen. Musik, Comics, Filme, Literatur, Design etc., die wir im anfangs gebrauchten Sinne der »Popkultur« zugeordnet hätten, sind allein auf dem kulturindustriellen Markt gar nicht mehr überlebensfähig. Primäre Produzenten, die von ihrer Arbeit leben können, sind in der Popkultur genau so selten wie in der Kunst – und hier wie dort überstrahlen die paar Stars, die es geschafft haben, das ökonomische Elend des prekären Rests.

Kurzum: die gesellschaftlich-kulturelle Aufwertung, die die von Behrens so beiläufig kritisierte Popkritik betreibt, steht zweifellos in Beziehung mit einer gesellschaftlich-ökonomischen Abwertung. Wissen wir, ob eine Band wie die Einstürzenden Neubauten überhaupt noch überlebensfähig wäre ohne ihre akademische und »hochkulturelle« Aufwertung? Musste Kraftwerk nicht ins Museum gebracht werden, wo Queen zum Musical wurde? Muss nicht Popkultur dringend in die Sicherheit der Nische gebracht werden vor einer erbarmungslosen Maoisierung des Pop: Überall das gleiche, keine Abweichung geduldet, und wer anders als im Sinne des Mainstreaming kritisiert, ist »elitär« und »klassistisch«.

Offensichtlich ist der Mainstream-Pop in den Status einer »Kulturrevolution« getreten: Eine alte (und auch wieder neue) Herrschaft sichert auf diese Weise ihre Macht. »Das Volk« im militanten Mainstream-Pop dieser Zeit wird nicht weniger gegen eine »bürgerliche« Schicht in den (semantischen) Bürgerkrieg geschickt wie Mao Tse Tung die Roten Garden gegen Bildung, Aufklärung und Wissen auf die Straßen schickte.

Pop hat sich, wenn man das Bild des angepassten Apokalyptikers verwendet, sozusagen zu Tode gesiegt. Pop ist überall, Pop ist alles, und alles wird Pop. Ohne gesellschaftliche Projekte, soziale Bewegungen, in irgendeiner Weise nach Form und Begleitung verlangende Konfliktfelder wird indes nicht nur alles Pop, sondern technisch abrufbarer, aber kaum abberufbarer Pop, der keine Unterschiede mehr macht zwischen der einen oder anderen Kultur, zwischen Freiwilligkeit und Zwang, zwischen Anwesenheit und Abwesenheit. Nicht einmal für die Schweißausbrüche im Zahnarztstuhl kann noch ein Pop-freier Raum garantiert werden; ein Gang von Bahnsteig 9 zu Bahnsteig 12 ist eine ewige Reise durch die Höllenkreise von Pop, und die Soldaten und Soldatinnen unserer Zeit werden so mit und für Popkriege mit Popmitteln vorbereitet, dass sie erst in der direkten körperlichen Pein den Unterschied bemerken, und dann ist schon alles zu spät.

Dass wir nun eben immer »unterhalten« werden wollten, ständig »bespaßt« und »animiert«, dass wir uns dabei »infantilisiert« hätten, jedes ästhetische Unterscheidungsvermögen verlören, das ist die apokalyptische Aussage, in der wir immer auch etwas Reaktionäres vermuten dürfen (so, als hätten nicht alle anderen Sinn- und Sprachsysteme zuvor auch dabei versagt, einen Menschen nach unserem Geschmack herzustellen); aber das Wesentliche ist nicht die Reduktion durch Pop, sondern die Bedingungslosigkeit, mit der Pop zur dritten Natur erklärt wird (Freie Marktwirtschaft ist die zweite, und die erste – kann man vergessen).

Arbeit ist Pop und Religion ist Pop und Folter ist Pop und Wissen macht Pop. Wir trauen uns und unseren nächsten keinen Diskurs und keine Kommunikation mehr ohne Pop zu. So also versucht die neue Popkritik, die Popkultur gleichsam künstlich zu verknappen, ihr eine striktere Widerstandshaltung zur Kulturindustrie abzuverlangen. Popkultur muss unter Artenschutz gestellt werden, Pop-Acts sollen Weltkulturerbe werden, nur mit einer neuen Allianz von Hoch- und Popkultur sei diese zu retten. So wird der einen eine Wim Wenders/Nick Cave/Peter Handke-Zusammenarbeit so sehr zum Erlösungsspiel wie dem anderen das Tarzan-Musical.

Zu retten ist Pop so und so nicht. Im Gegenteil: In beiden Fällen entzieht man Pop seiner lebendigen Grundeigenschaften, nämlich immer zugleich eine Kritik seiner selbst zu sein. Nichts kann eine Cornflakes-Packung so treffgenau kritisieren wie eine Cornflakes-Packung. Für eine wirksame Popkritik kommt es nun darauf an, diese Kritik der Cornflakes-Packung nicht nur an der Ästhetik und Politik des Cornflakes-Verkaufens, sondern womöglich die Kritik, die eine

Cornflakes-Packung oder eine Rügenwalder-Wurst-Reklame im Fernsehen an den Lebensumständen ihrer Adressaten enthält, zur Sprache zu bringen.

Erst wenn man eine solche dichte und dialektische Beziehung zwischen Pop und Leben ernst nimmt, gelangt man vielleicht zu einer Kritik des Alltagslebens (wie sie Henri Lefebvre einst formulierte) oder gar zu einer »Semiotik des Alltags« (die Pier Paolo Pasolini forderte). Zweifellos bleibt auch in der Popkritik immer etwas von einer »Kunstkritik« (einer Verständigungskritik, im besten Fall), mit Entschlüsselungen, Hintergrundwissen, Vergleichen, Herleitungen und »Interpretation«. Das ist ganz okay so, aber es ist nicht genug. Pop ist kein kultureller »Überbau« (aus einem Modell, das vielleicht ohnehin in die Irre führt), sondern immer Teil des Lebens selbst.

Wenn man anfängt, Pop zu kritisieren, kann man nicht aufhören, und man verstrickt sich immer weiter in eine Kritik des Lebens, der Macht, der Liebe, der Ausbeutung und der Gewalt. Es gibt keinen unerträglichen Pop, der nicht zugleich eine Kritik an einem unerträglichen Leben beinhaltet. Wer aber bin ich, dass ich mir anmaße, als Popkritikerin oder Popkritiker, die Wahrheit aus dem Pop zu lösen und sie gegen die Konstruktion des Wahren der Kulturindustrie (längst ein Euphemismus für die Industrie der ästhetischen Überfüllung äußerer und innerer Räume) ins Feld zu führen? Popkritik enthält mithin einen Gestus der Selbstermächtigung, jedenfalls wenn sie sich weder in den Horden der Apokalyptiker noch in denen der Angepassten verbergen will.

Die neuen Zugänge sind in der Tat technischer und subjektiver Art, und sie ändern vieles. Nichts aber daran, dass sich im Verstehen und im Verändern von Popkultur und Alltagsverstand die Zukunft der menschlichen Gesellschaften genau so entscheiden wird wie im Verstehen und Verändern der Makrosysteme von Ökonomie und Politik. Also zurück zum Pop. Als Kritiker und als Fan!

FÜNF THESEN ZUR POPKRITIK

Über eine »unpolitische Popkritik« brauchen wir gar nicht reden. Aber natürlich genau so wenig über eine Kritik, die nur Politik versteht, wenn Pop ertönt.

Popkritik, politische Kritik und Kunstkritik sollten in einen Dialog miteinander eintreten, denn jede von ihnen hat Vorzüge und Möglichkeiten, welche die anderen nicht haben. Zugleich aber soll man auch nicht versuchen, das alles in einen Topf zu schmeißen. Popkritik hat ein Recht auf Vorläufigkeit und Experiment, die in der politischen Kritik problematisch ist, und sie muss nicht Teil eines ästhetischen Lehrgebäudes werden, wie die Kunstkritik. In der Dreieinigkeit von Popkritik, Kunstkritik und politischer Kritik ließe sich das utopische Wesen von Kritik wiedergewinnen: Die Transformation der Theorie zur Praxis des Nichteinverstandenseins.

Pop ist immer beides: Der Raum der Wünsche, Hoffnungen und Wahrheiten, und das Schlachtfeld der Interessen, Macht und Entziehung des Wirklichen. Er ist die Comfortzone der großen Bejahung und das Archiv der möglichen Negationen. Pop ist das Wahre zur Zeit, das Wahre des Alltags, das Wahre einer Gesellschaft (oder einer Post-Gesellschaft), das die Wahrheit zugleich abwehrt und ersehnt.

Popkritik ist immer zugleich innerhalb und außerhalb dieses Feldes; es kommt darauf an, die damit verbundene Paranoia nicht zu verleugnen, sondern fruchtbar zu machen.

Linke Popkritik ist eine, die weiß, dass es zu kämpfen gilt.

Aus der Reihe Critica Diabolis